ARNO STROBEL

MÖRDER FINDER

MIT DEN AUGEN DES OPFERS

Thriller

FISCHER

Originalausgabe
Erschienen bei FISCHER Taschenbuch
Frankfurt am Main, März 2023

© 2023 S. Fischer Verlag GmbH,
Hedderichstr. 114, D-60596 Frankfurt am Main

Dieses Werk wurde vermittelt durch
die Literarische Agentur Thomas Schlück GmbH, 30161 Hannover.

Redaktion: Ilse Wagner

Satz: Dörlemann Satz, Lemförde
Druck und Bindung: CPI books GmbH, Leck
Printed in Germany
ISBN 978-3-596-70800-0

Zeit vergeht – Schuld nicht!

unbekannter Verfasser

PROLOG

Der Hass ist plötzlich wieder da. Nach so vielen Jahren, in denen es ihm gelungen ist, ihn in Schach zu halten, ist er wie aus dem Nichts wieder über ihn hereingebrochen und füllt ihn vollständig aus. Grenzenlos und so glühend, dass er ihn fast um den Verstand bringt.

Er hatte völlig vergessen, wie ambivalent dieser Zustand ist. Dieses lodernde Feuer, das ihn einerseits innerlich zu verbrennen droht, gleichzeitig aber die Verheißung auf geradezu orgiastische Erfüllung mit sich bringt, wenn er ihm freien Lauf lässt, sich ihm hingibt.

Würde er einem Seelenklempner erlauben, in seinem Kopf herumzustochern, ihm voyeuristisch-intime Fragen zu stellen und damit Schicht für Schicht seines Ichs abzukratzen, dann käme der wahrscheinlich zu dem Ergebnis, dass er verrückt ist. Aber das ist er nicht. Er braucht keinen dieser Möchtegern-Halbgötter, weil er selbst weiß, was für die Hassanfälle verantwortlich ist. Und er weiß ganz genau, wohin sie führen können. Führen werden.

Welcher Verrückte ist schon in der Lage, seine eigene Situation so explizit zu analysieren?

Nein, die wahren Irren sind meist die Psychiater selbst.

Aber er schweift ab. Er muss sich konzentrieren. Auf sie.

Auf diese Handvoll Menschen, die plötzlich wieder wichtig geworden sind.

Er hat geglaubt, dieses Kapitel wäre endgültig abgeschlossen, aber es nützt nichts. Er wird sich mit ihnen befassen müssen.

Er denkt erneut daran, was für seine unbändige Wut verantwortlich ist. Diese Sache.

Wie ein alter Film, den er lange nicht mehr gesehen hat, läuft die Geschichte vor ihm ab. Nein, wie ein Theaterstück, ein Drama, in dem er die Hauptrolle spielt. In dem es nur um Schmerzen geht und um Wunden. An seinem Körper und an seiner Seele.

Er hat gehofft, er hätte das hinter sich gelassen. Er hat sich getäuscht.

Er öffnet die Tür, bleibt einen Moment auf der obersten Stufe stehen und blickt die Treppe hinab. Das gesamte Haus ist mit Gewölben unterkellert, weit über hundert Jahre alt, an manchen Stellen seit Jahrzehnten feucht. Er steigt die Stufen hinab und zählt jede einzelne von ihnen, sobald er den Fuß darauf setzt. Nach der siebzehnten hat er den groben Betonboden erreicht. Er ist nachträglich in einigen der Kellerräume gegossen worden. Das muss etwa dreißig Jahre her sein.

Er durchquert das kleine, zur Treppe offene Gewölbe, erreicht eine halb verfaulte Holztür und öffnet sie. Der Raum dahinter ist größer, vor den Wänden stehen alte Regale, schief und voller verrosteter Werkzeuge, verstaubter Dosen und Gläser mit nicht identifizierbarem Inhalt. Nur ein Regal auf der linken Seite ist neuer. Es ist ebenfalls vollgestellt, doch die Farbeimer, Weinflaschen und kleineren Maschinen wie eine Handkreissäge, ein Bandschleifer und zwei Bohrmaschinen sind noch nicht so vergammelt wie die Dinge auf den anderen Regalen.

Sein Blick fällt auf die Stahltür ihm gegenüber. Die braune Farbe, mit der sie vor langer Zeit gestrichen worden war, ist an manchen Stellen abgeblättert. Der Rost hat die Schicht im Laufe der Jahre wie verbrannte Haut in Blasen angehoben und dann aufplatzen und abfallen lassen.

Er weiß, der Raum dahinter hat keinen Betonboden, nur festgetretenen Lehm. Er geht auf die Tür zu, bleibt stehen.

Viele Jahre ist es her, seit er das Gewölbe dahinter zum letzten Mal betreten hat. Ohne Zögern greift er in seine Hosentasche, zieht einen Schlüsselring mit zwei Schlüsseln hervor. Den größeren, einen altmodischen Vollschlüssel aus Eisen mit durchgehendem Bart, steckt er in das Schloss und dreht ihn um. Dann legt er die Hand auf die schwere Klinke und drückt sie nach unten.

Er muss kräftig ziehen, bis die Tür sich mit einem Knarzen öffnen lässt. Er macht einen Schritt nach vorn, seine linke Hand ertastet den klobigen Drehschalter neben dem Türrahmen.

Es klickt laut, dann leuchtet die nackte Glühlampe auf, die an einem Kabel von der Steindecke herabhängt, und taucht das Gewölbe in diffuses, schmutziges Licht.

Er betritt den vollkommen leeren Raum und saugt mit dem nächsten Atemzug abgestandene, modrige Luft in die Lungen. Sie riecht ekelhaft süßlich und schmeckt ölig. Er muss würgen, zwingt sich aber, stehen zu bleiben und sich umzusehen.

Die Wände glänzen feucht, der Lehmboden unter seinen Füßen strahlt seine Eiseskälte durch die dünnen Sohlen seiner Schuhe ab.

Der nächste Atemzug ist nicht mehr so schlimm.

Sein Blick richtet sich auf den hölzernen Deckel auf dem Boden in der Mitte des Raumes, an dessen linkem Rand ein Eisenring angebracht ist. Ein weiterer Ring befindet sich etwa zwanzig Zentimeter daneben an einem metallenen Pflock, der tief in dem Lehmboden verankert ist. Beide Ringe sind mit einer schweren, rostigen Eisenkette verbunden, deren Enden von einem großen, ebenfalls verrosteten Schloss zusammengehalten werden. Sie verhindert, dass der Deckel geöffnet werden kann. Er weiß, dass sich darunter eine Grube befindet, die vor sehr vielen Jahren ausgehoben worden war.

Sein Herzschlag beschleunigt sich kein bisschen, als er einen Schritt darauf zu macht. Er zögert nicht, denkt nicht eine Sekunde daran, sich umzudrehen und wieder zu gehen.

Er ist vollkommen ruhig.

Ein weiterer Schritt – und noch einer. Dann bleibt er stehen und betrachtet den Holzdeckel. Er ist etwa anderthalb Meter lang und halb so breit und aus aneinandergefügten Bohlen gefertigt, die durch drei Z-förmig angeordnete, dicke Bretter zusammengehalten werden.

Schließlich bückt er sich und steckt den zweiten, kleineren Schlüssel des Schlüsselbundes in das Schloss. Er muss sich anstrengen, um den eingerosteten Mechanismus in Gang zu setzen, doch schließlich lässt der Schlüssel sich drehen, und der Bügel springt auf. Er legt das Schloss zur Seite und zieht die Kette durch die beiden Ringe heraus. Dann packt er den Ring des Holzdeckels, stellt sich breitbeinig hin und zieht.

Jetzt erst schießt ihm eine heiße Welle durch den Körper.

1

Max stellte das Wasser ab, fuhr sich mit beiden Händen über Haare und Gesicht und blieb dann noch einige Sekunden mit geschlossenen Augen in der Dusche stehen. Er hatte sich an diesem frühen Winterabend für die längste seiner gewohnten Joggingstrecken entschieden, weil er den ganzen Nachmittag in seinem Büro in der Uni gesessen und Klausuren durchgesehen hatte.

Fast eineinhalb Stunden war er durch die Dämmerung, dann durch die nasskalte Dunkelheit an Medienhafen und Rheinturm vorbei zur Rheinpromenade und in einer großen Schleife über den Paradiesstrand gelaufen und hatte sich ausgepowert, bevor er wieder in seine Wohnung in Unterbilk zurückgekehrt war. Nun genoss er das wohlige Gefühl, das das auf seiner warmen Haut verdampfende Wasser hinterließ.

Schließlich zog er das große Duschtuch vom Halter, rubbelte sich trocken und schlang es sich um die Hüfte. Beim Blick in den beschlagenen Spiegel konnte er lediglich die Konturen seines Kopfes und der Schultern erahnen, also wandte er sich ab und wollte ins Schlafzimmer gehen, als sein Handy klingelte, das er auf dem Esstisch abgelegt hatte.

»Echt jetzt?«, stieß er aus und schüttelte den Kopf. Manchmal schien es, als warte ein Anrufer auf den ungünstigsten Moment für ein Telefonat.

»Bischoff«, meldete er sich, nachdem er festgestellt hatte, dass ihm die angezeigte Nummer nicht bekannt war.

»Eslem Keskin hier«, entgegnete die Anruferin zu Max' Verwunderung.

»Frau Kriminalrätin Keskin? Haben Sie sich verwählt?«

»Mir ist klar, dass Sie sich über meinen Anruf wundern«, erklärte die Leiterin von Max' ehemaliger Dienststelle, dem KK11 in Düsseldorf, und zwar in einem Tonfall, der Max aufhorchen ließ.

»Allerdings, zumal um diese Uhrzeit. Ist etwas nicht in Ordnung? Stimmt etwas nicht mit Horst?«

Sein ehemaliger Partner und mittlerweile guter Freund Horst Böhmer war für Max nach wie vor das Bindeglied zur Kripo, wohingegen Kriminalrätin Keskin alles andere als ein Fan von Max war. Sie mochte ihn nicht sonderlich und trug das auch offen zur Schau. Umso alarmierter war Max über ihren abendlichen Anruf bei ihm.

»Mit dem Kollegen Böhmer ist alles in bester Ordnung, denke ich. Ich bin zurzeit nicht im Präsidium. Ich habe mir ein paar Tage frei genommen und halte mich seit vorgestern in einer kleinen Gemeinde an der Mosel auf.«

Horst ging es also gut. Max lehnte sich erleichtert an das Waschbecken. »Ah, ich verstehe. Und wo Sie gerade so entspannt in Urlaubsstimmung sind, ist Ihnen aufgefallen, dass wir beide schon lange nicht mehr miteinander geplaudert haben und dass es höchste Zeit dafür wird.«

»Wie wäre es, wenn Sie Ihren Sarkasmus wieder einpacken und mir einfach zuhören?«

»Ich kann es zumindest versuchen.«

Was immer es war, weswegen Keskin ihn anrief – offenbar wollte sie etwas von ihm, und Max gestand sich ein, dass er es genoss, sie in einer Situation zu sehen, in der sie es sich offenbar verkneifen musste, ihr gewohntes Gift gegen ihn zu versprühen.

»Ich brauche Ihre Hilfe.«

Das kam direkter, als Max es erwartet hatte.

»Moment! Habe ich das richtig verstanden? Sie, Frau Kriminalrätin Eslem Keskin, die Leiterin meiner ehemaligen Dienststelle, die keine Gelegenheit verstreichen lässt, mir zu verstehen zu geben, wie wenig sie von mir und dem, was ich tue, hält, rufen mich abends an, weil Sie meine Hilfe brauchen? Und schicken dabei nicht Horst Böhmer vor? Ich bin überrascht.«

»Sind Sie jetzt fertig?«, entgegnete Keskin mit einer Nachsichtigkeit, die Max davon überzeugte, dass ihr Anruf einen ernsten Hintergrund haben musste und dass es an der Zeit war, mit den Spielchen aufzuhören.

»Also gut, wie kann ich Ihnen helfen?«

Er hörte, wie Keskin tief durchatmete, bevor sie begann.

»Wie gesagt, halte ich mich gerade in einem kleinen Moselort namens Klotten auf. Er liegt gleich neben der

Stadt Cochem, die Ihnen sicher ein Begriff ist. Ich bin allerdings nicht zum Urlaub hier, sondern zur Beerdigung meiner langjährigen Freundin, die vor ein paar Tagen an Krebs gestorben ist.«

Max spürte ein flaues Gefühl im Bauch und schalt sich einen Narren wegen des Unsinns, den er gerade von sich gegeben hatte.

»Das tut mir leid«, sagte er ein wenig beschämt.

»Ja, mir auch. Gabriele – so hieß meine Freundin – hat eine einundzwanzigjährige Tochter, und die hat mir, als ich hier angekommen bin, ein Tagebuch gegeben, das sie unter der Wäsche in einer Kommode ihrer Mutter gefunden hat. Die Einträge sind laut den Datumsangaben vor etwa zweiundzwanzig Jahren verfasst worden.«

»Das ist lange her«, bemerkte Max und war gespannt, wo Keskins Schilderung hinführen würde.

»Ja. Gabriele hat dieses Tagebuch nur ein paar Wochen lang geführt, aber das, was sie geschrieben hat, klingt sehr merkwürdig. Sie erwähnt immer wieder eine furchtbare Schuld, die sie gemeinsam mit *den anderen* auf sich geladen hat, und dass sie sich gegenseitig geschworen haben, niemals ein Wort darüber zu verlieren, weil das die Existenzen ihrer Familien vernichten würde. Sie schreibt, dass sie das Gefühl hat, an diesem furchtbaren Geheimnis zu ersticken, und so verzweifelt ist, dass sie sogar schon daran gedacht hat, sich umzubringen.«

»Das klingt sehr dramatisch, aber … ich bin nicht sicher, ob ich verstehe, wobei Sie meine Hilfe brauchen. Soll ich für Sie herausfinden, was das Geheimnis ist, von dem Ihre Freundin vor zweiundzwanzig Jahren geschrieben hat?«

»Jessica, das ist Gabrieles Tochter, sagte, dieses Tagebuch hätte offen in der Kommode gelegen, so dass jeder x-Beliebige es hätte finden können.«

»Ihre Freundin *wollte* also, dass das Buch gefunden wird.«

»Genau. Jessi glaubt, ihrer Mutter war es wichtig, dass das, worüber sie damals geschrieben hat, nach ihrem Tod ans Licht kommt. Damit sie ihren Seelenfrieden findet.«

Max dachte kurz nach. »Aber warum dann so vage? Warum hat sie nicht erklärt, worum es geht? Das wäre doch am einfachsten gewesen.«

Keskin atmete tief durch. »Gabriele hat bis zur letzten Stunde fest daran geglaubt, dass sie noch eine ganze Weile leben würde. Dann ging es aber plötzlich sehr schnell. Innerhalb von ein, zwei Tagen ist sie regelrecht in sich zusammengefallen. Ich denke, sie ist einfach nicht mehr dazu gekommen.«

»Was ist mit dem Vater von Jessica?«

»Der ist nicht bekannt.«

»Nicht bekannt?«

»Nein, Gabriele hat den Namen nie preisgegeben. Sie hat ihre Tochter allein aufgezogen.«

»Okay. Also kein bekannter Vater. Und Sie möchten jetzt, dass ich herausfinde, was diese Schuld war, von der sie geschrieben hat?«

»Ja.«

»Ich weiß nicht, ob das etwas ist, wofür ich …«

»Da gibt es noch was, das Sie wissen sollten. Ich habe natürlich gleich ein wenig recherchiert und herausgefunden, dass etwa zwei Monate vor Beginn dieser Tagebucheinträge ein junger Mann aus einer Winzerfamilie hier im Ort spurlos verschwunden ist. Die Polizei hat damals ein Gewaltverbrechen nicht ausgeschlossen, den Fall dann aber irgendwann ruhen lassen, weil es keine Hinweise gab und sie nicht weitergekommen sind. Ich befürchte, diese Tagebucheinträge könnten vielleicht etwas damit zu tun haben.«

»Was natürlich auch bedeuten würde, dass Ihre Freundin etwas mit dem Verschwinden des Mannes zu tun hatte.«

Es entstand eine Pause von einigen Sekunden, bevor Keskin leise antwortete. »Werden Sie mir helfen? Ich werde Sie selbstverständlich dafür bezahlen.«

Max dachte darüber nach, obwohl spätestens mit der letzten Information, die die Leiterin des KK11 ihm gegeben hatte, sein Interesse definitiv geweckt war.

»Eine Frage: Wenn Sie einen konkreten Verdacht haben – warum machen Sie es nicht offiziell und lassen die Kollegen vor Ort ermitteln?«

»Weil ich natürlich nicht weiß, ob Gabrieles Tagebucheinträge tatsächlich etwas mit dem Verschwinden dieses jungen Mannes zu tun haben. Wenn ich es offiziell mache, wird aber in jedem Fall etwas an ihr hängenbleiben, auch wenn keine Beweise für ihre Mittäterschaft gefunden werden.« Erneut atmete Keskin tief durch. »Ich möchte nicht, dass wegen einer vagen Möglichkeit das Andenken an sie beschmutzt wird.«

»Das verstehe ich. Wann ist die Beerdigung?«

»Die war heute. Und? Werden Sie mir helfen?«

»Geben Sie mir die Adresse, ich komme morgen Vor-mittag.«

2

Nachdem er sich die Adresse notiert und aufgelegt hatte, ging Max ins Schlafzimmer, wo er sich frische Sachen aus dem Schrank nahm.

Während er sich ankleidete, kreisten seine Gedanken um das Telefonat mit Keskin. Erst hatte er ihre Bitte reflexartig ablehnen wollen, denn bisher hatte sie keine Gelegenheit versäumt, ihm zu verstehen zu geben, was sie von ihm und der Tatsache hielt, dass er sich als Privatmann in offizielle Fälle einmischte. Es wäre gerade eine gute Gelegenheit gewesen, ihr das unter die Nase zu reiben, doch dann hatte er sich darauf besonnen, dass er wohl immer wieder mit ihr zu tun haben würde und es sich als nützlich erweisen könnte, wenn er ihr half. Zudem hatte sie mit ihrer Geschichte sein Interesse geweckt.

Fertig angezogen schenkte er sich in der Küche ein großes Glas Apfelschorle ein und ging damit ins Wohnzimmer, wo er sich auf die Couch setzte und dann seinen ehemaligen Partner anrief. Schon nach zweimaligem Läuten nahm Horst Böhmer das Gespräch an.

»Max! Wie schön, von dir zu hören.«

»Hallo, Horst, ich hoffe, ich störe dich nicht.«

»Das hängt vom Grund deines Anrufs ab. Falls du

mich um ein Rendezvous bitten möchtest, muss ich leider ablehnen. Ich sitze gerade gemütlich auf meiner Couch, genieße ein kühles Bier und habe nicht vor, an dieser Situation etwas zu ändern.«

»Keine Angst, du brauchst dich nicht vom Fleck zu bewegen. Obwohl es dir sicher guttun würde.«

»War nett, mit dir geplaudert zu haben.«

Max grinste, wurde dann aber wieder ernst. »Keskin hat mich gerade angerufen.«

»Was?«, stieß Böhmer überrascht aus. »Die Frau Kriminalrätin ruft *dich* an? Ich dachte, die ist ein paar Tage in Urlaub. Wollte sie sich ihre Urlaubstage versüßen, indem sie dir einfach mal präventiv sagt, du sollst dich zukünftig aus unseren Ermittlungen raushalten?«

»Nein, ganz im Gegenteil. Sie hat mich um Hilfe gebeten.«

Erst nach einer Pause von mehreren Sekunden sagte Böhmer: »Das ist jetzt ein Scherz, oder?«

»Nein. Es geht um eine Freundin von ihr, die gerade an Krebs gestorben ist.«

In wenigen Sätzen erzählte Max seinem ehemaligen Partner von dem Telefonat und beendete seine Schilderung mit: »Ich denke, das ist eine gute Gelegenheit, sie davon zu überzeugen, dass ich vielleicht ganz anders bin, als sie es sich vorstellt.«

»Wieso anders? Hält sie dich nicht mehr für einen Ex-Polizisten, der an maßloser Selbstüberschätzung leidet und glaubt, die Polizei könnte ohne ihn keine Fälle mehr lösen?«

»Ich sollte mir angewöhnen, unsere Freundschaft hier und da einer kritischen Prüfung zu unterziehen.«

Beide Männer lachten.

»Jetzt mal Scherz beiseite«, sagte Böhmer schließlich. »Du willst doch nicht wirklich dort hinfahren, nur weil die Frau Kriminalrätin glaubt, einem Geheimnis um ihre Freundin auf der Spur zu sein?«

»Doch, genau das habe ich vor.«

»O Mann, Max! Sie benutzt dich nur. Du weißt doch, was sie von dir hält und dass sie dir noch immer die Schuld an der Sache mit Menkhoff gibt. Seit sie da ist, wirft sie dir Knüppel zwischen die Beine, wo immer es geht. Und jetzt ruft sie dich an, weil sie deine Hilfe braucht, und du springst sofort? Was, zum Teufel, ist los mit dir?«

»Ich habe wahrscheinlich einfach ein zu großes Herz. Ich melde mich, wenn ich dort bin, okay?«

»Tu, was du nicht lassen kannst«, grummelte Böhmer. »Aber sag später nicht, ich hätte dich nicht gewarnt.«

Nachdem er aufgelegt hatte, rief Max seine Schwester Kirsten an und erzählte auch ihr von Keskins Anruf.

Kirsten hörte sich seine Schilderungen an, ohne ihn zu unterbrechen. Erst als eine längere Pause entstand, fragte sie: »Und? Wirst du ihr helfen?«

»Ich denke schon.«

»Was sagt Horst dazu?«

Das war typisch für Kirsten. Sie fragte nicht, ob er seinen ehemaligen Partner schon angerufen hatte. Sie setzte es voraus.

»Er hält mich für verrückt, weil Keskin mir Steine in den Weg gelegt hat, wo immer sie konnte, seit sie Chefin des KK11 geworden ist.«

»So habe ich das bisher auch verstanden. Warum möchtest du ihr trotzdem helfen?«

»Vielleicht, weil das eine Gelegenheit ist, ihr zu beweisen, dass sie sich in mir getäuscht und mir die ganze Zeit über Unrecht getan hat.«

»Ist es dir denn so wichtig, was sie über dich denkt?«

Max überlegte kurz, bevor er antwortete. »Eigentlich nicht.«

»Was ist es dann?«

»Vielleicht möchte ich einfach, dass sie in meiner Schuld steht.«

»Nein.«

»Nein?«, wiederholte Max überrascht.

»Das glaube ich nicht. Zumindest ist das nicht der Hauptgrund, dass du nach … in dieses Dorf …«

»Klotten.«

»Genau, warum du nach Klotten fahren möchtest. Ich denke, das, was Frau Keskin dir erzählt hat, lässt dir jetzt schon keine Ruhe mehr. Geheimnisvolle Tagebucheinträge von einer Schuld, die die verstorbene Frau gemeinsam mit anderen damals auf sich geladen hat, ein verschwundener Mann ungefähr zur gleichen Zeit … das ist es, was dich antreibt, dem du unbedingt auf den Grund gehen möchtest. Dabei nimmst du den Nebeneffekt, Horsts neuer Chefin zu zeigen, dass sie, was dich betrifft, völlig falschliegt, als zusätzliches Bonbon mit.«

Max lächelte. »Vielleicht hast du ja recht.« Natürlich wusste er, dass seine Schwester recht hatte. Letztendlich wäre es egal gewesen, wer in diesem Fall um Hilfe gerufen hätte, der Fall an sich war es, der ihn reizte. Wenn es denn ein Fall war.

»Pass auf dich auf«, mahnte Kirsten.

»Das tue ich. Ich melde mich wieder bei dir.«

Max legte auf und schloss für einen Moment die Augen. Er sah Kirsten vor sich, wie sie in ihrem Rollstuhl saß, das Telefon noch in der Hand, und aus dem Fenster schaute, während ihre Gedanken um ein furchtbares Ereignis kreisten, das gerade einmal zwei Jahre zurücklag. Die zweite traumatische Erfahrung, die sie in ihrem Leben hatte machen müssen.

Bei der ersten war sie acht Jahre alt gewesen. Ein betrunkener Autofahrer hatte sie damals vom Fahrrad gerissen und in den Rollstuhl katapultiert. Bruch des vierten Brustwirbels, Verletzung des Rückenmarks. Max hatte noch immer den Ausdruck auf ihrem Kindergesicht vor Augen, als ihr nach der Notoperation klarwurde, dass sie wohl nie wieder herumlaufen konnte.

Vielleicht hatte dieses Ereignis mit dazu geführt, dass er so ein inniges Verhältnis zu Kirsten hatte und dass diese Geschichte vor zwei Jahren ihn derart aus der Bahn geworfen hatte, dass er den Dienst bei der Polizei quittierte.

Max schob diese Gedanken beiseite, legte das Telefon auf den Tisch und stand auf. Er musste ein paar Sachen packen für die Fahrt an die Mosel.

3

Max erwachte nach einem unruhigen Schlaf gegen halb sieben am Morgen und stand um sieben Uhr schließlich auf, nachdem er noch einmal über seine Telefonate mit Keskin, Böhmer und Kirsten nachgedacht hatte.

Nachdem er geduscht und gefrühstückt hatte, warf er um kurz vor acht seine gepackte Reisetasche in den Kofferraum und brach Richtung Mosel auf. Das Wetter entsprach der Jahreszeit Anfang November, es war kalt, diesig und trüb.

Während der Fahrt über die Autobahn ging Max wieder und wieder die wenigen Anhaltspunkte durch, die Eslem Keskin ihm genannt hatte. Tagebucheinträge von Keskins Freundin, die sich um eine große Schuld drehten, die aber nicht näher beschrieben worden war.

Max versuchte, eine Antwort auf die Frage zu finden, warum jemand ein Tagebuch führte, dort aber nur Andeutungen machte, statt sich den Kummer von der Seele zu schreiben, wie man es bei einem Tagebuch normalerweise tat.

Vielleicht würde sich ja schnell herausstellen, dass Keskin zu viel in die Tagebucheinträge ihrer Freundin hineininterpretiert hatte, und Max würde schon am nächsten

Tag wieder nach Hause fahren. Ein Gefühl sagte ihm jedoch, dass es anders kommen würde.

Auf Höhe von Bad Neuenahr-Ahrweiler begann es zu regnen, und Max verringerte die Geschwindigkeit. Als er etwa eine halbe Stunde später die A48 bei Kaisersesch verließ, wurde die Sicht noch schlechter und die Fahrt zu einer anstrengenden Angelegenheit, die seine volle Konzentration erforderte.

Der Himmel war eine verwaschene, dunkelgraue Fläche, die nass glänzende, schmale Landstraße schlängelte sich in einem ständigen Auf und Ab wie eine Berg- und Talbahn durch dünnbesiedelte Natur.

Max musste noch langsamer fahren, weil sich die Sicht mit jedem Kilometer, den er hinter sich ließ, weiter verschlechterte.

Als er kurz darauf die serpentinenartige Straße Richtung Cochem hinabfuhr, hingen die dunklen Wolken wie eine Drohung über der Stadt und dem Moseltal.

Kurz nachdem er Cochem durchfahren und wieder verlassen hatte, erreichte er schließlich Klotten.

Die kleine Gemeinde wirkte mit ihren überwiegend alten, teilweise leerstehenden und dem Verfall preisgegebenen Gebäuden auf Max wie ein verwunschener, aus der Zeit gefallener Ort, als er von der Moselstraße in die engen Gässchen abbog, die laut seinem Navigationsgerät zu der Adresse führten, die Keskin ihm genannt hatte.

Max ließ in Gedanken noch einmal Revue passieren, was er über Klotten gelesen hatte. Ein Weinort, umgeben von steilen Schieferhängen, etwa tausendzweihundert Einwohner, etliche Weinbaubetriebe. Anfang des 11. Jahrhunderts hatte eine Polenkönigin, deren Namen Max vergessen hatte, sich mit ihren Kindern für ein paar Jahre in Klotten aufgehalten, was in allen Publikationen über den Ort erwähnt wurde.

Am Fuß der Gemeinde gab es eine Fähre über die Mosel, auf einer Bergkuppe oberhalb eine Burg, deren Namen Max ebenfalls entfallen war, die er aber schon von der Moselstraße aus gesehen hatte.

Eslem Keskin hatte sich in einer kleinen Pension einquartiert, deren beigefarbene Fassade offenbar vor nicht allzu langer Zeit erneuert worden war. Dennoch wirkte das Gebäude bei dem trüben Wetter wenig einladend auf Max, und er erwischte sich bei dem Gedanken, dass dieser ganze Ort auf ihn den Eindruck machte, als sei er als Kulisse für einen Edgar-Wallace-Krimi gebaut worden.

Nachdem er seinen Wagen in einer kleinen Parkbucht neben dem Haus abgestellt hatte, griff Max nach seinem Smartphone und wählte Keskins Nummer. Schon nach dem zweiten Klingeln nahm sie das Gespräch an.

»Guten Morgen«, begrüßte Max sie. »Ich bin da. Ich stehe vor dem Haus.«

»Wow!«, entgegnete Keskin hörbar überrascht. »So früh habe ich nicht mit Ihnen gerechnet.«

»Worauf hätte ich warten sollen?«

»Da haben Sie natürlich recht. Schön, dass Sie da sind, ich komme sofort runter.«

Max stieg aus, schlüpfte in seine Jacke und zog den Reißverschluss bis zum Hals zu. Der Niederschlag war mittlerweile etwas schwächer geworden und rieselte als kalter Nieselregen aus den dunklen Wolken, was es aber nicht unbedingt besser machte.

Max ging auf den überdachten Eingang zu und stellte fest, dass es sich seltsam anfühlte, wenn Keskin so freundlich mit ihm sprach. So, als ob das dicke Ende in Form von zynischen Kommentaren und Vorwürfen gegen ihn gleich kommen würde.

Ganz im Gegenteil zeigte sich auf Keskins Gesicht der Anflug eines Lächelns, als sie die Tür öffnete und ihm die Hand entgegenstreckte. »Noch mal: Danke, dass Sie gekommen sind, Herr Bischoff.«

Eslem Keskin hatte sich seit ihrem letzten Treffen, das schon eine Weile her war, nicht verändert. Ihre schlanke Gestalt wirkte sportlich, die dunkelrot umrandete Brille bildete einen interessanten Kontrast zu ihren dunklen Augen und den schulterlangen, fast schwarzen Haaren.

Max wollte ihr die Hand schütteln, stockte aber in der Bewegung, als hinter Keskin eine weitere Person auftauchte. Eine junge Frau Mitte zwanzig mit blonden Haaren, die bis zur Mitte des Rückens reichten. Sie kam Max sofort bekannt vor, und zwei Atemzüge später wusste er auch, woher.

Vor ihm stand Jana Brosius, eine ehemalige Studentin von ihm, die – auch daran erinnerte er sich noch gut – laut ihrer eigenen Aussage ein glühender Fan von ihm war.

»Frau Brosius?«, stieß er aus, die Hand noch immer halb erhoben.

»Kriminalkommissarin auf Probe Brosius, genau genommen«, entgegnete sie, und ihre Miene wollte dabei nicht so recht Max' Erwartung unterstreichen, dass sie das im Scherz gesagt hatte.

»Sie sind ...«, setzte er an, wurde jedoch von Jana unterbrochen. »Bei Ihrer alten Dienststelle, dem KK11, ja.«

Max' Gedanken überschlugen sich. Wie kam sie unmittelbar nach dem Studium zum KK11? Und warum hatte Böhmer ihm nichts davon gesagt, dass eine ehemalige Studentin von ihm nun seine neue Kollegin war?

Die Antwort auf die zweite Frage gab Max sich gleich selbst: Weil Jana Brosius für Böhmer einfach nur eine neue Kollegin war. Woher sollte er wissen, dass sie in Max' Vorlesungen gewesen war und ihn und seine Methoden bewunderte. Die erste Frage beantwortete gleich darauf Keskin.

»Frau Brosius war direkt nach dem Studienabschluss bei mir und hat mich in einem persönlichen Gespräch davon überzeugt, dass sie eine Bereicherung für die Mordkommission ist«, erklärte Keskin mit wohlwollendem Blick auf die junge Frau. »Ich halte große Stücke auf diese junge Polizistin und habe sie ein wenig unter meine Fittiche genommen. Wenn ich das richtig einschätze, steht ihr eine steile Karriere bevor. Sie ist extrem engagiert und zudem noch mit dem richtigen Gespür ausgestattet, das sie zu einer Top-Ermittlerin machen kann.«

Max hatte seine Überraschung überwunden und lächelte Jana an. »Das klingt wirklich gut. Wenn ich das richtig in Erinnerung habe, finden Sie die Fallanalyse ebenso faszinierend wie ich.«

»Ach ja, schon«, entgegnete sie mit einem gleichgültigen Schulterzucken. »Aber es gibt noch genügend andere interessante Bereiche.«

»Das hört sich anders an als noch vor zwei Jahren.«

»Ja, stimmt.« Sie warf Keskin einen schwer zu deutenden Blick zu, bevor sie sich erneut Max zuwandte. »Das war damals Schwärmerei. Ich bin mittlerweile reifer und erfahrener geworden. Außerdem wusste ich vor zwei Jahren noch nicht, was ich heute weiß.«

Über mich und Bernd Menkhoff?, schlussfolgerte Max und zwang sich dazu, Keskin keinen vorwurfsvollen Blick zuzuwerfen. »Wie dem auch sei«, erwiderte er und wischte die Überlegungen und die Überraschung über Janas Verhalten ihm gegenüber beiseite.

»Frau Brosius hat sich extra Urlaub genommen und ist gleich hergekommen, als sie von Gabrieles seltsamen Tagebucheinträgen gehört hat«, beeilte sich Keskin zu berichten.

»Verstehe«, sagte Max und überlegte, dass die junge Kommissarin sicher nicht irgendwo davon gehört, sondern von Keskin einen Anruf erhalten hatte. Ebenso wie er. Zudem fragte er sich, warum die Leiterin des KK11 sie beide um Hilfe bat, nachdem sie ihn zuvor bei der jungen Polizistin offensichtlich diskreditiert hatte.

»Ich schlage vor, Sie kommen erst einmal rein.« Keskin deutete hinter sich. »Bevor wir alle völlig durchnässt sind.«

Es zeigte sich, dass die Renovierungsarbeiten im Inneren der Pension noch nicht so weit fortgeschritten waren wie an der Außenfassade. Die Möbel hatten ihre besten Jahre längst hinter sich, und den Decken und Wänden hätten einige Reparaturarbeiten und ein neuer Anstrich sicher gutgetan.

»Nicht modern, aber sauber«, erklärte Keskin, die Max' Gedanken zu erraten schien. »Und die Inhaber sind sehr freundlich.«

Max nickte. »Alles prima. Gibt es hier auch ein Zimmer für mich? Ich meine, falls ich bleibe.«

»Nein, alles ausgebucht«, erklärte Jana, noch bevor Keskin antworten konnte.

»Ah, okay. Und wo soll ich übernachten?«

»Ich habe Ihnen ein Zimmer in einer Pension ganz in der Nähe gebucht. Ich gebe Ihnen nachher die Adresse. Hatten Sie denn eine gute Anreise?«

Max nickte. »Der Regen hat das Fahren etwas anstrengend gemacht, aber es ging.«

Dabei sah er Jana Brosius an und überlegte, was Keskin ihr wohl alles von ihrer speziellen Version der Ereignisse um Bernd Menkhoff erzählt hatte. Und er fragte sich, wie sie es geschafft hatte, die junge Frau so zu beeinflussen.

4

Er stampft die Treppe nach oben, schließt, im Flur angekommen, die Tür hinter sich und lehnt sich dagegen.

Er wundert sich. Anders als früher hat der Gang in den Keller ihm keinerlei Befriedigung verschafft. Im Gegenteil, er hat die alten Wunden wieder aufgerissen, was den Hass in ihm noch verstärkt. Auf sie und ihre Freunde.

Als er davon gehört hat, dass gleich nach ihrem Tod eine Polizistin aufgetaucht ist und unmittelbar darauf noch eine zweite, da hat er geahnt, dass genau das eingetreten ist, was er befürchtet hat. Diese Schlampe.

Sie hat ihre Strafe bekommen, als der Krebs sie hat verrecken lassen, aber die anderen … Er wird sich um die Sache kümmern müssen. Er wird sich um alles kümmern müssen, bevor es zu spät ist. Wer weiß, was diese dämliche Kuh nach ihrem Tod noch alles anrichtet.

Er stößt sich von der Tür ab, geht in das Wohnzimmer und lässt sich dort auf den Stuhl fallen. Als er die Augen schließt, sind sofort Bilder da. Brutale, blutige Bilder. Phantasien davon, was er mit denjenigen macht, die sich gegen ihn stellen. Wie er sie bestraft.

»Strafe muss sein«, hört er sich selbst mit veränderter Stimme sagen. »Strafe reinigt die Seele. Schmerz reinigt die

Seele. Wer Unrecht getan hat, findet im Schmerz Läuterung und Vergebung.«

Seine Gedanken wandern ein paar Minuten in die Vergangenheit. Er sieht sich wieder in der Mitte des Raumes stehen, den Blick nach unten gerichtet. Erneut sieht er vor sich, was er dort zu seinen Füßen ewig lange angestarrt hat, in dem Bewusstsein, was sich darunter verbirgt.

Er war nicht immer der, der er jetzt ist.

Die Sache hat ihn zu einem anderen gemacht, das ist ihm völlig klar. Aber ebenso klar ist auch, dass er nichts dagegen tun kann und auch nichts dagegen tun will.

5

»Bitte, nehmen Sie Platz.« Keskin deutete auf eine hölzerne Eckbank, die in dem Zimmer, das Max wie eine Art Aufenthaltsraum vorkam, zusammen mit zwei Stühlen an einem länglichen Tisch stand. Neben einem deckenhohen antiken Schrank und einer hüfthohen Kommode das einzige Inventar des Raumes, der durch zwei große Glaselemente im Sommer lichtdurchflutet sein musste, nun aber von einer über dem Tisch hängenden, altmodischen Lampe erhellt wurde.

Während er sich niederließ, betrachtete Max das in schwarzes Kunstleder eingebundene Buch, das auf dem Tisch lag.

»Das ist Gabrieles Tagebuch, von dem ich Ihnen am Telefon erzählt habe«, erklärte Keskin und setzte sich ihm gegenüber auf einen der Stühle. Jana Brosius zog den zweiten Stuhl zurück und nahm darauf Platz, vermied es dabei aber, Max anzusehen.

»Darf ich?«, fragte Max, an Keskin gewandt.

Sie nickte. »Ja. Wenn Sie die ersten Einträge gelesen haben, wissen Sie, was ich meine. Im Grunde wiederholt sich das, was dort steht, immer wieder. Möchten Sie einen Kaffee?«

»Sehr gern.«

Ihr Blick richtete sich auf Jana, die aber den Kopf schüttelte. »Für mich nicht, danke.«

Während Keskin aufstand, zog Max das Buch zu sich heran und schlug es auf. Er vermied es bewusst, Jana Brosius anzuschauen. Mit der Frage, warum sie sich ihm gegenüber so seltsam verhielt, konnte er sich später beschäftigen. Auf der ersten Seite des Buches stand mittig nur der mit blauer Tinte handgeschriebene Name *Gabriele Meininger*, doch schon auf der nächsten Seite begann der erste Eintrag.

Mittwoch, 13. 9. 2000
Wer hätte gedacht, dass ich jemals in ein Tagebuch schreiben würde? Etwas, das ich noch nicht mal als Teenager getan habe. Aber es gab auch keine Zeit, in der ich so verzweifelt war, wie ich es zurzeit bin. Nicht einmal als junges Mädchen.
Ich habe große Schuld auf mich geladen und weiß nicht, wie ich damit weiterleben soll. Seit dieser schrecklichen Nacht kann ich nicht mehr ruhig schlafen, und mehr als alles andere bin ich zutiefst erschrocken, nein, schockiert darüber, zu was ich fähig bin. Mein ganzes bisheriges Leben habe ich mich für einen guten Menschen gehalten. Natürlich habe ich meine Fehler wie jeder andere, aber ich habe stets Wert darauf gelegt, mich anderen gegenüber anständig zu verhalten. Nie habe ich jemandem etwas zuleide getan.
Und dann tue ich etwas derart Schreckliches. Tun wir etwas so Schreckliches. Ja, ich war nicht allein, aber diese Tatsache macht es keinen Deut besser.

Wie oft habe ich mir in den vergangenen Wochen die Frage gestellt, ob ich anders gehandelt hätte, wenn ich allein gewesen wäre, und tatsächlich glaube ich, dass das alles dann nicht so geschehen wäre. Aber was ändert das? Ich war nicht allein, und was wir getan haben, lässt sich nicht mehr ungeschehen machen. Auch wenn ich wirklich alles dafür geben würde. Nun muss ich für den Rest meines Lebens mit dieser Schuld zurechtkommen.

Tatsächlich habe ich schon ein paarmal darüber nachgedacht, ob ich mein Leben beenden soll. Dadurch würde zwar auch nicht ungeschehen gemacht, was wir getan haben, aber es wäre zumindest eine Art Vergeltung. Dann aber habe ich mich gefragt, ob man Leben gegeneinander aufwiegen kann. Und auch mein Tod würde nichts an dem ändern, was wir zu verantworten haben.

Keskin kam zurück und stellte ein Tablett vor Max ab, auf dem eine gefüllte Tasse, ein Milchkännchen sowie eine Zuckerdose mit einem Löffel darin standen.

Max deutete auf das vor ihm liegende Buch. »Ihre Freundin hat sich gefragt, ob man Leben gegeneinander aufwiegen kann. Das könnte tatsächlich ein Hinweis darauf sein, dass ein Mensch umgekommen ist.«

Keskin nickte. »Vor allem vor dem Hintergrund, dass nur wenige Wochen vor dem ersten Tagebucheintrag ein junger Mann verschwunden ist. Wenn Sie die letzten Seiten aufschlagen, finden Sie darin ein gefaltetes Blatt Papier, auf dem ich die Daten dazu ausgedruckt habe und ein Foto von ihm.«

Max zog beides heraus und betrachtete zunächst die Fotografie. Sie zeigte einen jungen Mann mit blonden, an den Seiten kurz geschnittenen Haaren, der in die Kamera lächelte. Dem Gesicht nach zu urteilen schien er recht schlank zu sein. Als Nächstes faltete Max das Blatt auseinander und las.

Peter Kautenberger, geb. 17. August 1974
- Jungwinzer
- vermisst seit 2.8.2000
- Gewaltverbrechen nicht nachweisbar, aber auch nicht auszuschließen
- mögliches Motiv für Gewalttat unbekannt
- keine bekannten Konflikte
- Eltern geschieden, Mutter lebt in München
- Vater auffallend unkooperativ, Kenntnis über Verschwinden seines Sohnes nicht nachweisbar
- Ermittlungen im Ort gestalteten sich schwierig

Max sah von dem Blatt auf. »Diese Informationen haben Sie aber nicht aus der Zeitung.«

»Nein, ich habe gestern mit einem Kollegen der Koblenzer Kripo gesprochen. Er war sehr hilfsbereit. Das, was ich aufgeschrieben habe, entspricht dem damaligen Ermittlungsstand.«

»Und er hat Ihnen am Telefon Auskunft gegeben?«

»Ich hatte mit ihm einen Videocall. Mein Dienstausweis hat ihm als Legitimation ausgereicht.«

Max lehnte sich zurück.

»Ihre Freundin hat geschrieben, sie war nicht allein bei dem, was da geschehen ist. Haben Sie eine Idee, wen sie mit den *anderen* gemeint haben könnte?«

»Es gibt ein paar Namen, aber ich weiß nicht, ob diese anderen damit gemeint sind. Ich hoffe, dass Sie das herausfinden werden. Ich muss morgen zurück nach Düsseldorf. Termine, die sich nicht verschieben lassen.«

Max hob eine Braue. »Sie bleiben nicht hier?«

Ein Lächeln umspielte Keskins Mund. »Herr Bischoff, wenn ich selbst hierbleiben könnte, hätte ich Sie nicht um Hilfe bitten müssen. Ich werde heute noch zurück fahren.«

Da war er wieder, dieser Unterton, in dem die Abneigung mitschwang.

»*Ich* bleibe«, erklärte Jana knapp, bevor er etwas entgegnen konnte.

Max musste unwillkürlich an Böhmers Worte denken. *Keskin benutzt dich nur. Du weißt doch, was sie von dir hält und dass sie dir noch immer die Schuld an der Sache mit Menkhoff gibt.* Wie es aussah, behielt sein Expartner recht.

»Ist es für Sie ein Problem, wenn ich nicht mehr hier bin?«

»Nein«, erwiderte Max und sah zu der jungen Polizistin hinüber. »Frau Brosius ist ja noch da, um mich zu unterstützen.«

»*Sie* unterstützen *mich*, meinten Sie sicher«, korrigierte Jana ihn. »Wir wollen doch bitte nicht die Rollen vertauschen. *Ich* bin aktive Polizistin, *Sie* sind ein ehemaliger Polizist, der es mittlerweile vorzieht, vor jungen Menschen über Dinge zu sprechen, vor denen Sie selbst weggelaufen sind. Also werde *ich* diese ... Ermittlungen leiten, nicht Sie.«

»Ich bin glcich wieder da«, erklärte Keskin und stand auf. »Ich muss schnell ein privates Telefonat führen.«

Max sah ihr nach, bis sie durch die Tür war, und überlegte dabei, ob Keskin bewusst genau diesen Zeitpunkt gewählt hatte, um ihn mit Jana Brosius allein zu lassen. Dann wandte er sich an seine ehemalige Studentin.

»Dinge, vor denen ich weggelaufen bin?« Er schüttelte den Kopf. »Aber gut, darauf möchte ich – zumindest im Moment – nicht eingehen. Das können wir zu einem anderen Zeitpunkt diskutieren, denn Sie deuten etwas an, über das Sie nicht urteilen können. Was mich aber wirklich interessiert ... Sagen Sie mir, was vorgefallen ist?«

Sie zuckte mit den Schultern, wirkte von der Frage allerdings wenig überrascht. »Ich weiß nicht, was Sie meinen.«

»Ich erinnere mich daran, dass Sie mir nach einer Vorlesung sagten, Sie seien ein großer Fan von mir und hätten alles über mich gelesen. Und dass Sie den gleichen Weg einschlagen möchten wie ich.«

»Und?«

»Nun, es scheint, dass Sie Ihre Meinung geändert haben, und es würde mich interessieren, woran das liegt.«

»Also gut.« Jana lehnte sich auf dem Stuhl zurück, legte die Hände vor sich auf den Tisch und sah ihn mit festem Blick an. »Sie haben recht, ich war ein Fan von

Ihnen. Das war, bevor ich erfahren habe, wie Sie agieren, seitdem Sie die Polizei verlassen haben.«

»Ach! Und wie … *agiere* ich?«

»Sie riskieren ohne Rücksicht alles, nur um einen Fall erfolgreich abschließen zu können.«

»Was genau meinen Sie damit?«, hakte Max nach, obwohl er eine recht konkrete Vorstellung hatte.

»Ich denke, Sie wissen, was ich damit meine.«

Max hatte also wohl richtiggelegen mit seiner Vermutung. Er spürte, wie Ärger in ihm hochkochte.

»Sie meinen Bernd Menkhoff?«

Als Jana keine Anstalten machte, darauf zu antworten, sagte Max: »Sind Sie schon mal auf die Idee gekommen, dass die Quelle, von der Sie aller Wahrscheinlichkeit nach diese Geschichte gehört haben, voreingenommen ist? Und dass diese Person, ganz davon abgesehen, dass sie damals nicht dabei war und gar nicht wissen kann, was genau geschehen ist, sich deshalb eine ganz eigene Version zurechtgelegt hat, die aber nicht der Wirklichkeit entspricht?«

Bevor Jana antworten konnte, kam Keskin zurück, setzte sich wieder zu ihnen an den Tisch und legte ein in der Mitte gefaltetes Blatt Papier vor sich. Max war sicher, dass sie gehört hatte, was er gerade gesagt hatte, doch sie tat so, als sei alles in bester Ordnung.

»Warum ich?«, wandte Max sich an sie. »Warum haben Sie ausgerechnet mich angerufen und um Hilfe gebeten, obwohl Sie mich nicht ausstehen können?«

Keskin zuckte mit den Schultern. »Ungeachtet der

Tatsache, was ich von Ihnen persönlich halte, bin ich mir in einem Punkt sicher: Sie sind der zweitbeste Ermittler, mit dem ich je zu tun hatte. Der beste lebt leider nicht mehr, wie Sie ja wissen.«

6

Eine Weile sahen sie einander in die Augen, schweigend und bewegungslos, als würden sie einen telepathischen Kampf austragen, dann riss Max den Blick von Keskin los und stand auf.

»Was ist?«, fragte Keskin, offensichtlich verwundert. »Das war ein Kompliment. Zumindest der zweite Teil.«

Max verzog den Mund zu einem säuerlichen Lächeln. Die unverhohlene Dreistigkeit, mit der diese Frau mit ihm umsprang, ärgerte ihn. Noch mehr aber wurmte ihn die Erkenntnis, *dass* er sich darüber ärgerte. Und wieder fielen ihm Böhmers Worte ein. *Sie benutzt dich nur …*

»Ich sollte mich jetzt in mein Auto setzen und wieder nach Hause fahren, denn ungeachtet der Tatsache, dass dieser Fall mich interessiert, bin *ich* mir mittlerweile ebenfalls in einer Sache sicher: Ich habe keine Lust, Ihnen zu helfen.«

Kurz zeigte sich Überraschung auf Keskins Gesicht, doch schon im nächsten Moment hob sie eine Braue. »Ist Ihnen nicht klar, dass ich Ihnen gerade die Chance biete, mich davon zu überzeugen, dass ich mit meiner bisherigen Meinung über Sie vielleicht nicht richtig liege?«

Max spürte, wie Hitze in ihm aufstieg. »Das ist doch

nicht zu fassen. Sie glauben offenbar tatsächlich, die Welt dreht sich ausschließlich um Sie. Wie kommen Sie auf die Idee, ich hätte ein Interesse daran, Sie von irgendetwas zu überzeugen? Sie haben sich Ihre Meinung aufgrund Ihrer persönlichen Interpretation von Geschehnissen gebildet, bei denen Sie nicht einmal dabei waren, und ...«

Max brach den Satz ab, ließ den Kopf sinken und atmete mehrmals tief durch. Als er Keskin wieder ansah, hob er beide Hände.

»Okay, lassen wir das. Ich brauche Sie von nichts zu überzeugen, und Sie können mir glauben, es ist mir absolut egal, was Sie über mich denken. Es geht aber gerade um etwas anderes. Wie Ihnen selbst schon aufgefallen ist, könnte es sein, dass hier vor über zwanzig Jahren ein Mord passiert ist, der bisher nicht aufgeklärt wurde. Vielleicht haben wir die Chance, das zu ändern und den Täter doch noch zu fassen. Das ist wichtiger als ...«

»Blättern Sie mal vom Ende her drei, vier Seiten zurück.« Keskin deutete auf das Tagebuch, und als Max nicht reagierte, sagte sie: »Bitte.«

Schließlich suchte Max die Stelle und entdeckte nach zwei Seiten einen kurzen Eintrag in einer Schrift, die der auf den ersten Seiten sehr ähnelte, aber etwas krakeliger erschien. Max blätterte weiter zurück, doch die restlichen Seiten waren leer, also schlug er den letzten Eintrag wieder auf. Von wann er war, das konnte er nicht feststellen, ein Datum war nicht angegeben.

Ich bin tot.

Ist das, was mit mir geschieht, meine Strafe?

Mein Körper ist übersät mit Wunden, aber schlimmer als alle Verletzungen ist die Erkenntnis, dass ich meine Schuld mit ins Grab nehmen werde. Mein Körper ist nur noch eine verbrauchte und nicht mehr funktionierende Hülle. Ich bin schon tot, auch wenn ich weiterlebe. Ich werde in meinem letzten Eintrag Buße tun und hoffe darauf, dass der gütige Gott uns unsere Sünde verzeiht. Aber jetzt habe ich keine Kraft mehr. Bald ...

Max las die Zeilen ein zweites Mal und sah dann auf.

»Kein Datum. Aber was da steht, erklärt die krakelige Schrift. Das liest sich, als hätte sie vorgehabt, noch aufzuschreiben, was diese Schuld gewesen ist.«

Keskin nickte nachdenklich. »Ja, aber leider ist sie nicht mehr dazu gekommen.«

Ein weiteres Mal wanderte Max' Blick über den Eintrag, dann schlug er das Tagebuch zu.

»Da hier ja alles ausgebucht ist – wo soll ich übernachten?«

»Ich habe für Sie ein Zimmer in einer Pension eine Straße weiter reserviert«, erklärte Keskin in einem Ton, als hätte die Unterhaltung kurz zuvor nicht stattgefunden.

»Erst einmal für drei Tage. Das kann aber verlängert werden, falls es nötig ist. Ich komme für die Kosten selbstverständlich auf.«

Max nickte. »Also gut, dann werde ich das Zimmer jetzt beziehen und mich anschließend ein wenig umsehen. Danach melde ich mich wieder. Wie ist die genaue Adresse der Pension?«

Keskin nahm das Blatt Papier vom Tisch und reichte es Max. »Ich habe sie Ihnen aufgeschrieben. Außerdem finden Sie hier alle Namen und Adressen, die ich in der kurzen Zeit herausfinden konnte. Freunde und Bekannte von Gabriele, die vielleicht etwas von den Ereignissen von damals wissen könnten. Adresse und Telefonnummer ihrer Tochter Jessica stehen auch darauf.«

Max nahm das Blatt, warf einen kurzen Blick auf die etwa zehn Namen und Adressen und deutete dann auf das Tagebuch vor sich. »Kann ich das mitnehmen, um es in Ruhe durchzulesen?«

Keskin nickte. »Ja, sicher.

»Na dann …«

Kurz darauf verließ Max das Haus. Es war Wind aufgekommen, so dass der Regen schräg fiel. Die Tropfen klatschten Max unangenehm ins Gesicht; er rannte mit eingezogenem Kopf zu seinem Auto.

Als er gerade die Fahrertür öffnen wollte, bemerkte er aus dem Augenwinkel, wie sich jemand von der Seite näherte.

»Sind Sie von der Polizei?«

Max wandte sich um und sah sich einer etwa siebzigjährigen Frau gegenüber. Eine Strähne ihrer mausgrauen Haare klebte ihr nass glänzend auf der Wange. Entweder sie bemerkte es nicht, oder es war ihr ebenso egal wie der Regen, der nicht nur ihre Haare, sondern auch die Strickjacke, die sie trug, schon völlig durchnässt hatte.

»Nein«, entgegnete Max. »Bin ich nicht. Warum fragen Sie? Und wer sind Sie?«

In ihrem Gesicht war keine Regung zu erkennen, nur ihre dunklen Augen schienen Max noch intensiver zu fixieren. »Sie haben ihn umgebracht.«

»Wer hat wen umgebracht?«

»Die falschen Freunde.«

»Ich verstehe nicht. Welche falschen Freunde? Wer sind Sie?«

Der Blick der Frau richtete sich an Max vorbei, während ihre trüben Augen feucht glänzten.

»Schuld vergeht nie.« Ihre Stimme war jetzt kaum mehr als ein Flüstern.

»Ich verstehe nicht, was Sie meinen«, wiederholte Max mit einfühlsamer Stimme, während der Regen unaufhörlich auf sie einprasselte. »Helfen Sie mir. Sagen Sie mir, wer diese Freunde sind und wen sie umgebracht haben.«

»Schuld vergeht nie«, sagte die Frau ein weiteres Mal und sah Max mit einem seltsamen Blick an. »Auch meine Schuld nicht. Niemals.«

Damit wandte sie sich um. »Warten Sie!«, bat Max, doch die Frau ging unbeirrt los, als hätte sie ihn nicht gehört. Max sah ihr nach, bis sie die schmale Straße überquert hatte, dann öffnete er die Autotür und stieg ein.

Im Wageninneren war es von der Fahrt noch warm. Vor allem aber war es trocken.

Max strich mit der Hand über die nassen Haare, dann

blickte er durch die Seitenscheibe und suchte die alte Frau, doch er konnte sie nirgends entdecken. Wahrscheinlich war sie in einer der schmalen Gassen verschwunden, die zwischen einigen Häusern hindurchführten.

Kurz dachte er darüber nach, zurück zu Keskin zu gehen und ihr von dieser seltsamen Begegnung zu erzählen, ließ es aber sein und startete den Wagen. Er spürte immer noch den Ärger über die Chefin des KK 11 in sich und hatte gerade überhaupt keine Lust, mit ihr zu reden.

Max parkte das Auto auf einer als *Parkplatz nur für Gäste* ausgewiesenen Fläche neben der Pension.

Die Frau, die ihm kurz darauf die Tür öffnete, schätzte er auf höchstens Mitte dreißig. Sie hatte die braunen Haare zu einem provisorischen Dutt zusammengesteckt und war nur wenig kleiner als er selbst. Ihre sportlich-schlanke Figur wurde durch eine perfekt sitzende Jeans betont.

In dem Lächeln, mit dem sie ihm gegenübertrat, lag eine natürliche Herzlichkeit, die Max angenehm berührte. Womöglich erschien es ihm auch deshalb besonders freundlich, weil es einen angenehmen Kontrast zu dem bildete, was er in der letzten halben Stunde gesehen und gehört hatte.

»Sie müssen Herr Bischoff sein«, sagte sie nach einem Blick auf seine lederne Reisetasche, in die er die nötigsten Dinge gepackt hatte. »Herzlich willkommen.«

»Der bin ich. Und Sie sind dann wohl Frau Passig.«

»Genau. Aber Lisa tut's auch. Ich fühle mich immer so

alt, wenn man Frau Passig zu mir sagt. Bitte kommen Sie doch herein.«

Sie ließ ihn eintreten und schloss die Tür. Anders als in der Unterkunft von Jana und Keskin war der Gemeinschaftsraum für Gäste hier sehr modern und freundlich eingerichtet. Neben einem länglichen Tisch aus hellem Holz mit sechs geschwungenen Stühlen gab es drei Sessel in unterschiedlichen Formen, die aber trotzdem zusammenpassten, sowie ein Holzregal mit Büchern und Spielen. Auf einem hüfthohen Kühlschrank daneben stand ein Tablett mit verschiedenen Gläsern.

»Ich hoffe, Sie hatten trotz des Wetters eine gute Anreise«, sagte Lisa Passig und lenkte seine Aufmerksamkeit wieder auf sich.

»Ja, doch«, entgegnete Max und betrachtete sie dabei wohl intensiver, als es ihm bewusst war, denn sie lächelte ihn etwas verunsichert an. »Ist alles okay?«

»Ja, sicher, bitte entschuldigen Sie, es ist nur … ich habe als Vermieterin einer Pension jemand anderen erwartet, also, ich meine …«

Lisas rechte Braue schob sich ein wenig nach oben. »Jemand anderen?«

»Ja, keine Ahnung, warum, aber … ich erwartete eine ältere Dame mit geblümter Schürze.«

Bevor Lisa etwas sagen konnte, hob Max lachend die Hand. »Mehr Klischee geht nicht, ich weiß.«

»Schon okay«, erwiderte Lisa und fügte mit gespielt verschwörerischer Stimme hinzu: »Ich gestehe, als ich hörte, dass ein ehemaliger Polizist bei mir wohnt, habe ich

auch mit einem Mittfünfziger in zerknittertem Trenchcoat, verwuschelten Haaren und einer Zigarre gerechnet.«

Beide lachten.

»Wie gut, dass wir uns getäuscht haben«, stellte Max
fest und fragte sich, warum Keskin schon im Vorfeld ver-
kündet hatte, dass er Polizist gewesen war.

»Ja. Dann schlage ich vor, ich zeige Ihnen jetzt Ihr
Zimmer.«

Der Raum lag im ersten Stock und war gemütlich eingerichtet. Nachdem Lisa ihm den Schlüssel gegeben und
die Frühstückszeiten mitgeteilt hatte, machte sie Anstalten, das Zimmer zu verlassen, wandte sich aber an der
Tür noch einmal um und sagte: »Falls Sie irgendetwas
benötigen, sagen Sie mir einfach Bescheid, okay? Ich
bin meistens im Haus, und falls nicht, finden Sie meine
Handynummer dort in der Mappe neben dem Fernseher.
Darüber erreichen Sie mich auf jeden Fall.«

»Ja, danke«, sagte Max. »Ach, ich habe noch eine
Frage: Kannten Sie Gabriele Meininger?«

Als Lisa daraufhin anfing zu lachen, zuckte Max verständnislos mit den Schultern. »Was ist?«

»Ach, es ist nur … ich sagte doch eben, dass ich einen
älteren Herrn mit zerknittertem Trenchcoat und Zigarre
erwartet habe. Das war eine Anspielung auf Inspector
Columbo, ein verschrobener, aber genialer Polizist einer schon etwas älteren Serie. Dieser Inspector Columbo
hatte auch die Eigenart, im letzten Moment noch eine
unerwartete Frage zu stellen.« Max erinnerte sich, die
Serie in seiner Jugend hier und da gesehen zu haben.

»Nun ja, ich bemühe mich eben, Ihren Erwartungen zu entsprechen.«

Lisa lächelte erneut, doch dann wurde sie ernst. »Ja, ich habe Gabriele gekannt. Hier im Ort kennen sich alle untereinander. Zumindest alle, die hier geboren wurden.«

»Ja, das denke ich mir. Was können Sie mir über Gabriele sagen?«

Lisa zuckte nun ebenfalls mit den Schultern. »Nicht sehr viel. Ich kannte sie zwar, aber wir hatten kaum Berührungspunkte. Sie lebte ziemlich zurückgezogen, auch schon vor ihrer Krankheit. Ich glaube, sie hatte zu kaum jemandem in Klotten engeren Kontakt. Keine Ahnung, warum. Schlimm, was mit ihr passiert ist. Es ging plötzlich so schnell ...«

»Ja, das hörte ich.«

»Darf ich fragen, in welcher Beziehung Sie zu ihr standen?«

Max überlegte, wie viel er Lisa sagen sollte, und entschied, ihr gegenüber offen zu sein. Zudem würde sowieso binnen ein, zwei Tagen jeder in Klotten wissen, dass ein ehemaliger Polizist herumlief und Fragen stellte. »Aber nicht nur. Ich bin hauptsächlich hier, weil Frau Meininger etwas von einer Schuld in ihr Tagebuch geschrieben hat, die sie vor langer Zeit auf ihre Schultern geladen hat. Sie und noch andere Leute.«

Max beobachtete Lisa genau, weswegen ihm auch der Schatten nicht entging, der sich für einen kurzen Moment über ihr Gesicht legte. Im nächsten Augenblick hatte sie sich aber schon wieder gefangen. »Eine Schuld? Vor über zwanzig Jahren? Das klingt ja seltsam.«

»Ja. Haben Sie eine Vorstellung, was sie damit gemeint haben könnte?«

Lisa schüttelte den Kopf. »Nein.«

»Kannten Sie Peter Kautenberger?«

Da war er wieder, der Schatten, und wieder huschte er nur kurz über Lisas Züge. »Ich kenne die Geschichte, aber ich kannte ihn kaum.«

»Aber sagten Sie nicht gerade, hier in der Gemeinde würde jeder jeden kennen?«

»Ja, schon, aber als er verschwand, war ich noch recht jung, ich glaube, gerade mal zwölf.«

Also war sie nun vierunddreißig, überschlug Max schnell.

»Verstehe.« Er überlegte, ob er Lisa auch auf die alte Frau ansprechen sollte, entschied sich dann aber dagegen. »Na gut, vielen Dank für Ihre Zeit, dann halte ich Sie nicht länger auf.«

»Sie haben mich nicht aufgehalten«, sagte Lisa und schenkte Max noch ein Lächeln, bevor sie sich umwandte und die Tür hinter sich zuzog.

Max' Blick ruhte noch einen Moment auf der geschlossenen Tür, und er versuchte, sich darüber klarzuwerden, was er von dem Gespräch mit Lisa Passig halten sollte. Sie wirkte sehr offen und ehrlich auf ihn, und doch hatte er das Gefühl, dass sie ihm nicht ganz die Wahrheit gesagt oder zumindest etwas verschwiegen hatte.

Schließlich wandte er sich ab, zog das Blatt Papier, das

er von Keskin erhalten hatte, aus dem Seitenfach der Tasche, setzte sich auf das Bett und betrachtete den handgeschriebenen Text.

Zuoberst stand die Adresse der Pension, darunter die von Gabrieles Tochter Jessica, dann folgte unter der Überschrift FREUNDE eine Liste mit drei Namen, die angeführt wurde von einer Melanie Dobelke. Max betrachtete die beiden weiteren Namen, Achim Brandstätt und Ingo Görlitz, und entschied, erst Gabrieles Tochter einen Besuch abzustatten.

Bevor er sich auf den Weg machte, nahm er ein kleines, neues Notizbuch aus der Tasche, in dessen Spiralbindung ein Kugelschreiber steckte.

Er stopfte es in die Innentasche seiner Jacke und fühlte sich dabei für einen Moment wie früher im aktiven Dienst. Damals hatte er auch für einen neuen Fall stets ein neues Notizbuch benutzt.

Vor der Pension blieb er stehen und zog sein Smartphone hervor, um Jessica Meiningers Adresse einzugeben, doch als er gerade die App öffnete, erhielt er einen Anruf von einer ihm unbekannten Nummer.

»Jana Brosius«, meldete sich die junge Polizistin, nachdem er das Gespräch angenommen hatte. Max wartete zwei, drei Sekunden, in denen beide schwiegen, bevor er sagte: »Ich nehme an, es gibt einen Grund für Ihren Anruf?«

»Ja, sicher, natürlich«, entgegnete sie schnell. »Ich … ich habe Ihre Nummer von Frau Keskin und wollte, dass Sie meine Nummer auch haben, damit Sie mich anrufen können, wenn Sie irgendwas erfahren, das nützlich sein könnte.«

Max hatte das deutliche Gefühl, dass das nicht der eigentliche Grund für Janas Anruf war.

»Okay, ich werde sie speichern. Ist sonst noch was?«

»Ähm … nein.«

»Sicher?«

»Ja«, sagte sie, nachdem einige Sekunden verstrichen waren. »Nicht jetzt. Bis dann.«

Damit legte sie auf.

Nicht jetzt … Max hatte also recht gehabt. Es gab einen anderen Grund für Janas Anruf.

7

Jessica Meininger sah älter aus als einundzwanzig, was an den dunklen Schatten unter ihren Augen und der blassen Gesichtshaut liegen mochte. Die blonden Haare waren kurz geschnitten und wirkten stumpf. Alles in allem machte sie den Eindruck, als hätte sie mehrere Nächte nicht oder nur sehr wenig geschlafen. Man sah der jungen Frau deutlich an, wie sehr der Tod ihrer Mutter sie mitgenommen hatte.

»Herr Bischoff?«, fragte sie, bevor Max sich vorstellen konnte.

»Ja, ich bin Max Bischoff. Dürfte ich … «

»Bitte, kommen Sie herein«, unterbrach Jessica Meininger ihn und trat einen Schritt zur Seite. »Eslem hat mir gesagt, dass Sie kommen würden.«

Sie führte Max in ein geräumiges, helles Wohnzimmer und deutete auf einen bequem aussehenden beigefarbenen Sessel. »Bitte, setzen Sie sich. Möchten Sie etwas trinken? Einen Kaffee vielleicht?«

»Nein, danke«, sagte Max und ließ sich in dem Sessel nieder. Nachdem auch Jessica Meininger Platz genommen hatte, verschränkte sie die Hände im Schoß und sah Max an. Sie wirkte zart und verletzlich und tat ihm schrecklich leid. Er widerstand dem Bedürfnis, aufzustehen, sie in den Arm zu nehmen und ihr zu versichern, dass alles wieder gut werden würde.

»Ich danke Ihnen, dass Sie hergekommen sind, Herr Bischoff. Es bedeutet mir sehr viel. Ich ...« Sie blickte zu Boden. »Ich muss wissen, was es war, das meiner Mutter so viele Sorgen bereitet hat. Fast mein ganzes Leben lang habe ich gespürt, dass sie ein Geheimnis hat. Jedes Mal, wenn ich sie darauf angesprochen habe, hat sie es geleugnet, und jedes Mal war ich mir sicherer, dass es etwas geben muss.«

»Woran haben Sie das festgemacht?«

»Das ist schwer zu erklären. Sie hat sich manchmal einfach seltsam verhalten. Vor allem, wenn ich über früher reden wollte.«

»Haben Sie denn jemals selbst versucht herauszufinden, worum es dabei gehen könnte?«

»Nein. Wie hätte ich das anstellen sollen? Dazu hätte ich in Klotten herumfragen müssen. Das wäre den Leuten doch aufgefallen und hätte zu Gerede geführt. Außerdem hätte meine Mutter mir dann vorgeworfen, dass ich ihr nicht vertraue.«

Max verzichtete darauf, sie darauf hinzuweisen, dass genau das ja letztendlich auch der Fall gewesen war, ob berechtigt oder nicht.

»Das verstehe ich«, sagte er stattdessen. »Wie ist das jetzt? Wenn ich als Außenstehender anfange, mit den Leuten hier zu sprechen, dann wird sich das doch sicher noch viel schneller herumsprechen.«

»Ja, aber wenn Sie nach dem Verschwinden von Peter Kautenberger fragen, denken alle, Sie sind hier, um diese alte Sache aufzuklären, und nicht wegen dem, was meine Mutter in ihr Tagebuch geschrieben hat.«

Max dachte an seine Unterhaltung mit Lisa Passig.

»Was letztendlich ja auch richtig ist, aber ich werde es nicht vermeiden können, auch das Tagebuch Ihrer Mutter zu erwähnen.«

Jessica wandte den Blick ab und richtete ihn auf das Fenster, als gäbe es draußen im Garten etwas Interessantes zu sehen. »Ich weiß, aber jetzt ist es egal. Mama ist tot. Viel wichtiger ist herauszufinden, was die große Schuld war, von der sie geschrieben hat. Und was es mit ihrem letzten Eintrag auf sich hat.« Und nach einer Pause fügte sie hinzu: »Und was sie nicht mehr aufschreiben konnte.«

Max sah die Tränen in ihren Augen und ließ ihr einen Moment, bevor er sagte: »Geht es, oder soll ich später wiederkommen?«

»Nein, schon okay. Sie sind ja hier, um mir zu helfen.«

»Ich bin vorhin auf der Straße von einer etwas seltsamen älteren Frau angesprochen worden«, fuhr Max fort. »Ich schätze sie auf etwa siebzig. Sie hat auch von Schuld gesprochen. Und dass Schuld nie vergeht. Haben Sie eine Idee, wer das gewesen sein könnte?«

Jessica richtete den Blick wieder auf Max. »Das klingt nach Maria, der Mutter von Peter Kautenberger. Sie ist … sie hat es nie verkraftet, dass ihr Sohn verschwunden ist, nachdem sie ihren Mann und ihren Sohn verlassen hat. Sie gibt sich die Schuld an dem, was passiert ist. Sie ist überzeugt, dass er ermordet wurde und dass das nicht passiert wäre, wenn sie ihn nicht verlassen hätte. Seitdem ist sie etwas merkwürdig.«

»Verstehe. Sie hat von falschen Freunden gesprochen. Wissen Sie, wen sie damit gemeint haben könnte?«

»Nein, aber es gab damals diese Clique, Leute, mit denen meine Mutter viel Zeit verbracht hat. Die Namen habe ich Eslem gegeben.«

»Ja, sie hat sie aufgeschrieben. Es sind drei Namen.«

»Ja. Ein Name fehlt darauf. Der von Peter Kautenberger.«

»Wie gut kennen Sie diese Freunde Ihrer Mutter?«

»*Ehemalige* Freunde wäre zutreffender. Deshalb kenne ich sie auch fast gar nicht. Offenbar ist die Freundschaft vor vielen Jahren zerbrochen. Ich denke, dass der Grund dafür mit dieser Schuld zusammenhängt, von der meine Mutter geschrieben hat.«

»Was können Sie mir über die drei sagen, die Sie Frau Keskin genannt haben?«

Jessica zuckte mit den Schultern. »Nicht viel. Zwei davon sind Winzer und haben die Betriebe ihrer Eltern übernommen. Melanie Dobelke arbeitet in einer Jugendwohngruppe im Nachbarort, wo Kinder und Jugendliche aus schwierigen Verhältnissen untergebracht sind. Sie ist so eine Art Sozialarbeiterin.«

Max griff in die Innentasche, zog das kleine Buch heraus und begann, sich Notizen zu machen. Dann sah er wieder zu Jessica Meininger auf. »Sind die drei verheiratet?«

Es konnte nicht schaden, schon einige Informationen zu haben, bevor er mit diesen Leuten sprach.

Sie dachte kurz nach und schüttelte den Kopf. »Nur Melanie Dobelke. Achim Brandstätt ist geschieden, Ingo Görlitz war nie verheiratet.«

»Okay.« Max klappte das Notizbuch zu und steckte es ein. »Das war es fürs Erste von meiner Seite. Danke für Ihre Zeit. Ich werde nun den ehemaligen Freunden Ihrer Mutter einen Besuch abstatten.« Er warf einen Blick auf seine Armbanduhr. Kurz vor eins. »Sofern ich sie um diese Uhrzeit erreiche«, fügte er hinzu und stand auf.

Als er nach draußen trat, hatte es aufgehört zu regnen. Die dunklen Wolken am Himmel deuteten allerdings darauf hin, dass sich dies bald wieder ändern könnte. Max verabschiedete sich von Jessica, stieg ins Auto und rief Horst Böhmer an.

»Ah, der Gehilfe unserer hochgeschätzten Chefin«, begrüßte Böhmer ihn. »Na? Hat sie dich schon runtergeputzt?«

»Dir auch einen guten Tag. Nein, runtergeputzt hat sie mich nicht, aber ich gebe zu, wir hatten bereits unseren ersten Zusammenstoß.«

»Nein! Einen Zusammenstoß? Du und die Keskin? Na, da bin ich jetzt aber sehr überrascht.«

»Jaja, ist schon gut«, sagte Max grinsend. »Du hattest vielleicht recht, als du mich gewarnt hast. Wie kann man nur so selbstgefällig sein?«

»Das hat nichts mit Selbstgefälligkeit zu tun, Herr Ex-kollege, sondern mit der Genugtuung, dir jetzt unter die

Nase reiben zu können, dass ich es dir ja gleich gesagt habe.«

»Hat die Keskin von euch schon einige Leute von hier checken lassen?«

»Leute aus diesem Moselort?«

»Ja.«

»Nein, zumindest nicht bei mir.«

»Okay, kannst du das dann für mich tun? Es geht um drei Namen.«

»Dann leg mal los.«

Max nannte ihm die Namen und Adressen der drei Freunde, die Keskin ihm aufgeschrieben hatte.

»Ich blicke bei dieser Frau einfach nicht durch«, gestand er, nachdem Böhmer sich alles notiert hatte. »Es ist ihr so wichtig, dass diese Sache aufgeklärt wird, dass sie sogar mich um Hilfe bittet. Dann erfährt sie die Namen und Adressen von drei Personen, die für den Fall relevant sein können, lässt sie aber nicht von euch checken, sondern gibt sie mir.«

»Weil ihr klar ist, dass *du* sie natürlich sofort von uns überprüfen lässt und sie damit wieder ein Ass gegen dich im Ärmel hat, weil *ihre* Abteilung dir als Privatmann geholfen hat.«

Max fasste sich an die Stirn, obwohl das niemand sehen konnte. »Aber das ist doch verrückt.«

»Da sind wir absolut einer Meinung. Übrigens habe ich heute früh mitbekommen, dass die Frau Kriminalrätin morgen schon wieder hier im Haus ist. Wusstest du, dass sie dich da unten allein herumschnüffeln lässt?«

»Ja, ich habe es allerdings eben erst erfahren. Aber ich bin nicht allein. Eine angehende Kriminalkommissarin ist …«

»Kriminalkommissarin auf Probe Jana Brosius«, fiel Böhmer ihm ins Wort.

»Genau.«

Böhmer schnaufte laut. »Das passt. Deshalb hat sich Brosius also kurzfristig Urlaub genommen. Weil Keskin sie zu sich beordert hat.«

»Ja, offenbar verstehen die beiden sich sehr gut. Was hältst du von ihr?«

»Keskin ist eine selbstverliebte und …«

»Horst! Ich meine Jana Brosius.«

Böhmer lachte meckernd. »Ich weiß. Ich sage es mal so: Die junge Dame hat Potenzial. Allerdings sucht sie sich die falschen Mentoren aus. Ich weiß nicht, warum, aber die Chefin hat offensichtlich einen Narren an ihr gefressen und vereinnahmt sie völlig. Und Brosius spielt mit, weil sie clever genug ist zu wissen, dass sie über Keskin ohne Umwege zum KK11 kommt, was sie offenbar unbedingt möchte. Was ich bisher mitbekommen habe, deutet darauf hin, dass die junge Frau ähnliche Ermittlungsansätze bevorzugt wie du. Sie redet immer wieder von der operativen Fallanalyse und hat sich anfangs öfter nach deiner aktiven Zeit bei uns erkundigt. Das hat allerdings stark nachgelassen.«

»Sie war eine Studentin von mir.«

»Du kennst sie?«

»Was heißt kennen? Wie gesagt, sie saß in meinen

Vorlesungen und hat mir irgendwann auch verraten, dass sie bei der Polizei einen ähnlichen Weg gehen möchte wie ich. Allerdings hat Keskins Einfluss bei ihr Spuren hinterlassen. Offenbar mag sie mich nun nicht mehr.«

Wieder ein kurzes Lachen von Böhmer. »Welch ein Wunder.«

»Ich habe ja jetzt Zeit, um ihr auf den Zahn zu fühlen. Rufst du mich an, wenn du die drei gecheckt hast?«

»Mache ich. Bis dann. Und richte Keskin keine Grüße von mir aus.«

Max legte das Telefon in die Mittelkonsole und startete den Wagen.

8

Melanie Dobelke bewohnte ein Reihenhaus mitten im Ort, das so wie die meisten Gebäude in Klotten wohl schon an die hundert Jahre alt war. Der schmale Gehweg davor bot keinen Platz, also parkte Max sein Auto auf einer freien Fläche schräg gegenüber.

Auf sein Klingeln hin öffnete ein Mann Mitte vierzig, der fast einen Kopf kleiner war als Max und eine Glatze hatte. Er musterte Max neugierig, aber nicht unfreundlich. »Ja, bitte?«

»Guten Tag, mein Name ist Max Bischoff«, stellte Max sich vor. »Ich würde gern Melanie Dobelke sprechen.«

»Ich bin ihr Mann, Torsten Pung. Worum geht es?«

»Es geht um Gabriele Meininger. Soweit ich weiß, war Ihre Frau mit ihr befreundet.«

Max sah den Schatten, der sich schlagartig über das Gesicht des Mannes legte. Auch seine Körperhaltung änderte sich und signalisierte Abwehr. »Das ist schon lange her, und Gabriele ist tot. Ich verstehe nicht, was Sie da von meiner Frau wollen.«

»Sie haben recht, es geht um Dinge, die schon über zwanzig Jahre zurückliegen und die Frau Meininger in ihr Tagebuch geschrieben hat.«

»Waren Sie ein Freund von Gabriele? Oder ein Ver-
wandter? Was steht denn in diesem Tagebuch?«

»Darüber würde ich gern mit Ihrer Frau sprechen. Ist
sie zu Hause?«

»Nein. Sie arbeitet.«

»Darf ich fragen, wo?«

Pung dachte einen Moment nach. »Ich würde immer
noch gern wissen, wer Sie sind und warum Sie meiner
Frau Fragen stellen wollen.«

»Wie gesagt, mein Name ist Max Bischoff. Ich bin ehemaliger Kriminalpolizist und nun Dozent für operative
Fallanalyse an der Kölner Hochschule. Gabrieles Tochter
hat ein Tagebuch mit seltsamen Einträgen gefunden und
mich gebeten zu versuchen, etwas darüber in Erfahrung
zu bringen. Sie möchte einfach wissen, was das war, über
das ihre Mutter vor zweiundzwanzig Jahren geschrieben
hat. Es hat sie damals offenbar sehr belastet.«

Erneut musterte der Mann Max von oben bis unten
und schien dabei zu dem Ergebnis zu kommen, dass er es
riskieren konnte, ihm zu helfen.

»Meine Frau arbeitet in Pommern, das ist der Nachbarort, in einer Jugendwohngruppe. Ich gebe Ihnen die
Adresse, Moment.«

Er wandte sich ab und verschwand für eine Minute im
Haus. Als er wieder auftauchte, reichte er Max einen Zettel. »Hier, bitte. Aber ich muss Sie warnen. Melli wird
nicht begeistert sein, wenn Sie ihr Fragen über damals
stellen. Und über Gabriele Meininger. Ich weiß nicht,
warum, aber sie redet nicht gern über diese Zeit.«

Max nahm den Zettel an sich und nickte dem Mann zu. »Ich danke Ihnen.«

Die Strecke bis zum Nachbarort legte Max in knapp zehn Minuten zurück und parkte das Auto dem Haus gegenüber auf einem großen Schotterplatz. Er stieg aus und blieb einen Moment stehen. Das Gebäude sah aus wie ein ganz normales Wohnhaus. Max kannte ähnliche Einrichtungen und wusste, dass das bewusst so gewählt war, um den Kindern, die vom Jugendamt aus schlimmen Verhältnissen herausgeholt worden waren, trotz ihres Schicksals wenigstens den Anschein von einem normalen Leben zu vermitteln.

Er überquerte die Straße und drückte kurz darauf auf den Klingelknopf.

Ein etwa fünfzehnjähriges Mädchen mit blauen Strähnen in den dunkelblonden Haaren öffnete die Tür und sah ihn fragend an.

»Guten Tag«, sagte Max lächelnd. »Könnte ich bitte Melanie Dobelke sprechen?«

Das Mädchen drehte den Kopf und rief ins Haus hinein: »Melli! Da ist ein Mann für dich.« Dann wandte es sich wieder Max zu und sagte: »Sind Sie vom Amt?«

»Nein, ich möchte … Melli … privat sprechen.«

»Sind Sie ein Freund von Melli?«

»Nein, ich …« Weiter kam Max nicht, denn eine zierliche blonde Frau tauchte hinter dem Mädchen auf und betrachtete Max skeptisch. »Ja?« Und an den Teenager gerichtet: »Lisa, gehst du bitte wieder rein und spielst ein bisschen mit Kevin?«

Nach einem letzten Blick auf Max drehte das Mädchen sich um und verschwand im Haus.

»Mein Name ist Max Bischoff. Wenn Sie kurz Zeit haben, würde ich mich gern mit Ihnen über Gabriele Meininger unterhalten.«

Auf ihrer Stirn zeigten sich Falten. »Gabi Meininger?«

»Ja.«

»Warum? Ich meine ... sie ist tot. Und wer sind Sie überhaupt?«

»Wie gesagt, mein Name ist Max Bischoff. Frau Meiningers Tochter Jessica hat mich gebeten, ihr zu helfen, etwas herauszufinden. Es geht um Tagebucheinträge ihrer Mutter von vor zweiundzwanzig Jahren.«

Max bemerkte, dass sie kurz zusammenzuckte.

»Und? Was habe ich damit zu tun?«

»Soweit ich weiß, waren Sie damals eng mit ihr befreundet.«

Melanie Dobelke verzog das Gesicht. »Eng ist übertrieben. Wir haben uns hier und da getroffen. In so einem kleinen Kaff wie Klotten ist abends nicht gerade die Hölle los. Da treffen sich die jungen Leute und hängen zusammen ab.«

»Ja, das verstehe ich. Gabriele Meininger hat etwas von einer Schuld geschrieben, die sie damals auf sich geladen hat. Können Sie sich vorstellen, was sie damit gemeint hat?«

Max sah die Veränderung an der Frau. Wie zuvor schon bei ihrem Mann war es, als lege sich ein Schatten über ihr Gesicht.

»Nein!«, antwortete sie entschieden. »Keine Ahnung. Ich muss jetzt auch wieder rein und mich um die Kids kümmern.«

Ohne eine Reaktion von Max abzuwarten, drehte sie sich um und schloss die Tür vor seiner Nase.

»Okay«, sagte Max leise und wandte sich ab. »Schätze, das war eine glatte Lüge.«

Er entschied sich, als Nächstes Achim Brandstätt einen Besuch abzustatten.

Das Navi führte ihn zu einem Weingut mit großem Innenhof, in dem außer einem dunklen Transporter mit der Aufschrift *Weingut Brandstätt* noch zwei Traktoren mit sehr schmaler Spur abgestellt waren. Max parkte neben dem Transporter, stieg aus und sah sich um.

Das Gebäude zu seiner Linken war L-förmig, zwei große Tore deuteten darauf hin, dass sich dahinter der Produktionsbetrieb befand. Bei dem freistehenden Sandsteinbau auf der rechten Seite schien es sich um das Wohnhaus zu handeln. Dort öffnete sich in diesem Moment die Tür, und ein Mann tauchte auf, der die Siebzig wohl schon eine Weile hinter sich hatte. Er ging leicht gebückt, das wenige noch verbliebene, schmutzig-graue Haar stand ihm in wilden Strähnen vom Kopf ab.

Er kam auf Max zu, der sich ebenfalls in Bewegung setzte.

»Tag. Was kann ich für Sie tun? Wollen Sie Wein kaufen?«

»Guten Tag. Mein Name ist Max Bischoff. Ich würde gern mit Achim Brandstätt sprechen.«

Der Alte kniff die Augen zusammen. »Warum? Wer sind Sie?«

»Das würde ich gern mit Herrn Brandstätt selbst besprechen. Ist er da?«

»Achim ist mein Sohn. Alles, was Sie mit ihm besprechen wollen, können Sie auch mir sagen. Ich bin der Senior-Chef des Weingutes.«

»Ich würde trotzdem gern mit Ihrem Sohn sprechen, Herr Brandstätt.«

»Das habe ich gehört. Haben Sie auch gehört, was ich Ihnen gesagt habe? Also, worum geht's?«

Max spürte, dass er so nicht weiterkommen würde. »Also gut, es geht um Gabriele Meininger.«

»Die Meininger ... Sie ist tot.«

»Ja. Genauer gesagt geht es um etwas, das sie vor vielen Jahren in ihr Tagebuch geschrieben hat.«

Die plötzliche Veränderung des Alten war deutlich zu erkennen. »Keine Ahnung, was Sie meinen. Achim ist nicht da.«

»Wann kann ich ihn denn erreichen?«

»Keine Ahnung. Wollen Sie Wein kaufen? Das können Sie auch bei mir.«

»Nein, wie ich schon sagte ...«

»Nicht? Dann gehen Sie.«

Der Alte wandte sich ab und schlurfte zurück zu dem Wohnhaus, in dem er Sekunden später verschwand, ohne sich noch einmal umzusehen.

Max ging zu seinem Auto zurück und fragte sich dabei, ob Keskin den einen oder anderen schon auf Gabriele

Meininger und die Vergangenheit angesprochen hatte und von der ablehnenden Haltung der Menschen im Ort wusste, sobald die Sprache auf dieses Thema kam.

Max öffnete die Fahrertür und ließ sich auf den Sitz fallen.

Wollte sie am Ende vielleicht sogar, dass er scheiterte? Damit sie es ihm unter die Nase reiben und es ablehnen konnte, wenn er in einem anderen Fall Böhmers Hilfe brauchte, um an Informationen heranzukommen?

Max schüttelte den Kopf über sich selbst und startete den Motor. Er fragte sich, wie er auf solche Gedanken kam. Das war ja fast schon paranoid.

Warum sollte Keskin sich diese Mühe machen? Zumal Gabriele Meininger ja zweifelsohne ihre Freundin gewesen war und die seltsamen Reaktionen der Leute darauf hindeuteten, dass es tatsächlich ein Geheimnis gab. Trotzdem würde er Keskin darauf ansprechen und sie fragen, ob sie schon mit dem einen oder anderen aus dem Ort über ihre verstorbene Freundin geredet hatte.

Er legte den Rückwärtsgang ein und wollte gerade losfahren, als jemand an die Scheibe auf der Beifahrerseite klopfte. Es war ein bärtiger Mann um die fünfzig in kariertem Holzfällerhemd, der zu ihm ins Wageninnere schaute. Als Max die Scheibe herunterließ, sagte der Mann. »Sie wollten mich sprechen? Ich bin Achim Brandstätt.«

9

Er geht im Zimmer auf und ab wie ein Tiger, der in einem Käfig eingesperrt ist. In seinem Kopf herrscht Chaos.

Da sind wieder die Bilder von damals und die aufwühlenden Gefühle. Die plötzliche Gewissheit, allein zu sein, keine Hilfe erwarten zu können. Die Angst zu sterben.

In der Zeit danach ist er durch die Hölle gegangen. Er konnte keine Menschen mehr um sich ertragen und hat es dennoch kaum ausgehalten, allein zu sein.

Viele Jahre hat es gedauert, bis er darüber hinweg war. Nein, das ist falsch. Darüber hinweggekommen ist er nie. Es hat lange gedauert, bis er das alles so tief in seinem Inneren vergraben hatte, dass er sich selbst Heilung vortäuschen konnte. Ja, es war eine Täuschung, denn wie soll eine Seele je geheilt werden, der man so etwas angetan hat?

Aber irgendwann war sein Leben wieder in Ordnung gewesen. Er hatte die Kurve gekriegt. Alles war gut. Dachte er.

Bis jetzt. Bis Gabi gestorben ist und plötzlich wieder in der Vergangenheit gewühlt wird. Die alten Wunden wieder aufgerissen werden.

Er bleibt stehen, starrt blicklos auf den Boden vor sich.

Nein, das darf nicht sein. Nicht nach allem, was er durchgemacht hat. *Was er auf sich genommen hat, um diesen Alb-traum hinter sich zu lassen. Das würde er nicht überstehen.*

Er wird etwas unternehmen müssen. Der, der er damals war, muss zurückkehren. Der, der er damals war, ist mit sei-ner geschundenen Seele in der Lage, das zu tun, was getan werden muss.

Er bleibt neben einem Stuhl stehen, setzt sich. Schließt die Augen und lässt seine Gedanken in die Vergangenheit wan-dern bis zu jenem schicksalhaften Tag, an dem er fast gestor-ben wäre. An dem ein Teil von ihm gestorben ist. Der gute Teil. Wieder durchlebt er die Verzweiflung. Die Angst. Für einen Moment hat er erneut das Gefühl, keine Luft mehr zu bekommen, genau wie damals, als die Panik ihm den Hals zu-schnürte. Er spürt wieder den Durst, der ihn fast umgebracht hat. Er reißt die Augen auf, will aufspringen … Dann ist es vorbei. Genau wie vor vielen, vielen Jahren. Damals hatte er gespürt, dass etwas in ihm geschehen ist. In seinem Kopf. Jetzt ist es die Erinnerung, die diese Reaktion hervorruft. Sein Atem wird ruhiger, sein Körper entspannt sich. Und plötzlich ist es, als hätte man ihm Eiswasser in die Venen gespritzt, das sich rasch im ganzen Körper ausbreitet und alles in ihm taub macht.

Er erinnert sich an dieses Gefühl. Genau so war es auch damals gewesen. Als der Schmerz in seiner Seele so groß war, dass er spürte, dass er den Verstand verlieren würde, da war es plötzlich so gewesen, als sei sein Innerstes taub geworden. Leer. Keine Gedanken mehr an das, was ihm angetan worden war, kein Jammern mehr, kein Heulen und Zittern. Keine Angst mehr. Nur wohltuende, grimmige Kälte.

So wie jetzt.

Er erhebt sich und verlässt den Raum. Läuft durch den Flur bis zu der Tür. Öffnet sie, geht hinab. Nicht so unsicher und zögernd wie beim letzten Mal, sondern mit entschlossenen Schritten.

Er durchquert das Gewölbe, öffnet die Holztür. Im nächsten Raum achtet er nicht auf die Regale, sondern richtet den Blick sofort auf die braune Stahltür ihm gegenüber.

Den eisernen Schlüssel hat er noch in seiner Hosentasche. Er steckt ihn ins Schloss, dreht ihn um und öffnet die Tür.

Der modrig-süßliche Gestank verschlägt ihm fast den Atem. Es ist ihm egal.

Seine Augen konzentrieren sich auf die Mitte des Raumes, während er auf die Grube zugeht. An ihrem Rand bleibt er stehen und öffnet den schweren, hölzernen Deckel, neben dem noch die Kette auf dem Boden liegt. Er richtet sich auf und lässt den Blick über den teils verwesten Körper wandern, der in gekrümmter Haltung auf der lehmigen Erde der Grube liegt. Sekunden? Minuten? Er weiß es nicht. Irgendwann öffnet sich sein Mund, und er sagt: »Ich hasse dich!«

10

Max schaltete den Motor ab und stieg aus. »Hallo. Mein Name ist Max Bischoff.« Sie reichten einander die Hände. »Ihr Vater meinte, Sie seien nicht da.«

»Bitte entschuldigen Sie, er dachte wahrscheinlich, ich bin an der Abfüllanlage, und wollte nicht, dass ich gestört werde.«

Brandstätt schien zu spüren, was Max von dieser Erklärung hielt, und fügte hinzu: »Er ist ein bisschen kauzig geworden im Alter. Eigentlich ist er ein Guter. Er kann nichts dafür.«

Max nickte Achim Brandstätt zu. »Hätten Sie ein paar Minuten Zeit für mich?«

Brandstätt nickte. »Mein Vater sagte, Sie hätten Gabriele erwähnt?«

»Ja.«

»Kommen Sie.« Brandstätt deutete auf eines der beiden großen Tore, in das eine Tür eingelassen war. »Gehen wir in die Weinstube, dort ist es etwas gemütlicher als hier draußen.«

Max folgte dem Mann, und sein Blick fiel dabei auf die schmutzige Jeans und die derben Schuhe, die er trug.

Der etwa zwanzig Quadratmeter große Raum war

rustikal eingerichtet. Neben einer Theke aus dunklem Eichenholz, hinter der sich ein hoher Weinkühlschrank befand, waren drei runde Tische verteilt, um die herum jeweils vier Holzstühle standen. Brandstätt deutete auf den Tisch, der der Theke am nächsten war. »Bitte, nehmen Sie doch Platz. Kann ich Ihnen ein Glas Wein anbieten?«

Max hob die Hand. »Nein, danke, für Wein ist es mir noch etwas zu früh. Aber wenn Sie ein Glas Wasser hätten, wäre das toll.«

Brandstätt nickte lächelnd. »Natürlich.«

Max zog sein Notizbuch heraus und beobachtete Brandstätt, während er hinter der Theke hantierte. Er hoffte, dass der Winzer sich als offener und zugänglicher erwies als Melanie Dobelke.

Nachdem er ein Glas Wasser vor Max abgestellt hatte, setzte Brandstätt sich ebenfalls und lächelte Max an. »Also – was möchten Sie wissen, und – verzeihen Sie die direkte Frage – in welchem Verhältnis standen Sie zu Gabriele?«

Max erzählte Brandstätt von den Tagebucheinträgen und dass Eslem Keskin Gabriele Meiningers Freundin gewesen war und ihn gebeten hatte, sich ein wenig umzuhören.

»Das heißt, Sie selbst haben Gabriele gar nicht gekannt?«

»Das stimmt.«

»Aber – warum Sie? Ich meine …«

»Ich war Polizeibeamter bei der Kripo Düsseldorf,

und da Frau Meiningers Freundin die jetzige Chefin dort ist ...«

»Ah, ich verstehe. Und Sie versuchen nun also herauszufinden, was diese Schuld von damals war.«

»Genau. Können Sie mir etwas dazu sagen? Haben Sie eine Idee, was Frau Meininger damit gemeint haben könnte?«

Brandstätt blickte eine Weile nachdenklich vor sich hin, bevor er Max wieder ansah. »Damals ist jemand aus unserer Clique plötzlich verschwunden.«

»Sie meinen Peter Kautenberger?«

»Ja. Es wurde viel darüber spekuliert, was mit ihm passiert sein könnte. Auch die Polizei hat ermittelt, weil sie ein Verbrechen vermutet haben, sie sind aber zu keinem Ergebnis gekommen und haben die Untersuchungen irgendwann eingestellt.« Er machte eine Pause, in der Max ihn schweigend ansah, bevor er sagte: »Haben Sie denn eine Vermutung, was damals mit Ihrem Freund passiert sein könnte?«

»Vermutung ist vielleicht zu viel gesagt, aber eine Ahnung hatten wir. Dazu müssen Sie wissen, dass Piet irgendwann ziemlich eigenartig geworden ist. Er meinte, im Ort würde irgendetwas vor sich gehen. Dunkle Machenschaften. Er war regelrecht besessen von dem Gedanken.«

»Was genau meinte er damit?«, hakte Max nach. »Welche dunklen Machenschaften?«

Brandstätt zuckte mit den Schultern. »Ich habe keine Ahnung. Niemand von uns wusste davon. Wenn man ihn danach gefragt hat, dann sagte er so was wie: ›Schlimme Dinge passieren hier.‹ Was genau er damit meinte, wusste er wahrscheinlich selbst nicht. Wir anderen waren uns sicher, er verliert langsam den Verstand.«

Brandstätts Blick irrte kurz durch den Raum, dann sah er Max offen an. »Irgendwann haben wir ihn … ausgegrenzt. Wir wollten nichts mehr mit ihm zu tun haben, weil er uns allen auf die Nerven gegangen ist mit seinen wirren Verschwörungstheorien.«

»Wie hat er darauf reagiert?«

»Er ist immer wieder bei uns aufgetaucht und hat den gleichen Blödsinn erzählt. Anfangs haben wir ihm geraten, sich ärztliche Hilfe zu holen, doch davon wollte er nichts wissen. Als es dann schlimmer wurde, haben wir ihm gesagt, er sei verrückt und er solle endlich verschwinden und uns in Ruhe lassen. Und dann ist er tatsächlich verschwunden.«

Wieder entstand eine Pause von mehreren Sekunden, bis Brandstätt fortfuhr: »Wir waren davon überzeugt, dass er entweder Klotten wegen uns verlassen hat, oder …«

»Oder?«, fragte Max nach.

»Oder er hat sich das Leben genommen, weil er es nicht verkraftet hat, dass wir ihn für verrückt hielten.«

»Aber man hat seine Leiche nie gefunden.«

»Das stimmt, will aber nichts heißen. Er kann sich überall umgebracht haben. So, dass man ihn nie finden wird.«

»Sie haben sich also Vorwürfe gemacht, weil sie Ihren Freund so behandelt haben.«

»Ja. Was auch immer damals mit Piet passiert ist – wir haben uns die Schuld dafür gegeben. Und ich bin sicher, dass es das ist, was Gabriele in ihrem Tagebuch gemeint hat.«

»Das wäre natürlich möglich. Können Sie mir Gabriele Meininger beschreiben?«

»Welche Gabriele meinen Sie? Die von damals oder die, die an Krebs erkrankt war?«

»Beide.«

Erneut löste sich Brandstätts Blick für einige Momente von Max, bevor er sich wieder auf ihn richtete.

»Gabriele war ein Herzensmensch. Und eine hoffnungslose Optimistin. Man hat sie selten schlecht gelaunt erlebt, und wenn sie anfing zu lachen, konnte man nicht anders, als irgendwann mitzulachen, egal, wie mies man drauf war. Sie fand an jeder Situation etwas Positives.« Pause. Drei Sekunden, vier … »Bis Peter verschwand. Es war, als habe man plötzlich einen anderen Menschen vor sich. Sie redete nicht mehr viel, und wenn, waren es meist düstere Gedanken. Irgendwann hat sie sich dann ganz zurückgezogen. Sie wollte nichts mehr mit uns zu tun haben. Ich denke, sie war letztendlich der Auslöser dafür, dass sich unsere Clique aufgelöst hat und wir den Kontakt zueinander verloren haben.«

»Wie kann man in einem Ort wie Klotten den Kontakt zueinander verlieren?«

»Indem man sich aus dem Weg geht.«

»Verstehe. Und wie war sie, als sie krank wurde?«

»Sie hat mich in den letzten Monaten ein paarmal angerufen. Ich habe mich einmal mit ihr getroffen. Es war ein netter Abend, an dem wir viel über früher geredet und sogar recht viel gelacht haben. Dabei haben wir es die ganze Zeit vermieden, über Piet zu sprechen oder über ihre Krankheit. Ich hatte das Gefühl, als hätte sie endlich ihren Frieden mit allem geschlossen, auch mit unserer Clique von damals.«

»Wer hat damals alles zu dieser Clique gehört?«

Brandstätt zuckte mit den Schultern. »Das hat variiert, da kam immer mal wieder jemand dazu oder hat die Gruppe verlassen, aber der Kern waren Gabriele, Melanie, Piet, Ingo und ich. Also, bis Piet dann …«

Max nickte nachdenklich. Das deckte sich mit den Namen, die er von Keskin bekommen hatte. »Sie scheinen nicht die Einzigen gewesen zu sein, die sich die Schuld an dem gegeben haben, was auch immer mit Peter Kautenberger passiert ist.«

Brandstätt runzelte die Stirn. »Wie meinen Sie das?«

»Ich hatte heute eine kurze Unterhaltung mit einer älteren Dame, offensichtlich seine Mutter. Sie sprach auch von ihrer Schuld. Und von falschen Freunden.«

Brandstätt nickte und fuhr sich mit beiden Händen über das Gesicht. »Ja, Maria … Sie hatte ihren Mann und Peter verlassen, weil sie einen anderen kennengelernt hatte. Mit dem ist sie weggezogen, ich glaube nach München. Das war etwa zehn Jahre, bevor Piet verschwunden ist. Da muss er also zwölf oder dreizehn gewesen sein. Piet hat sich nie mit seinem Vater verstanden, und als er dann mit ihm allein war, wurde es noch schlimmer. Die beiden haben sich nur gestritten. Ich glaube, der Alte hat ihn auch öfter verprügelt.«

»Sie hat ihr Kind bei einem prügelnden Vater gelassen?«

Brandstätt nickte. »Ja, Peter hat damals erzählt, ihr Neuer wollte nicht, dass er mitkommt.«

»Das erklärt die Vorwürfe, die sie sich macht. Was ist mit diesem anderen Mann?«

»So genau weiß ich das auch nicht, aber er soll an einem Herzinfarkt gestorben sein. Daraufhin ist Maria wieder nach Klotten zurückgekommen. Das war vor etwa sieben oder acht Jahren. Seitdem ist sie etwas sonderbar.«

»Sie sprach von *falschen Freunden*. Haben Sie eine Vorstellung, wen und was sie damit gemeint hat?«

Brandstätt stieß ein humorloses Lachen aus. »Sie meint uns damit. Gabriele, Melanie, Ingo und mich.«

»Hm … Aber warum falsch? Weil Sie Peter irgendwann ausgegrenzt haben?«

»Ja, natürlich. Maria meint, Piet hätte uns damals gebraucht und wir hätten ihn im Stich gelassen.« Und leiser fügte er hinzu: »Womit sie ja nicht ganz unrecht hat.«

»Wohnt sie wieder dort, wo sie zuvor mit ihrem Mann und Peter gewohnt hatte?«

»Nein. Sie hatten auch ein Weingut, aber das hat sowieso ihrem Mann gehört. Als der alte Kautenberger gestorben ist, hat seine Schwester den Betrieb verkauft. Maria hat jetzt eine Wohnung im Haus einer Freundin, mit der sie wohl die ganze Zeit über in Kontakt geblieben war und die ebenfalls Witwe ist.«

Max klappte sein Notizbuch zu und steckte es ein. »Das war's erst einmal.« Er erhob sich. »Vielen Dank für Ihre Hilfe.«

»Ich danke Ihnen, dass Sie sich die Mühe machen. Wenn Sie wirklich herausfinden würden, was damals geschehen ist, wäre das für uns alle eine große Erleichterung.«

»Es sei denn, jemand hat etwas mit dem Verschwinden Ihres Freundes zu tun. Derjenige wäre sicher nicht so begeistert, wenn alles ans Licht käme.«

»Da haben Sie sicher recht.«

Max nickte. »Ich habe das Gefühl, es gibt einige Leute im Ort, die es nicht so gut finden, dass diese alte Geschichte wieder ausgegraben wird.«

Brandstätt blickte ihn ernst an. »Ich weiß. Warum auch immer.«

Er begleitete Max zu dessen Auto und wartete, bis er eingestiegen war.

Bevor Max die Tür schloss, sah er noch einmal zu dem Winzer hoch. Er hatte das Gefühl, dass der Mann ihm tatsächlich helfen wollte. »Ich fahre als Nächstes zu Ingo Görlitz. Was können Sie mir über ihn sagen?«

»Ingo? Hm … schwer zu sagen. Ich habe mit ihm auch so gut wie keinen Kontakt mehr. Aber ich würde sagen, er ist ein eher ruhiger Typ.«

»Danke. Darf ich wieder auf Sie zukommen, wenn ich noch Fragen habe?«

»Sicher, warten Sie.« Brandstätt griff in die Gesäßtasche seiner Jeans nach seiner Brieftasche und zog aus einem Fach eine etwas verknitterte Visitenkarte heraus, die er Max reichte. »Rufen Sie am besten vorher unter meiner Handynummer an, dann können Sie sicher sein, dass ich da bin.« Mit einem Lächeln fügte er hinzu: »Und Sie nicht direkt wieder meinem Vater in die Arme laufen.«

11

Auf der Fahrt zu der Adresse, die Keskin hinter den Namen von Ingo Görlitz geschrieben hatte, versuchte Max, Böhmer zu erreichen, bekam ihn aber nicht ans Telefon. Er wartete, bis die Voice-Mailbox sich einschaltete, und sagte: »Hi, Horst, ich wollte mal hören, ob du schon etwas über die drei Namen herausgefunden hast, die ich dir gegeben habe. Ruf mich doch bitte an.«

Kurz darauf hielt er vor zwei nebeneinanderstehenden Gebäuden, die zusammenzugehören schienen. In der Vorderfront des größeren Baus befand sich – ähnlich wie auf dem Weingut von Brandstätt – ein großes Tor, in das eine Personentür eingelassen war. Ein Schild gab es nicht, aber es handelte sich offenbar ebenfalls um einen Winzerbetrieb.

Als er kurz darauf an der Tür des Wohngebäudes klingelte, tat sich eine Weile nichts. Max wollte sich schon abwenden, als die Tür geöffnet wurde und eine Frau mit schulterlangen braunen Haaren ihn neugierig musterte. Ihr Alter war schwer zu schätzen. Sie war schlank, sah sehr gepflegt aus und trug helle Sneakers zu Jeans und cremefarbenem Wollpullover. Sie konnte Mitte sechzig, aber ebenso gut Anfang siebzig sein.

»Guten Tag, mein Name ist Max Bischoff, ich würde gern mit Herrn Görlitz sprechen. Ingo Görlitz.«

Die Frau nickte. »Ich habe schon gehört, dass Sie die ehemaligen Freunde von Gabriele besuchen.«

»Ach, woher?«, fragte Max, nur mäßig überrascht.

»Melli hat angerufen, nachdem Sie bei ihr waren«, erklärte sie, und bevor Max etwas sagen konnte, fügte sie hinzu: »Nehmen Sie das nicht persönlich. Sehr lange Zeit hat niemand mehr über das Verschwinden von Peter gesprochen. Es war fast so, als habe der Ort seinen Frieden damit gemacht. Nun tauchen Sie auf und stellen Fragen. Das weckt die Erinnerungen daran, wie furchtbar das damals für alle war, und spricht sich wie ein Lauffeuer in ganz Klotten herum.« Sie lächelte. »Ich denke, bis morgen kennt Sie jeder im Ort.«

Max lächelte zurück. »Ja, das mag sein. Ist Herr Görlitz denn zu sprechen?«

»Leider nicht. Er liefert Wein aus, und ich befürchte, es wird spät, bis er zurück ist. Seine Tour geht heute bis Koblenz. Aber ich sage ihm gern, dass Sie da waren. Könnten Sie vielleicht morgen Vormittag wiederkommen? Dann ist er sicher hier.«

»Ja, gern, vielen Dank, Frau …« Max sah sie fragend an, und ihr Lächeln wurde breiter. »Weirich. Beate Weirich. Ich bin Ingos Tante.«

Zwanzig Minuten später ließ sich Max in seinem Zimmer aufs Bett fallen und schlug das Tagebuch von Gabriele Meininger auf. Er überblätterte die ersten Seiten bis zum zweiten Eintrag.

Freitag, 15. 9. 2000
Es ist jetzt zehn nach zwei in der Nacht, und ich kann nicht
schlafen. Wieder einmal. Es ist jede Nacht das Gleiche. Ich bin
so furchtbar müde, doch sobald ich die Augen schließe, sehe ich
wieder diese schrecklichen Bilder, die mich sosehr quälen. Es
bereitet mir körperliche Schmerzen, wenn ich an diese Nacht
denke. Morgen werde ich mit den anderen reden. Irgendetwas
muss geschehen. Ich weiß nicht, wie ich so weiterleben soll.

Max schlug die nächste Seite auf.

Samstag, 16. 9. 2000
Ich bin verzweifelt. Ich habe versucht, mit den anderen zu re-
den, aber keiner von ihnen wollte mir zuhören. Sie haben ge-
sagt, ich solle endlich den Mund halten und vergessen, was ge-
schehen ist, weil es nicht mehr zu ändern wäre. Dass unser aller
Existenz den Bach runtergehen würde, wenn ich nicht aufhöre,
darüber zu reden. Und nicht nur die unsere, sondern auch die
unserer Familien. Ob ich das wirklich wolle?
Natürlich will ich das nicht, aber ... vergessen? Ich will einfach
nicht glauben, dass sie so kaltherzig sind, so bar jeden Gewis-
sens, dass sie tatsächlich vergessen können, was wir getan ha-
ben. Ich habe versucht, ihnen zu erklären, dass diese Schuld uns
von nun an für immer begleiten wird, dass wir unseres Lebens
nicht mehr froh werden, aber sie haben mir einfach nicht mehr
zugehört. Am Ende haben sie mir sogar gedroht. Sie sagten, sie
würden auf keinen Fall zulassen, dass ich ihr Leben zerstöre.
Was soll ich nur tun?

Max ließ das Tagebuch sinken und dachte über das Gelesene nach. Die anderen – meinte Gabriele Meininger damit Dobelke, Brandstätt und Görlitz? Oder gehörten noch andere dazu?

Max schlug das Tagebuch zu und blätterte dann von hinten zu der Seite mit dem letzten Eintrag. Er betrachtete die krakelige Schrift, in der er geschrieben war. Soweit er es beurteilen konnte, stammte sie von derselben Verfasserin wie die vorderen Einträge.

Max musste unwillkürlich an Marvin Wagner denken.

Dr. Marvin Wagner, der außergewöhnlichste Wissenschaftler, mit dem er es bisher zu tun gehabt hatte.

Wagner hatte Psychologie studiert, anschließend eine Weiterbildung zum Psychotherapeuten gemacht und mit Auszeichnung promoviert. Er war psychologischer Gutachter bei Gericht, forensischer Psychologe und außerdem forensischer Schriftgutachter. Wagner war Gothic-Fan, was man sowohl an seiner Kleidung als auch an den auffälligen Tattoos unschwer erkennen konnte, die große Teile seines Körpers verzierten. Zumindest an den sichtbaren Stellen.

Obwohl er mit Wagner bisher überwiegend telefonischen Kontakt gehabt und ihn lediglich ein Mal gesehen hatte, reichte das Max völlig aus, ihn halbwegs einschätzen zu können und ihn sympathisch zu finden. Trotz oder wahrscheinlich *wegen* seines Aussehens und seiner Art.

Einer spontanen Eingebung folgend, griff Max nach seinem Smartphone und wählte Wagners Nummer aus dem Adressbuch.

»Marvin hier, wer spricht?«, meldete sich Wagner, wie Max es erwartet hatte.

»Hier spricht Max Bischoff aus Düsseldorf«, antwortete Max grinsend.

»Ah, der Herr Ex-Kriminaloberkommissar und Ex-Fallanalytiker, wie erfreulich. Ihre Stimme zu hören ist eine willkommene Abwechslung. Gibt es einen speziellen Grund für den unerwarteten Anruf? Brauchen Sie vielleicht wieder einen exzellenten Schriftgutachter oder einen forensischen Psychologen? Oder war es schlicht das Bedürfnis nach einer kleinen Plauderei, dem ich dieses Gespräch zu verdanken habe?«

Max musste ein Lachen unterdrücken. Man konnte sich dieser sehr speziellen Art von Wagner einfach nicht entziehen. Allerdings konnte sie auch dazu verleiten, den Mann zu unterschätzen, und Max dachte nicht zum ersten Mal darüber nach, ob Marvin Wagner nicht genau das bezweckte.

»Ich denke, es ist eine Mischung aus allem, lieber Dr. Wagner«, erwiderte Max und stellte sich auf Wagners Art ein. »Es ist immer wieder ein Vergnügen, mit Ihnen zu plaudern, aber ich gestehe, ich hätte auch gern Ihre fachliche Meinung als Schriftexperte.«

»Welch eine Freude, dass Sie sich damit an mich wenden. Ich bin ganz Ohr.«

Max erzählte in aller Kürze, wo und aus welchem Grund er sich in Klotten befand. »Ich erinnere mich, dass Sie bei unserem letzten Abschied sagten, ich kann mich jederzeit an Sie wenden, wenn ich einen exzellenten Wissenschaftler brauche. Tja, nun sitze ich vor diesem Tagebuch und dachte mir, ich nehme Sie beim Wort und melde mich. Es könnte sehr hilfreich sein, wenn Sie mir anhand der Schrift, mit der die Einträge verfasst wurden, eine Einschätzung zur Person von Gabriele Meininger geben. Vor allem, was den letzten Eintrag betrifft, der so aussieht, als sei er sehr hektisch verfasst worden.«

»Nichts leichter als das«, erklärte Wagner gutgelaunt. »Ich kann gegen neunzehn Uhr bei Ihnen sein.«

»Was?«, stieß Max völlig überrascht aus. »Das sind doch mindestens zweihundert Kilometer von Dortmund bis hierher. Ich kann Ihnen einfach Fotos der Einträge schicken.«

»Nicht Dortmund. Ich bin momentan noch bei einer Tagung in Trier, was genau dreiundneunzig Kilometer von Klotten entfernt ist, das habe ich gerade nachgesehen. Und heute ist hier der letzte Tag. Sie sehen also, kein Problem, und zudem für mich eine äußerst willkommene Abwechslung nach drei Tagen, an denen unentwegt geredet wurde, ohne dass ich dabei etwas Neues erfahren konnte. Also, was sagen Sie? Treffen um … sagen wir neunzehn Uhr dreißig im geilsten Lokal von Klotten, wo Sie mich zum Essen einladen? Und Sie besorgen mir eine Unterkunft für heute Nacht. Dafür ist meine wissenschaftliche Expertise zu der Tagebuchschreiberin für Sie kostenlos. Deal?«

Max stieß ein herzliches Lachen aus. »Ich weiß zwar nicht, was es hier an Lokalen gibt, aber ich denke, es wird am ehesten auf eine Weinstube hinauslaufen. Also ja, wir haben einen Deal.«

»Ich bin dem Genuss eines guten Weines zwar nicht abgeneigt, gestehe aber, einem schönen, kühlen Bier den Vorzug zu geben. Und Pizza wäre geradezu phantastisch.«

»Ich höre mich gleich um und schreibe Ihnen eine WhatsApp. Und das mit der Unterkunft sollte auch machbar sein.«

12

Zurück in der Pension, erkundigte Max sich bei Lisa Passig nach einem Zimmer für Wagner. Zum Glück hatte sie noch etwas frei. Als er sie dann nach Lokalen in Klotten fragte, erfuhr er zu seiner Überraschung, dass es im Ort tatsächlich eine Pizzeria gab. Sie bot sofort an, einen Tisch zu reservieren, was Max sehr aufmerksam fand. Eine sympathische Frau, ging es ihm durch den Kopf, als er sich kurz darauf in seinem Zimmer frischmachte.

Bereits eine Viertelstunde vor der verabredeten Zeit traf Max in dem Lokal ein und war überrascht, als er Marvin Wagner entdeckte, der bereits mit einem halbvollen Bierglas vor sich an einem Tisch am Fenster des ansonsten fast leeren Lokals saß und ihm breit lächelnd zuwinkte.

Beinahe wäre Max stehen geblieben, um den Anblick eine Weile auf sich wirken zu lassen, bevor er den Wissenschaftler begrüßte. Wagner trug einen schwarzen Hoodie, den auf der Brust ein Totenkopf mit glühend roten Augen zierte.

Auf seiner Glatze zeigte sich ein Kranz aus dunklen Stoppeln, die darauf hindeuteten, dass er sich den Kopf ein paar Tage lang nicht rasiert hatte. Er trug Ohrtunnel von der Größe einer Ein-Euro-Münze, seine auffälligen Tätowierungen lugten an beiden Unterarmen und an den Seiten des Halses aus dem Hoodie heraus. Ein silberner Ring zierte Wagners linken Nasenflügel, jeweils ein Metallstift war durch seine Augenbrauen gestochen.

Als Max auf Wagner zuging, stand dieser auf.

»Der Herr Bischoff. Sie haben sich seit unserem letzten Treffen keinen Deut verändert. Aber nicht nur das. Auch auf älteren Fotos sehen Sie genauso aus wie jetzt. Sie wundern sich vielleicht, dass ich ältere Fotos von Ihnen kenne, aber ich hatte bei unserer ersten Zusammenarbeit ein wenig recherchiert und im Zusammenhang mit einigen Ihrer spektakulären früheren Fälle Fotos von Ihnen im Netz gefunden. Einige davon habe ich mir gerade wieder angeschaut, während ich auf Sie gewartet habe, und was soll ich sagen – keine Veränderung. Lediglich der angestrengte Gesichtsausdruck ist seitdem verschwunden, was damit zusammenhängen mag, dass Sie nicht mehr offiziell als Kriminologe tätig sind und sich demzufolge auch nicht mehr dem Druck der Vorgesetzten und den Argusaugen einer überkritischen Öffentlichkeit stellen müssen. Seien Sie gegrüßt.«

Max musste lachen über den Redeschwall, mit dem Wagner ihn empfing. »Schön, dass wir uns wiedersehen, Herr Dr. Wagner. Ich habe ein bisschen ein schlechtes Gewissen, dass ich Sie ...«

»Marvin«, unterbrach der Wissenschaftler ihn.

»Was?«

»Dr. Wagner finde ich anstrengend. Nennen Sie mich

doch einfach Marvin. Und ich nenne Sie im Gegenzug Max, okay? Ist das eigentlich Ihr richtiger Name oder eine Abkürzung von Maximilian oder noch Schlimmerem?«

»Nein, keine Abkürzung. Ich heiße wirklich Max. Und ja, gern … Marvin.«

Wagner nickte zufrieden und deutete auf den Tisch. »Setzen wir uns doch, Max.«

Max setzte sich und legte das Tagebuch von Gabriele Meininger auf dem Tisch vor sich ab.

»Was war das für eine Tagung in Trier, an der Sie teilnahmen?«

Wagner verdrehte die Augen. »Open Science.«

Als Max ihn fragend ansah, nickte Wagner. »Grob gesagt geht es dabei um Strategien und Verfahren, um alle Bestandteile des wissenschaftlichen Prozesses über das Internet offen zugänglich zu machen. Sinn des Ganzen ist es, Wissenschaft, Gesellschaft und Wirtschaft neue Möglichkeiten im Umgang mit wissenschaftlichen Erkenntnissen zu eröffnen.«

»Ah!«, sagte Max.

»Das fasst es recht gut zusammen. An sich ein interessantes und wichtiges Thema, aber die meisten Redner auf solchen Tagungen neigen leider dazu, mit der Art und bedauerlicherweise oft auch mit dem Inhalt ihrer Vorträge meine Augenlider schwer wie Blei werden zu lassen.«

Ein junger, dunkelhaariger Mann kam zu ihrem Tisch, reichte ihnen die Speisekarten und fragte Max, was er trinken wolle. Dabei warf er immer wieder verstohlen Blicke auf Wagner, der vor sich hin grinste.

Max entschied sich für ein Glas Pinot Grigio, Wagner orderte ein weiteres Bier für sich, wobei der Kellner es vermied, ihm in die Augen zu schauen. Als der junge Mann sich abwandte, sagte Max: »Ich glaube, Sie haben einen neuen Fan.«

Wagner grinste. »Ja, die Wissenschaft in neuem Kleid, das verwirrt die Menschen zuweilen. Ich habe es nicht nur einmal erlebt, dass man mich zu Vorträgen, die ich halten sollte, nicht einlassen wollte, weil man mir nicht glaubte, dass ich der vortragende Psychologe bin. Ich bin sicher, der ein oder andere glaubt, dass ich die Menschen auf der Erde studiere, um meine Erkenntnisse dann an das Mutterschiff zu senden, das irgendwo im Schatten des Mondes auf das Angriffssignal wartet.«

Sie lachten und schlugen die Speisekarten auf. Nachdem sie sich beide für eine Pizza entschieden hatten, deutete Wagner auf das Tagebuch. »Darf ich?«

»Ja, natürlich, bitte.« Max schob ihm das Buch über den Tisch zu.

Nachdem Wagner die ersten Seiten umgeblättert und den Inhalt eine Weile betrachtet hatte, murmelte er: »Kleine Buchstaben, stark nach links geneigt.« Er strich mit dem ausgestreckten Zeigefinger über die Seite. »Minimaler Druck, die Wörter stehen eng beieinander, Schrift fällt leicht nach unten ab.« Er sah auf. »Auf den ersten Blick kann ich sagen, dass es sich bei der Schreiberin um eine eher introvertierte Person handelt. Während sie diese Zeilen schrieb, fühlte sie sich wahrscheinlich kraft- oder mutlos. Die nach links gerichteten Buchstaben deuten auf Zurückhaltung oder verborgene Gefühle hin und können ein Hinweis auf eine Persönlichkeit sein, die sich wohler fühlt, wenn sie im Hintergrund agieren darf.«

»Wow!«, stieß Max aus. »Das alles sehen Sie innerhalb einer Minute?«

»Das war nur eine grobe Einschätzung. Näheres kann ich Ihnen morgen sagen, wenn Sie mir erlauben, das Tagebuch nachher mitzunehmen. Die Handschrift, lieber Max, ist wie die Körpersprache eines Menschen. Sie ermöglicht einen Blick in die Psyche und die Persönlichkeit und ist eine Art Charakterzeugnis, so einzigartig wie ein Fingerabdruck.«

»Schauen Sie sich bitte mal den Eintrag ganz hinten an, auf einer der letzten Seiten.«

Wagner blätterte die Seiten durch bis zu dem hinteren Eintrag. Nachdem er die Wörter eine Weile schweigend betrachtet hatte, sah er auf.

»Selbst wenn man den Inhalt vernachlässigen würde, hätte ich auf gesundheitliche Probleme getippt. Wenn bei einem Menschen Leber und Niere schwächeln, reichern sich Giftstoffe im Gehirn an. Die Schrift wird zittrig bis zur Unleserlichkeit. Solche Schriftveränderungen sind außerdem typisch für Mineralstoffmangel, Nebenwirkungen von Medikamenten, Vergiftungen oder den übermäßigen Gebrauch von Alkohol und anderen Drogen. In diesem speziellen Fall schätze ich aber, dass die

Schreiberin zusätzlich in katastrophaler seelischer Verfassung war, als sie die wenigen Worte schrieb. Sie wollte ihre fundamentalen Gedanken irgendwie zu Papier bringen, was sie aber alle Kraft gekostet hat, die noch in ihr war. Um es auf einen Satz zu reduzieren: Die Schrift bestätigt das, was die geschriebenen Worte sagen.«

»Hm …« Max kniff die Augen zusammen. »Vielleicht studieren Sie uns ja wirklich.«

Wagner nickte lachend. »Das tue ich in der Tat. Es gibt für mich als Wissenschaftler nichts Faszinierenderes als die Menschen und das, was sie tun.«

Der Kellner brachte die Getränke, und sie gaben ihre Bestellungen auf.

Wagner wartete, bis der junge Mann gegangen war, und deutete zu dem Tagebuch vor sich. »Lassen Sie uns zum Inhalt dieses Buches kommen. Sind alle Einträge so wie das, was ich gerade gelesen habe? Ich meine die im vorderen Teil. Mir scheint, die Frau ist an der Last ihrer Schuld, ob tatsächlich vorhanden oder lediglich eingebildet, fast zerbrochen.«

Max nickte. »Ja, und so wie Gabriele Meininger von ihrer Freundin beschrieben wurde, neigte sie nicht zu Phantasien oder Übertreibungen. Irgendetwas muss an der Sache dran sein. Ich befürchte nur, es wird in diesem Ort schwer werden herauszufinden, was das ist.«

Max berichtete Wagner von seinen Begegnungen und Erlebnissen des Nachmittags und war gerade dabei, das kurze Gespräch mit der Tante von Ingo Görlitz zu schildern, als ein etwa sechzigjähriger, untersetzter Mann mit schütteren, graumelierten Haaren an ihren Tisch trat und Max düster ansah. »Hören Sie auf, die Menschen hier zu belästigen.« Er sprach nicht sonderlich laut, aber in einer Art, die ein unangenehmes Gefühl hinterließ.

»Darf ich fragen, wer Sie sind?«, entgegnete Max, nachdem er schnell einen Blick mit Wagner getauscht hatte.

»Setzen Sie sich in Ihr Auto und fahren Sie dahin zurück, wo Sie hergekommen sind.« Der Mann ignorierte die Frage und richtete den Blick auf Marvin Wagner. »Und nehmen Sie den da gleich mit.« Dabei betrachtete er den Psychologen, als sei dieser ein lästiges Insekt.

Auf Wagners Gesicht zeigte sich ein Grinsen. »Aber *der da* hat sich gerade eine Pizza bestellt, die er unbedingt essen möchte. Das wird also leider nichts mit dem Zurückfahren.«

Max drehte sich auf dem Stuhl, so dass er dem Mann zugewandt war. »Wie wäre es, wenn Sie uns erst einmal verraten, wer Sie sind? Dann können wir uns gern unterhalten.«

»Lassen Sie die Leute hier in Ruhe und verlassen Sie Klotten.«

»Aber warum sollten wir das tun?«

Erneut wanderte der Blick zu Wagner und wieder zurück zu Max. »Es kann hier gefährlich sein für Leute, die den Menschen im Ort schaden wollen.«

»Schauen Sie mich an«, forderte Wagner den Mann auf. »Ich bin tätowiert und habe Ringe und Nadeln im Gesicht. Mache ich auf Sie den Eindruck, als hätte ich

Angst, mich in einem gefährlichen Weinort aufzuhalten?«

Die Miene des Mannes verfinsterte sich noch mehr. »Manchmal verschwinden hier Menschen und tauchen nie wieder auf. Nicht dass Ihnen auch so etwas passiert.«

Mit diesen Worten drehte er sich um und ging zur Tür.

13

Sie sahen dem Mann nach, bis er das Restaurant verlassen hatte, dann stand Max auf und ging zur Theke, wo ein dunkelhaariger Mann Mitte vierzig am Monitor eines elektronischen Kassensystems stand und etwas eintippte.

»Kennen Sie den Mann, der gerade an unserem Tisch war?«, fragte Max, woraufhin sein Gegenüber nickte.

»Ja, das war Volker Künsmann vom Weingut Künsmann«, antwortete er mit italienischem Akzent.

»Haben Sie gehört, was er zu uns gesagt hat?«

»Nein.«

»Danke.« Max wandte sich ab und ging zum Tisch zurück.

»Ein Winzer.«

»Ein nicht unbedingt gastfreundlicher Winzer«, kommentierte Wagner. »Er hat mich angesehen, als würde ich Einhörner kacken.« Er betrachtete das vor ihm liegende Tagebuch. »Ich muss gestehen, diese Sache wird immer interessanter.«

Nach etwa anderthalb Stunden zahlten sie und verließen das Restaurant, nachdem Wagner erklärt hatte, von den stundenlangen, einschläfernden Vorträgen in Trier geschafft und todmüde zu sein.

Sie fuhren mit Wagners Auto, das auf einem Parkplatz in der Nähe der Pizzeria stand, und hatten die Pension gerade erreicht, als Eslem Keskin anrief.

»Und?«, begann sie ohne Umschweife. »Wie sieht es aus? Konnten Sie schon etwas in Erfahrung bringen?«

Max berichtete kurz von seinen Gesprächen und endete mit dem Hinweis, dass Dr. Marvin Wagner in Klotten war und sich mit Gabriele Meiningers Tagebuch beschäftigen wollte.

»Wagner«, wiederholte Keskin den Namen. »Das ist doch dieser Paradiesvogel, der bei der Baumann-Sache die Schriftgutachten erstellt hat.«

»Genau der«, bestätigte Max und sah zu Wagner hinüber, der ihn angrinste.

»Und Sie halten es für richtig, ihm ohne Rücksprache mit mir das Tagebuch meiner Freundin zu geben, in dem er ihre intimsten Gedanken lesen kann?«

»Ja, absolut, denn Sie haben mich gebeten, Ihnen zu helfen. Also müssen Sie es schon meiner Einschätzung überlassen, was ich unternehme, um voranzukommen.«

Nach einer kurzen Pause sagte sie: »Also gut. Ich werde morgen sehr früh aufbrechen, um zeitig im Präsidium zu sein. Ich melde mich regelmäßig bei Ihnen und erwarte, dass Sie mich anrufen, sobald es Neuigkeiten gibt. In der Zwischenzeit ist Frau Brosius Ihre Ansprechpartnerin vor Ort.«

»Wir werden klarkommen«, versprach Max. »Ach, eine Sache noch. Sind Sie von irgendjemandem aus dem Ort aufgefordert worden, Klotten zu verlassen?«

»Nein, wieso?«

Max erzählte ihr von der Begegnung mit dem Winzer in der Pizzeria, woraufhin Keskin sagte: »Das passt ins Bild. Ich habe ebenfalls die Erfahrung gemacht, dass die Menschen hier nicht sehr auskunftsfreudig sind.«

»Nun, ich werde trotzdem weitermachen. Und vielleicht finde ich ja heraus, warum es gefährlich sein kann, im Ort Fragen zu stellen.«

»Seien Sie vorsichtig.«

»Klar, das bin ich«, erwiderte Max und beendete das Gespräch.

»Eslem Keskin«, stellte Wagner fest. »Leiterin des KK11 in Düsseldorf, humorlos und mit einem argen Defizit an Selbstwertgefühl sowie der panischen Angst, ihrer Stellung nicht gerecht oder von ihren Mitarbeitern als nicht kompetent eingeschätzt zu werden. Beides führt zu einer Übersteigerung von etwas, das sie für Pflichtbewusstsein hält, das letztendlich aber nichts anderes ist als das verzweifelte Flehen um Anerkennung. Und ganz besonders trifft das alles auf den Umgang mit Ihnen zu, lieber Max.«

Max wiegte den Kopf hin und her. »Ich weiß nicht, ich denke, es ist in diesem Fall viel einfacher. Sie war regelrecht vernarrt in Bernd Menkhoff und gibt mir die Schuld an dem, was passiert ist.«

Wagner erwiderte: »Ist Ihnen schon einmal der Gedanke gekommen, lieber Max, dass Keskins Gefühle Ihnen gegenüber nicht in Wut oder gar Hass begründet sind?«

»Sondern?«

»Eifersucht!«

»Eifersucht? Aber …« Max stockte und senkte den Blick nachdenklich. »Sie meinen, sie ist eifersüchtig darauf, dass *ich* die Gelegenheit hatte, mit Menkhoff zusammenzuarbeiten, und sie nicht?«

»Ganz genau. Aber nicht nur das. Entscheidend für ihr Verhalten Ihnen gegenüber dürfte die Tatsache sein, dass ausgerechnet dann etwas passiert ist, das verhindert hat, dass sie je die Chance dazu bekommen wird.«

Erneut dachte Max über das nach, was Wagner gesagt hatte, bevor er mit den Schultern zuckte. »Vielleicht haben Sie recht, aber wie auch immer … manchmal geht sie mir gehörig auf die Nerven.«

»Und dennoch helfen Sie ihr.«

»Dieser Fall interessiert mich einfach. Ich kann eben nicht aus meiner Haut.« Damit öffnete er die Beifahrertür und stieg aus.

Wagners Zimmer lag schräg gegenüber dem von Max, und nachdem sie einander im Flur eine gute Nacht gewünscht hatten, verschwanden sie in ihren Räumen.

Zum Schlafen war Max noch nicht müde genug, deshalb nahm er sich vor, seine Notizen vom Tag durchzugehen und zu versuchen, Böhmer zu erreichen.

»Guten Abend, Exkollege«, begrüßte Böhmer ihn kurz darauf mürrisch. »Hast du mal einen Blick auf die Uhr geworfen?«

»Nein, soll ich?«

Böhmer schnaufte. »Womit habe ich das verdient?«

»Damit, dass du mich noch nicht angerufen hast wegen der drei Namen, die ich dir gegeben habe«, erklärte Max belustigt.

»Fast nichts.«

»Wie, fast nichts?«

»Na, es gibt so gut wie nichts zu den drei Namen. Nur dieser Achim Brandstätt hatte einmal Ärger, weil er seine Frau nachts aus dem Haus geworfen hat. Sie hat daraufhin die Polizei gerufen. Als die Kollegen dort eintrafen, fanden sie sie allerdings sturzbesoffen vor. Brandstätt gab an, dass sie schwere Alkoholikerin sei und in dieser Nacht begonnen hätte, die Einrichtung kurz und klein zu schlagen, und dass er sie deshalb vor die Tür gesetzt hatte. Die Kollegen haben sie mitgenommen und in eine Ausnüchterungszelle gesteckt. Wie es weiterging mit den beiden, das weiß ich nicht.«

»Sie sind geschieden.«

»Das wundert mich nicht. Sonst gibt es nichts über die drei. Ach, übrigens bist du nicht der Erste, der mir so spät abends noch auf die Nerven geht. Die Frau Kriminalrätin hat mich eben auch schon angerufen und mich für morgen früh um neun in ihr Büro beordert.«

»Wenn die Chefin ruft …«

»Wir sind im Moment an einer Kneipenschlägerei mit Todesfolge dran, und sie möchte den Bericht über den Stand der Dinge von mir persönlich hören. Das sind ihre Spielchen, mit denen sie mir zeigt, dass sie der Boss ist. Aber jetzt erzähl, was an der Mosel los ist.«

Max gab ihm einen Überblick über die Geschehnisse

und schloss mit der Feststellung, dass die Menschen im Ort ihm gegenüber recht distanziert waren.

»Das wundert mich nicht«, sagte Böhmer. »Versetz dich doch mal in ihre Lage. Da kommt plötzlich so ein Schnösel aus Düsseldorf und wühlt in alten Geschichten, die die Einwohner von Klotten wahrscheinlich lieber vergessen würden.«

»Was heißt hier Schnösel?«, entrüstete sich Max gespielt, woraufhin Böhmer ein meckerndes Lachen ausstieß.

»Und was ist mit der Keskin? Habt ihr beiden schon die Friedenspfeife zusammen geraucht?«

»Vielleicht ein anderes Mal«, entgegnete Max knapp. »Okay, dann leg dich wieder vor den Fernseher und schlaf nachher gut. Ich melde mich morgen noch mal bei dir.«

»Keine Antwort ist auch eine Antwort«, bemerkte Böhmer lachend. »Also bis dann.«

Einen Moment überlegte Max, ob er Kirsten anrufen sollte, ließ es aber. Es war zwar erst kurz vor zweiundzwanzig Uhr, aber Kirsten ging manchmal recht früh zu Bett, und er wollte sie nicht wecken.

Also beschäftigte er sich erneut mit den Notizen des Tages und schrieb seine Gedanken zu dem Gelesenen auf. Gegen halb elf ging er ins Bett und schlief schnell ein.

Er wachte von einem dröhnenden Donnern auf und wusste im ersten Moment weder, wo dieses unerträglich laute Poltern herkam, noch, wo er sich befand.

Drei, vier Sekunden später registrierte er, dass jemand wie verrückt gegen die Tür seines Zimmers in der Pension in Klotten hämmerte.

»Ja doch, Moment«, rief er und schob die Beine aus dem Bett. Es war noch dunkel, nur durch den vertikalen Spalt der nicht ganz zugezogenen Vorhänge drang ein wenig schummriges Licht ins Zimmer. In der Nähe musste eine Straßenlaterne sein.

Lediglich mit einer Schlafanzughose bekleidet, öffnete Max die Tür und sah sich einem Mann und einer Frau gegenüber, die er beide nicht kannte und die ihn ernst anschauten.

»Sind Sie Max Bischoff?«, fragte die Frau. Sie war etwa vierzig und trug die rotblonden Haare kurz geschnitten. Sein Instinkt sagte Max, dass es sich um eine Polizeibeamtin handelte.

»Ja, der bin ich«, bestätigte er und ahnte, dass es für diesen lärmenden Auftritt einen triftigen Grund geben musste. Ihr Gesichtsausdruck sorgte zusätzlich dafür, dass sich das ungute Gefühl in ihm verstärkte.

»Und wer sind Sie?«

»Wenzel, Kripo Koblenz«, bestätigte die Frau seine Vermutung und deutete auf den etwa gleichaltrigen Mann an ihrer Seite. »Das ist Oberkommissar Kornmeier von der Polizeiinspektion Cochem. Herr Bischoff, wir würden uns gern mit Ihnen unterhalten.«

Max fuhr sich durch die Haare. »Ja, sicher. Worum geht's? Und wie spät ist es eigentlich?«

Noch bevor die Beamtin antworten konnte, öffnete

sich die Tür schräg gegenüber, und Marvin Wagner trat in schwarzen Shorts und schwarzem T-Shirt auf den Flur. Seinem entspanntem Gesicht nach zu urteilen war er schon länger wach. »Was ist denn hier los?«, fragte er, woraufhin die beiden Beamten sich zu ihm umwandten.

»Gehen Sie bitte wieder in Ihr Zimmer«, ordnete Wenzel an, nachdem sie Wagner von Kopf bis Fuß gemustert hatte. Wenn sie von seiner auffälligen Erscheinung in irgendeiner Art überrascht war, ließ sie es sich nicht im Geringsten anmerken.

Wagners Mund verzog sich zu etwas, das ein Lächeln, aber ebenso gut auch der Ausdruck von Missfallen sein konnte.

»Normalerweise komme ich der Bitte einer Frau stets gern nach, wenn es mir möglich ist, aber in diesem Fall …«

»Kriminalpolizei. Wenzel ist mein Name. Wir sind dienstlich hier, und jetzt gehen Sie bitte wieder in Ihr Zimmer.«

Wagner schüttelte den Kopf. »Sie stehen vor der Tür von Max Bischoff, nachdem Sie offensichtlich versucht haben, sie unter Zuhilfenahme eines Presslufthammers zu zerstören. Zumindest hörte es sich so an. Wenn Sie dienstlich hier sind und diese dienstliche Angelegenheit etwas mit Klotten zu tun hat, dann betrifft sie mit hoher Wahrscheinlichkeit auch mich, denn ich habe den ganzen gestrigen Abend mit Herrn Bischoff verbracht. In einem Restaurant. Einer Pizzeria, um es zu spezifizieren.«

Eine Weile sah Wenzel den Psychologen an, als wisse

sie nicht, was sie tun solle, dann nickte sie. »Also gut, mit Ihnen beschäftige ich mich gleich noch.« Und nach einem Blick auf seine nackten, tätowierten Beine fügte sie hinzu: »Und ziehen Sie sich in der Zwischenzeit was an.«

Damit wandte sie sich wieder an Max. »Um Ihre Frage zu beantworten: Es ist kurz vor sechs.«

»Okay. Wenn Sie mir zwei Minuten geben, ziehe ich mir ebenfalls etwas an. Sie können ja vielleicht einen Moment unten im Aufenthaltsraum warten, ich komme gleich nach. Es wäre aber nett, wenn Sie mir schon mal sagen würden, worum es geht.«

Wenzel nickte. »Gegen Mitternacht wurde eine weibliche Leiche gefunden. In den Weinbergen oberhalb des Ortes. Ich muss Ihnen als ehemaligem Kollegen ja nichts zum Verfahren in solchen Fällen erklären.«

»Mist«, entfuhr es Max. »Ist die Tote schon identifiziert?«

»Ja, ihr Name ist Jessica Meininger.«

»Gabriele Meiningers Tochter?« Noch während Max' Blick zwischen Wenzel und ihrem Kollegen aus Cochem hin und her wechselte, legte sein schlafträger Verstand einen Kaltstart hin und ließ seine Gedanken losgaloppieren.

»Wie ist sie gestorben?«

»Definitiv Fremdeinwirkung«, erklärte Wenzel und fügte gleich darauf hinzu: »Wir gehen von Mord aus.«

14

Während Max sich kaltes Wasser ins Gesicht spritzte und in Jeans und Pullover schlüpfte, lief sein Verstand auf Hochtouren. Wer konnte ein Interesse daran haben, Gabriele Meiningers Tochter zu töten? Jemand, der sich durch die Tagebucheinträge ihrer Mutter und dem, was sie ausgelöst hatten, unter Druck gesetzt fühlte? Der Angst hatte, dass plötzlich Dinge ans Licht kommen könnten, die er längst vergessen wähnte? Aber warum dann Jessica?

Als Max fertig war, ging er nach unten, wo Wagner gerade ein offensichtlich intensives Gespräch mit der Kriminalbeamtin führte. Er musste sich blitzschnell angezogen haben.

»… bin ich nach wie vor der Überzeugung, dass die wissenschaftlich orientierte Herangehensweise bei der Ermittlungsarbeit immer mehr in den Vordergrund rückt. Sehen Sie, Frau Kriminaloberkommissarin, Voraussetzung dafür ist selbstredend, dass die Polizei von entsprechend hochqualifizierten Wissenschaftlern unterstützt wird, weshalb es sinnvoll wäre, wenn ich …«

Wagner stockte, als Max den Raum betrat und sich alle Blicke auf ihn richteten.

»Ah, da sind Sie ja«, sagte Wenzel und deutete auf einen freien Stuhl. »Bitte, setzen Sie sich doch. Wir haben nur ein paar Fragen.«

Max nahm Platz und sagte: »Sie sprachen von Mord. Woran ist sie gestorben?«

»Die Todesursache wird zweifelsfrei erst die Rechtsmedizin feststellen, aber es gibt Würgemale an ihrem Hals und …« Wenzel warf Kornmeier, ihrem Cochemer Kollegen, einen langen Blick zu, bevor sie sagte: »Ihre Zunge fehlt.«

»Scheiße!«, entfuhr es Max, wofür er sich in der nächsten Sekunde sofort entschuldigte.

Wenzel winkte ab. »Schon gut. Der Täter hat ihr die Zunge offensichtlich herausgeschnitten und mitgenommen. Wir konnten sie bisher nicht finden.«

»Sie sagten, gegen Mitternacht. Wer hat sie gefunden? Wer ist denn so spät noch unterwegs?«

»Ein älterer Herr, der am Fuß der Weinberge wohnt. Er sagte, er geht immer so spät noch mit seinem Hund raus.«

»Hm … Kann ich die Fotos sehen?«

»Das kann ich nicht entscheiden, auch wenn Sie ein ehemaliger Kollege sind. Dafür müssten Sie sich an Kriminalhauptkommissar Zerbach wenden, der gerade das Ermittlungsteam zusammenstellt.«

»Verstehe. Wo kann ich ihn erreichen?«

»Wir waren eben noch zusammen in der Pension bei Frau Brosius.«

Max dachte kurz nach. »Wie sind Sie auf sie gekommen? Ich meine, da wird eine Leiche in den Weinbergen eines kleinen Moselortes gefunden, und die Polizei klingelt am frühen Morgen eine Touristin aus Düsseldorf aus dem Bett?«

»Der Mann, der die Tote entdeckt hat, hat uns erzählt, dass zwei Polizistinnen im Dorf Fragen über die Mutter des Opfers stellten und seit gestern Verstärkung von jemandem bekommen haben, der ebenfalls viele Fragen stellt.«

»Wow! Offensichtlich weiß der Mann sehr gut Bescheid. Wer ist er?«

»Auch für diese Auskunft muss ich Sie an den Leiter der Ermittlungen verweisen.« Wenzel machte eine Pause, als müsse sie über das nachdenken, was sie als Nächstes sagen wollte. »Sie sollten wissen, dass Kriminalhauptkommissar Zerbach nicht sonderlich begeistert war, als er von Ihrer Anwesenheit hier erfahren hat.«

»Hat er etwas gegen ehemalige Kollegen?«, fragte Max.

»Sagen wir es mal so: Er lässt sich nicht gern in die Karten schauen und betrachtet jeden Fall als seine ureigene Aufgabe. Sogar die Anwesenheit von Frau Brosius ist ihm bereits ein Dorn im Auge, weil auch ihr Aufenthalt in Klotten im Grunde genommen nicht rein privater Natur ist. Da können Sie sich vorstellen, wie er auf Sie reagiert.«

»Ja, das kann ich.« Dabei dachte Max unweigerlich an Eslem Keskin.

»Herr Bischoff, wie gesagt, wir wissen von den Tagebucheinträgen, die die Mutter des Opfers vor zweiundzwanzig Jahren verfasst hat, und dass Frau Keskin, Frau Brosius und Sie in Betracht ziehen, diese Einträge könnten in Zusammenhang mit dem Verschwinden eines Mannes stehen.«

»Ja«, sagte Max nachdenklich. »Und kaum fangen wir an, im Ort Fragen dazu zu stellen, wird die Frau ermordet, die das Tagebuch gefunden hat. Das riecht doch förmlich nach einem Zusammenhang, oder?«

»Mag schon sein. Können Sie mir sagen, was Sie bisher herausgefunden haben?«

Max nickte und berichtete von seinen Begegnungen und Gesprächen vom Vortag. Auch von dem Erlebnis mit dem Winzer Künsmann in der Pizzeria.

»Hat der Mann auf Sie den Eindruck gemacht, als wolle er Ihnen drohen?«

»Konfuzius sagt, wenn alle Stricke reißen, warst du zu dick für die Schaukel«, warf Wagner ein, woraufhin Wenzel die Stirn krauszog und ihn fragend ansah. »Was?«

»Ich meinte damit, dass das doch wohl offensichtlich ist. Was sollen Sätze wie *Es kann gefährlich werden* und *Manchmal verschwinden hier Leute und tauchen nie wieder auf* denn anderes sein als Drohungen?«

Wenzel entgegnete darauf nichts, sondern wandte sich wieder an Max, als die Tür geöffnet wurde und Jana Brosius hereinkam. Ihr folgte ein ernst dreinblickender Mann Mitte fünfzig.

»Hallo«, begrüßte Jana die Anwesenden und nickte Max zu. »Guten Morgen.« Sie deutete auf den Mann, der nun neben ihr stand. »Das ist Kriminalhauptkommissar Zerbach vom Koblenzer KK. Er leitet die …«

»Ich bin der leitende Ermittler in diesem Fall«, fiel Zerbach ihr harsch ins Wort und sah Max direkt an. »Und Sie sind wohl der ehemalige Kollege, der es zwar vorgezogen hat, den Dienst zu quittieren, nun aber meint, er müsse als Privatdetektiv in Mordfällen herumschnüffeln.«

Noch während Max Luft holte, um darauf zu antworten, fiel Zerbachs Blick auf Wagner. Seine Miene wurde dabei noch säuerlicher. »Und wer, zum Teufel, sind Sie?«

»Mein Name ist Dr. Marvin Wagner, ich habe beileibe nichts mit dem Teufel zu tun, aber davon abgesehen bin ich Psychologe und Psychotherapeut und habe meine Dissertation mit summa cum laude abgeschlossen. Zudem bin ich Rechtspsychologe bei Gericht und forensischer Psychologe, außerdem ein anerkannter forensischer Schriftgutachter. Gegenfrage: Was können Sie so, außer unfreundlich zu sein?«

Eine Weile starrte Zerbach den Psychologen entgeistert an, dann wandte er sich an Wenzel. »Was hat er hier zu suchen?«

»Herr Wagner hat den Abend gemeinsam mit Herrn Bischoff verbracht und war dabei, als ein Mann aus dem Dorf Herrn Bischoff bedroht hat.«

Die linke Braue des Hauptkommissars schob sich nach oben. »Also noch ein Zivilist, der Räuber und Gendarm spielt?«

»Herr Zerbach«, schaltete Max sich ein, weil er spürte,

wie die Wut in ihm aufstieg, »wie wäre es, wenn wir uns auf den Mord konzentrieren?«

»Gut. Dann stelle ich gleich zu Anfang etwas klar. Ich mag es nicht, wenn sich jemand in meine Ermittlungen einmischt, und ich mag es schon zehnmal nicht, wenn derjenige ein Zivilist ist. Ich habe von der Kollegin Brosius gehört, dass Sie während Ihrer aktiven Zeit in Düsseldorf recht erfolgreich gewesen sein sollen. Das interessiert mich nicht die Bohne, weil Sie kein Polizist mehr sind. Und über das Ergebnis Ihrer Zusammenarbeit mit einem Kölner Kollegen in Ihrem letzten … *Fall* muss man nicht viele Worte verlieren. Katastrophal! Ich kann nichts dagegen tun, dass Sie sich in Klotten aufhalten, aber ich verspüre überhaupt keine Lust, es dem Kollegen aus Köln nachzumachen. Halten Sie sich also aus meinem Fall heraus und von mir fern, sonst haben Sie mehr Ärger am Hals, als Sie sich vorstellen können. Haben Sie mich verstanden?«

Max brauchte eine Weile, in der er sich bemühte, seinen Ärger wegzuatmen, was ihm aber nicht vollständig gelang.

»Ja, das habe ich verstanden. Und wo wir schon dabei sind, stelle *ich* jetzt mal etwas klar: Sie können sich Ihre lächerliche Drohung sonst wohin stecken. Wie es aussieht, ist Ihr Ego weitaus größer als Ihr Interesse daran, diesen Fall schnellstmöglich zu lösen. Denn wenn das nicht so wäre, würden Sie jede Hilfe, die Sie bekommen können, dankbar annehmen, statt sich aufzuführen wie ein Provinzsheriff. Eine junge Frau ist gerade ermordet worden, und statt alle Hebel in Bewegung zu setzen, um den Mörder zu finden, bevor er vielleicht noch mehr Unheil anrichten kann, stecken Sie mit lächerlichen Monologen Ihr Revier ab.«

Man konnte Zerbach förmlich ansehen, wie es in ihm kochte, doch nach einigen Atemzügen schien ihm bewusst zu werden, dass die drei anwesenden Beamten ihn ansahen.

»Dieses Tagebuch ... das ist ein Beweisstück. Ich will es haben. Und jetzt erzählen Sie mir von gestern. Mit wem aus dem Ort haben Sie gesprochen?«

»Das habe ich bereits Ihrer Kollegin gesagt. Fragen Sie sie.« Damit stand Max auf und verließ den Raum.

»Köstlich, dieser Blick des Herrn Kriminalhauptkommissars«, sagte Wagner Sekunden später hinter ihm, als Max durch den unteren Flur Richtung Treppe ging. »Der Gute hat gerade ausgesehen wie ein lobotomiertes Eichhörnchen.«

Max war immer noch wütend. »Ich verstehe diese Art zu denken einfach nicht. Was ist das denn für eine Herangehensweise?« Als sie vor ihren Zimmern angekommen waren, sagte Max: »Ich springe unter die Dusche und gehe dann zum Frühstück. Danach sehe ich zu, was ich über den Mord an Jessica Meininger herausfinden kann. Vielleicht ist Oberkommissarin Wenzel ein bisschen kooperativer. Sie hat einen ganz vernünftigen Eindruck gemacht. Wann brechen Sie auf? Frühstücken wir noch zusammen?«

»Aufbrechen? Nach dem, was ich da unten gerade erlebt habe? O nein, lieber Max. Ich werde Sie hier gewiss nicht allein lassen. Zumal mich diese Sache aus psychologischer Sicht sehr interessiert. Die kollektive Abneigung eines ganzen Ortes gegen die Aufarbeitung eines alten Falls, dazu ein Mord und ein leitender Ermittler, der die Welt nur in den simplen Primärfarben sieht, die seine Intelligenz zulässt. Ich muss gleich noch ein paar Dinge telefonisch regeln, aber so viel steht fest: Ich bleibe.«

15

Max hatte gerade den Pullover ausgezogen und hielt ihn noch in der Hand, als es an der Tür klopfte. In der Annahme es sei Wagner, öffnete er; doch es war nicht der Psychologe, der überrascht seinen nackten Oberkörper betrachtete, sondern Jana Brosius.

»Oh!«, stieß Max aus, wobei ihm nicht entging, dass sie schnell den Blick senkte, als sei sie bei etwas Verbotenem ertappt worden. »Sorry, ich dachte …« Er streifte den Pullover wieder über und machte einen Schritt zur Seite. »Bitte, kommen Sie doch rein.«

Fast zaghaft betrat Jana sein Zimmer und wandte sich zu Max um. »Ich wollte Ihnen nur sagen, dass ich Zerbach nichts von der Sache mit Bernd Menkhoff erzählt habe. Auch wenn es sich gerade vielleicht so angehört hat.«

Max nickte. »Okay. Dann ahne ich, wer es war. Hat er mit Ihrer Chefin gesprochen?«

»Ja. Er war ziemlich unfreundlich, als er gegen fünf bei mir in der Pension auftauchte und mich wecken ließ. Er wollte wissen, was ich in Klotten tue, und ich habe ihm gesagt, dass Kriminalrätin Keskin mich gebeten hat, ihr wegen der seltsamen Tagebucheinträge ihrer verstorbenen Freundin zu helfen. Er wollte sie ungeachtet der

Uhrzeit sprechen, da habe ich sie angerufen und ihr geschildert, was geschehen ist. Dann habe ich das Telefon an Zerbach weitergereicht. Er ist damit aus dem Raum gegangen, ich konnte also nicht hören, was sie besprochen haben. Aber ich kann mir nicht vorstellen, dass sie ihm von Ihnen und Hauptkommissar Menkhoff erzählt hat.«

»Nach meiner bisherigen Erfahrung mit ihr kann ich mir das sehr wohl vorstellen. Wer sollte es denn sonst gewesen sein?« Max schüttelte den Kopf und setzte sich auf die Kante des Bettes. »Was stimmt eigentlich mit dieser Frau nicht? Sie bittet mich, ihr zu helfen, und sorgt gleichzeitig dafür, es mir so schwer wie möglich zu machen.«

»Das wissen Sie doch gar nicht. Wie gesagt, ich kann es mir nicht vorstellen.«

»Okay, Sie haben recht, ich weiß es wirklich nicht. Und? Kommt Sie hierher zurück?«

»Nein, sie sagte, sie hat wichtige Termine in Düsseldorf.«

»Ich hätte große Lust, mich auch ins Auto zu setzen und nach Hause zu fahren. Hier kann ich sowieso nicht mehr viel ausrichten.«

»Das können Sie schon. Zwar nicht offiziell, aber dafür sind Sie nicht so eng an die Dienstvorschriften gebunden wie Frau Keskin und ich als Polizistinnen. Oder dieser Hauptkommissar. Gegen Sie kann nicht wegen jedem Schritt, den Sie tun, eine Beschwerde eingereicht werden, gegen die Sie sich dann verteidigen müssen.«

Max hob langsam den Kopf und sah Jana an. »Sagen Sie ... ist das der Grund, warum Keskin ausgerechnet mich um Hilfe gebeten hat? Weil der Fall vor zweiundzwanzig Jahren zu den Akten gelegt wurde und sie Angst hatte, die Einwohner beschweren sich über sie, wenn sie anfängt, ihnen Fragen zu stellen? Ist das wirklich der Grund?«

Jana hielt seinem Blick stand. »Ich weiß nicht, warum sie Sie um Hilfe gebeten hat. Ich gestehe, ich habe mich auch darüber gewundert, nach dem, was sie mir über Sie erzählt hat. Ich ...«

»Was sie über mich erzählt hat?«

»Ich habe sie danach gefragt«, überging Jana die Frage und fuhr unbeirrt fort, »aber sie sagte mir das Gleiche wie Ihnen: Dass sie Sie für einen sehr guten Ermittler hält, unabhängig davon, wie sie persönlich zu Ihnen steht.«

»Und was denken Sie?«

»Ich glaube ihr das.«

»Ich meinte, über mich.«

Jana ließ sich mit der Antwort eine Weile Zeit. »Ich hatte Ihnen schon einmal gesagt, dass ich alle Ihre früheren Fälle verfolgt habe und ...«

»Jana! Ich meine, wie Sie persönlich zu mir stehen.«

Erneut ließ sie sich mit der Antwort Zeit, sah ihn dabei nachdenklich an. »Das weiß ich noch nicht. Auch deshalb fände ich es schade, wenn Sie zurückfahren würden. Ich habe Sie einerseits als Dozent im Hörsaal erlebt und weiß andererseits, was die Chefin über Sie denkt. Im ersten Moment war ich ziemlich enttäuscht von dem, was sie mir über Ihre Tätigkeit als Privatermittler erzählt hat, aber … Mir wäre es lieber, ich könnte mir ein eigenes Urteil bilden.«

Trotz des Aufruhrs, der noch immer in ihm wütete, konnte Max sich ein Grinsen nicht verkneifen. »Na, das ist neben der Tatsache, dass mindestens ein Mord aufgeklärt werden muss, doch definitiv ein Grund, hierzubleiben.«

Auf Janas Gesicht zeigte sich die Andeutung eines Lächelns, das fast ein wenig verlegen wirkte.

»Das heißt, Sie bleiben?«

»Zumindest für den Moment. Aber als Erstes werde ich jetzt ein Gespräch mit Frau Keskin führen.«

»Dann gehe ich mal zurück in die Pension. Telefonieren wir später?«

»Ja.«

Nachdem Jana die Tür hinter sich geschlossen hatte, griff Max zum Telefon und wählte Eslem Keskins Nummer.

Sie nahm das Gespräch schon nach dem zweiten Läuten an. »Keskin.«

»Bischoff hier, guten Morgen. Haben Sie mit Hauptkommissar Zerbach über mich und Menkhoff gesprochen?«

»Was? Nein. Wie kommen Sie denn darauf?«

»Weil er es mir gegenüber erwähnt hat.«

»Er hat gesagt, ich hätte mit ihm darüber gesprochen?«

»Nein, das nicht, aber er nannte das Ergebnis meiner

Zusammenarbeit mit einem Kölner Kollegen im letzten Fall eine Katastrophe.«

»Vielleicht weiß er es von jemand anderem. Wie auch immer, ich habe jedenfalls nicht mit ihm darüber gesprochen. Es ist furchtbar, was mit Jessica passiert ist. Ich würde am liebsten sofort zurückkommen, aber das geht leider nicht. Hat sich dieser Zerbach Ihnen gegenüber auch so aufgeführt?«

»Wenn Sie damit meinen, dass er sich verhält wie ein Großinquisitor im Mittelalter, dann ja.«

»Ein sehr unangenehmer Mensch. Wann werden Sie abreisen?«

»Abreisen?«

»Ja, natürlich. Nach diesem Mord übernimmt die Polizei die Sache und wird sich in dem Zusammenhang sicher auch mit Gabrieles Tagebucheinträgen beschäftigen. Es war ein Fehler von mir, mich in diese alte Geschichte einzumischen und Sie anzurufen. Ich mache mir große Vorwürfe. Mein Gott, ich darf gar nicht darüber nachdenken, dass Jessica vielleicht noch leben würde, wenn ich mich rausgehalten hätte. Nein, ich möchte, dass Frau Brosius und Sie noch heute zurückkommen. Ich habe schon versucht, sie anzurufen, konnte sie aber nicht erreichen.«

»Sie wollte sich sowieso bald bei Ihnen melden, dann können Sie das mit ihr direkt klären. Was mich betrifft – ich bleibe hier.«

»Was soll das heißen, Sie bleiben? Ich habe Sie engagiert und sage Ihnen, dass Sie dort fertig sind.«

»Das habe ich verstanden. Ich schenke Ihnen den gestrigen Tag, Sie sind mir also nichts schuldig. Aber ich bleibe hier.«

»Selbstverständlich werde ich Sie bezahlen, aber ich verlange, dass Sie sofort ...« Es klopfte an der Zimmertür, was Max gerade recht kam.

»Ich muss auflegen, es hat geklopft«, sagte er und beendete das Gespräch, bevor Keskin etwas erwidern konnte. Er warf das Handy aufs Bett und öffnete die Tür. Vor ihm stand Oberkommissar Kornmeier, der Beamte der Polizeiinspektion Cochem, der Oberkommissarin Wenzel begleitet hatte.

»Nur ganz kurz«, sagte Kornmeier leise und reichte Max einen Zettel. »Ich muss gleich wieder runter. Das ist meine Handynummer. Rufen Sie mich in einer Stunde an, ich möchte mich mit Ihnen unterhalten.« Damit wandte er sich ab und ging den Flur entlang Richtung Treppe.

Max sah ihm nach und betrachtete dann verwundert die Mobilfunknummer auf dem Zettel in seiner Hand. Welchen Grund konnte Kornmeier haben, so geheimnisvoll zu tun? Wusste er etwas, das er dem Koblenzer Hauptkommissar nicht sagen wollte? Aber warum sollte er dann ihm, einem Privatmann aus Düsseldorf, davon erzählen?

Max schloss die Zimmertür, griff nach seinem Handy und warf einen Blick auf das Display. Sechs Uhr sechsundvierzig. In einer Stunde ...

Er legte den Zettel mit dem Handy auf dem Nachttisch ab, zog sich aus und ging ins Bad, um sich unter der Dusche die letzten Reste Schlaf abzuwaschen.

Gegen sieben Uhr fünfzehn setzte sich Max an einen Zweiertisch im kleinen Frühstückszimmer gleich neben dem Aufenthaltsraum. Er hatte mit Wagner telefoniert und abgemacht, dass sie sich dort trafen.

Gerade hatte er sich den Stuhl zurechtgerückt, als Lisa Passig, die Pensionswirtin, hereinkam und ihn sorgenvoll ansah. »Geht es Ihnen gut? Ich bin sehr erschrocken, als die Polizei heute früh Sturm geklingelt hat. Sie wollten Ihre Zimmernummer wissen, mir aber nicht sagen, worum es geht. Ich konnte ja nicht ahnen ... mein Gott, wie furchtbar. Ein Mord, hier in Klotten. Und ausgerechnet Jessica, wo doch gerade erst ihre Mutter ...«

Ihre Augen glänzten feucht.

»Ja, mir geht es so weit gut.«

»Die Polizei ... Die glauben doch nicht, dass Sie etwas damit zu tun haben?«

»Nein, nein. Sie hatten nur ein paar Fragen, weil ich mich im Ort nach Jessicas Mutter erkundigt habe.«

Marvin Wagner kam herein und trat an den Tisch. »Guten Morgen.« Er reichte der Vermieterin die Hand, die ihn verblüfft ansah. »Ich bin Dr. Marvin Wagner, ihr neuer Gast. Herr Bischoff war gestern Abend so nett, mir den Zimmerschlüssel zu geben.«

Eine Weile ruhte Lisa Passigs Blick auf ihm, bis sie sich schließlich fing und sagte: »Ach ja, sicher. Entschuldigen Sie bitte, ich bin ein wenig durch den Wind. Und als ich Sie jetzt so vor mir sah ...« Sie deutete mit einer kurzen Bewegung auf ihn. »Ihr Aussehen ist wirklich beeindruckend.«

Max bewunderte die Offenheit, mit der Lisa das sagte. Die meisten Menschen steckten Wagner wahrscheinlich gleich in eine Schublade, trauten sich aber nicht, sein Äußeres direkt anzusprechen.

Auf Wagners Gesicht zeigte sich ein breites Lächeln. »Geben Sie es zu, einen promovierten Wissenschaftler haben Sie unter dieser Haut nicht erwartet, stimmt's?«

Sie nickte lächelnd. »Das stimmt. Umso schöner, dass es Menschen gibt, die sich nicht in Rollenklischees pressen lassen. Bitte, setzen Sie sich doch. Darf ich Ihnen beiden Kaffee bringen?«

»Herzlich gern«, antwortete Wagner, und Max nickte wortlos, während er darüber nachdachte, wie schnell die Pensionswirtin umgeschaltet und die Traurigkeit über Jessica Meiningers Schicksal verdrängt hatte.

»Eine liebenswerte Person«, bemerkte Wagner mit einem Lächeln, nachdem er Max gegenüber Platz genommen hatte. Dann wurde seine Miene ernst. »Ich muss gestehen, dass ich das Verhalten von diesem Hauptkommissar sehr seltsam, um nicht zu sagen, unmöglich finde. Die Frau Wenzel macht mir hingegen einen ganz passablen Eindruck.«

»Was halten Sie von dem Dritten im Bunde, Oberkommissar Kornmeier?«

»Schwer zu sagen. Er hat während der ganzen Zeit schweigend und fast regungslos dagesessen.«

»Er war eben an meiner Zimmertür und hat mir seine Handynummer gegeben.«

Wagner schob grinsend die Unterlippe vor. »Seit dieser öffentlich geführten und zugegebenermaßen längst überfälligen Diskussion um LBGT trauen sich auch homosexuelle Polizisten endlich, unverhohlen zu ihren Gefühlen zu stehen. Und, werden Sie ihn daten?«

16

Als sie mit dem Frühstück fertig waren, warf Max einen Blick auf das Display seines Handys. Sieben Uhr vierzig. Die Stunde war fast vorbei.

»Okay, dann wollen wir doch mal hören, was der Herr Oberkommissar zu erzählen hat«, sagte Max und tippte die Nummer ein, die Kornmeier ihm aufgeschrieben hatte. Nachdem Max seinen Namen genannt hatte, sagte Kornmeier: »Ah, danke für Ihren Anruf. Sie haben sich wahrscheinlich gewundert, dass ich darum gebeten habe.«

»Sagen wir es mal so: Sie haben mich neugierig gemacht.«

»Ja, das dachte ich mir. Ich kann Ihnen Fotos der Toten zur Verfügung stellen, die die SpuSi gemacht hat, wenn Sie möchten.«

»Davon weiß Zerbach wahrscheinlich nichts, oder?«

»Nein. Er würde es nie genehmigen.«

»Warum tun Sie das?«

Kornmeier atmete hörbar aus. »Darüber möchte ich nicht am Telefon sprechen. Können wir uns treffen?«

»Sicher. Wann und wo?«

»In zwanzig Minuten. Unterhalb der Burgruine gibt es eine Aussichtsplattform. Kommen Sie dorthin.«

»Sie meinen die Ruine am Ortsrand?«

»Ja, ich meine Coraidelstein. Zur Ruine selbst kommen Sie nicht, die ist in Privatbesitz, aber über einen Weg oberhalb der Weinberge gelangen Sie zu der Aussichtsplattform. Sie werden es finden. Bis gleich.«

»Ja, bis gleich.« Max legte das Handy auf den Tisch und sah zu Wagner hinüber, der ihn angrinste.

»Er möchte sich mit Ihnen an einer Burgruine treffen?«

»Ja.«

Wagners Blick richtete sich verträumt nach oben, während er mit der Hand einen Halbkreis über dem Tisch beschrieb. »Draußen ist es kalt und düster, Nebelschwaden steigen vom Fluss auf und ziehen wie unheimliche Geisterwesen durch die engen Gassen von Klotten. Dunkelgraue Wolken bedecken den Himmel und lassen die Burg wie einen verwunschenen Ort erscheinen, der von Fabelwesen bewohnt wird und ...«

»Marvin, bitte«, unterbrach Max ihn lächelnd.

»Was? Hundertmal in alten Krimis gesehen. Mehr geht nicht. Mir scheint, der Herr Oberkommissar hat Sinn fürs Schaurige.«

»Ich denke, der Vorschlag für diesen seltsamen Treffpunkt hat eher damit zu tun, dass er auf keinen Fall von Hauptkommissar Zerbach zusammen mit mir erwischt werden möchte.«

»Hat er gesagt, worum es geht?«

»Er möchte mir Fotos der Toten zur Verfügung stellen. Alles andere wollte er mit mir persönlich besprechen.«

»Und?« Wagner lehnte sich zurück. »Komme ich mit?«

Max schüttelte den Kopf. »Ich denke, es ist vermutlich besser, wenn ich mich allein mit ihm treffe. Vielleicht könnten Sie zusammen mit Jana herausfinden, ob es weitere Familienangehörige des Opfers in Klotten gibt.«

Max suchte über den Browser seines Smartphones die Aussichtsplattform und ließ sich den Weg dorthin anzeigen. Wenige Minuten später verließ er die Pension.

Zum Glück hatte es aufgehört zu regnen, und hier und da waren sogar winzige helle Flecken zwischen den Wolken zu erkennen.

Schon nach zwei Minuten erreichte Max den kleinen Klottener Bahnhof. Während er die Gleise auf einem geteerten Steg überquerte, betrachtete er das heruntergekommene Bahnhofsgebäude, dessen abblätternder Putz vor langer Zeit einmal in einem Orangeton gestrichen worden war.

Die Holztüren des Baus hingen windschief in den Angeln und sahen so aus, als seien sie schon lange nicht mehr geöffnet worden. Dem Zustand der Gleise nach zu urteilen war der Bahnhof noch in Betrieb, das Gebäude wurde aber sicher schon längere Zeit nicht mehr genutzt.

Nachdem er die Station hinter sich gelassen hatte, führte sein Smartphone ihn durch eine enge Gasse auf ein großes, dunkles Haus zu, das – den Lettern quer über der Front nach – einmal der *Gasthof zum Brunnen* gewesen war. Mittlerweile gab das ehemalige Lokal nur noch ein trauriges Bild des Verfalls ab. Die leeren, vorhanglosen Fenster glotzen ihn wie dunkle Augen an und verliehen der schmutzig-beigefarbenen Front ein bedrohliches, abweisendes Aussehen.

Etwa zehn Minuten später, in denen Max an einigen weiteren unbewohnten, aber auch an vielen schmuck hergerichteten Häusern vorbeikam, betrat er eine Straße, die bergauf zu der Aussichtsplattform führte und irgendwo in den schmalen Weg überging, den Kornmeier am Telefon beschrieben hatte.

Je näher Max der Burgruine kam, umso unheimlicher wirkte sie. Die Reste des ehemals sicher imposanten Bauwerks bestanden aus einem halb zerfallenen Turm auf der linken und den kläglichen Fragmenten eines breiten Gebäudes auf der rechten Seite.

Der Polizist wartete bereits auf Max und begrüßte ihn mit einem kurzen Kopfnicken. »Danke, dass Sie gekommen sind.« Er deutete mit der ausgestreckten Hand nach hinten zu der Ruine. »Imposant, nicht wahr?«

Max warf nur einen flüchtigen Blick in die Richtung und wandte sich dann gleich wieder Kornmeier zu. »Lassen Sie uns bitte zum Punkt kommen. Warum haben Sie mich hierher bestellt?«

»Weil ich Ihnen eher zutraue, diesen Fall zu lösen, als diesem blasierten ... als dem Kriminalhauptkommissar aus Koblenz. Und weil ich überzeugt bin, dass der Mord mit den Ereignissen von damals zusammenhängt, zu denen Sie ja sowieso schon die Leute im Dorf befragen.«

»Und warum glauben Sie das?«

»Weil etwas, das damals vertuscht werden sollte, heute

immer noch dazu führen könnte, dass verschiedene Winzerfamilien Probleme bekommen.«

»Und was ist das?«

»Das weiß ich nicht, aber ich habe mich im Laufe der Jahre oft genug mit Leuten aus dem Ort unterhalten, und immer wieder wurden dabei Andeutungen gemacht, die alle darauf hinauslaufen, dass es vor fünfundzwanzig Jahren irgendetwas gegeben hat, das einige Klottener Familien in arge Schwierigkeiten gebracht hätte, wenn es bekannt geworden wäre.«

»Um welche Familien handelt es sich?«

»Auch das kann ich nicht sagen, aber ich denke, diese ehemalige Clique, zu der auch Gabriele Meininger und Peter Kautenberger gehörten, hat damit zu tun.«

Max dachte einen Moment nach. Bei den bisherigen Gesprächen hatte er ebenfalls das deutliche Gefühl gehabt, dass die Leute ihm einiges verschwiegen.

»Übrigens bin ich wie Sie der Meinung, dass Peter Kautenbergers Verschwinden in Zusammenhang mit dieser Sache stand.«

»Waren Sie damals bei der …« Max brach die Frage ab, denn Kornmeier war wohl noch zu jung, um bei den damaligen Ermittlungen schon als Polizist dabei gewesen zu sein.

»Nein.« Ein Schmunzeln huschte über Kornmeiers Gesicht. »Damals bin ich noch zur Schule gegangen.«

Max nickte. »Kann ich die Fotos sehen?«

»Ja, natürlich.« Kornmeier nestelte an seiner Jacke herum und zog dann umständlich ein Smartphone hervor.

Nachdem er einige Male darauf herumgetippt hatte, hielt er es Max hin.

»Hier, bitte, es sind nur wenige, aber ich denke, Sie sehen darauf alles, was wichtig ist.«

Max nahm das Smartphone an sich und betrachtete das erste Foto. Es zeigte Jessica Meiningers Leiche, die zwischen Weinreben auf dem Rücken lag. Sie war bekleidet, und ihr Mund war leicht geöffnet, zwischen den blau gefärbten Lippen lugte etwas heraus, das in dieser Ansicht nicht näher zu erkennen war. Um den Mund herum erkannte Max dunkle Flecken, die er für getrocknetes Blut hielt. Die Augen waren geschlossen.

Max wischte zum nächsten Foto: eine Nahaufnahme des Halses der jungen Frau. Deutlich konnte man die dunklen Male erkennen, die in dem typischen Muster angeordnet waren, das Hände an dieser Stelle auf der Haut hinterlassen, die fest zudrücken. Max ging davon aus, dass die Rechtsmediziner den Tod durch Erwürgen bestätigen würden.

Das nächste Foto wurde von dem bleichen Gesicht der Toten ausgefüllt. Es war deutlich zu sehen, dass es sich bei den Flecken am Mund um verkrustetes Blut handelte. Auch das, was zwischen ihren Lippen herausschaute, konnte er nun identifizieren. Es waren verdorrte Trauben.

Max sah zu dem Polizisten auf. »Haben Sie eine Erklärung für die Trauben in ihrem Mund?«

»Nein, aber schauen Sie sich das nächste Foto an.«

Max erinnerte sich an das Gespräch mit Oberkommissarin Wenzel und ahnte, was kommen würde. Tatsächlich zeigte das folgende Foto eine Nahaufnahme des Mundes. Die Trauben hatte man entfernt, eine in einem Gummihandschuh steckende Hand zog die Lippen der Toten mit zwei Fingern auseinander, so dass deutlich die Wunde zu sehen war. Dort, wo eigentlich die Zunge hätte sein müssen.

»Ihre Zunge ist nicht gefunden worden?«, erkundigte sich Max bei dem Cochemer Oberkommissar.

»Nein, wir haben das ganze Gebiet abgesucht.«

»Gibt es eine Vermutung, warum der Täter sie herausgeschnitten hat?«

»Nein. Zumindest weiß ich nichts davon, falls Zerbach eine Vermutung hat. Er ist nicht gerade der perfekte Teamplayer und sehr wortkarg, was den Fall betrifft.«

Max warf erneut einen Blick auf das Foto und blätterte weiter. Insgesamt hatte Kornmeier sieben Aufnahmen der Leiche auf seinem Smartphone, die aber zumindest auf den ersten Blick nichts bemerkenswert Neues zeigten.

Wieder sah er zu Kornmeier. »Gibt es einen bestimmten Grund für Ihre Abneigung gegen Zerbach?«

Kornmeiers Miene verfinsterte sich. »Wie ich schon sagte, ich halte ihn für einen blasierten Angeber, der glaubt, uns allen hier überlegen zu sein, weil er aus Koblenz kommt. Sie hätten erleben müssen, wie er sich heute Nacht aufgeführt hat, als er hier angekommen ist.«

»Vielleicht war er einfach nur müde«, vermutete Max entgegen seiner Überzeugung. Nach dem, was er bisher von dem leitenden Ermittler kennengelernt hatte, musste er Kornmeier zustimmen.

»Ich glaube, er ist einfach nur ein Arsch.«

»Verstehe. Was ist mit Oberkommissarin Wenzel? Sie machte auf mich einen umgänglichen Eindruck.«

»Ja, sie scheint in Ordnung zu sein, aber ich glaube, Zerbach hat ihr einen Maulkorb verpasst. Wenn er dabei ist, traut sie sich nichts zu sagen.«

Max schüttelte den Kopf. »Nicht zu fassen. Zustände wie im Mittelalter. Vielleicht können Sie sich ja in einem unbeobachteten Moment mit ihr unterhalten und ein bisschen mehr erfahren als das, womit der Hauptkommissar herausrückt.«

Max deutete auf das Smartphone in seiner Hand. »Können Sie mir die Fotos schicken?«

Kornmeier schien einen Moment zu überlegen, doch schließlich nickte er. »Klar. Und ich wünsche Ihnen, dass Sie mit Ihren Ermittlungen schneller sind als dieser Idiot.«

17

Er drückt sich dichter an die Mauer des Weinbergs, als der Kerl aus der Stadt kurz in seine Richtung blickt.

Es war purer Zufall, dass er ihn auf dem Pfad neben den Weinbergen gesehen hatte. Er war erst durch die Weinberge und dann wahllos im Ort umhergelaufen, um seine Gedanken zu sortieren. Jetzt, wo er diese angenehme Kälte in seinem Inneren spürt, fällt es ihm leichter, seine nächsten Schritte zu planen.

Er betrachtet den zweiten Kerl und glaubt, ihn zu kennen, weiß allerdings nicht, woher. Vielleicht täuscht er sich auch. Es ist egal.

Der Stadtmensch hat etwas in der Hand, das er intensiv betrachtet. Wahrscheinlich ein Handy.

Warum treffen die beiden sich dort oben? Wissen sie etwas, das sie nicht wissen sollen?

Er richtet den Blick über die Köpfe der Männer hinweg auf die Burgruine, auf die dunkle Öffnung in der Außenmauer des rechten Gebäudes. Dort haben sie sich früher oft getroffen. Als noch alles in Ordnung war. Seine Gedanken schweifen ab in die Vergangenheit, er zwingt sie jedoch zurück in die Gegenwart und wendet sich nach einem letzten Blick auf die beiden Männer ab.

Unterwegs schaut er nach links und betrachtet die Wein-
stöcke, die akkurat aufgereiht sind wie Soldaten zum Morgen-
appell. Seine Gedanken wandern ein paar Stunden zurück. Er
denkt daran, wie einfach es war. Wie wenig sie sich gewehrt
hat. Aber es hätte ihr auch nichts genutzt, sie hätte sowieso
keine Chance gegen ihn gehabt. Er hat sie nicht gefragt, ob sie
etwas verraten hat. Sie hätte ihn sowieso belogen. Nun lügt sie
nicht mehr.

»Strafe muss sein«, murmelt er leise. »Strafe reinigt die
Seele. Schmerz reinigt die Seele. Wer Unrecht getan hat, fin-
det im Schmerz Läuterung und Vergebung.«

Er wendet sich ab und läuft in Richtung Kirche. Was soll er
noch hier?

Unterwegs weicht er den wenigen Menschen aus, die ihm
begegnen. Als er sein Ziel erreicht hat, betritt er das Gebäude
durch einen schmalen Eingang. Er kommt in den dunklen
Flur, bleibt kurz vor der Tür stehen, hinter der die Treppe
nach unten führt, und geht dann weiter in den Raum, der
früher ein Wohnzimmer war. Außer einem einzelnen Stuhl in
der Mitte ist er leer. Er geht auf ihn zu und setzt sich. Dann
schließt er die Augen und atmet tief die abgestandene, von
Staubpartikeln durchsetzte Luft ein. Seine Gedanken wan-
dern erneut zurück in die Vergangenheit. Viele Jahre. In eine
Zeit, als dieser Raum noch mit Leben gefüllt war.

Und wieder formen seine Lippen die Worte.
»Ich hasse dich.«

18

Nachdem Kornmeier die Fotos an Max geschickt hatte, deutete er auf dessen Smartphone. »Sorgen Sie dafür, dass die niemand zu Gesicht bekommt, sonst habe ich ein riesiges Problem.«

»Ich werde sie nur Frau Brosius und Herrn Wagner zeigen«, versprach Max, womit Kornmeier sich zufriedengab.

»Gut. Sie haben ja jetzt meine Telefonnummer. Wollen wir uns gegenseitig auf dem Laufenden halten, was die Ermittlungen angeht?«

»Ja, abgemacht.«

Nachdem sie sich verabschiedet hatten, bat Kornmeier Max vorzugehen. Er selbst wollte noch zwei, drei Minuten warten, damit sie nicht zusammen gesehen wurden.

Auf dem Weg zurück zur Pension überlegte Max, ob der Ärger über Zerbach wirklich der einzige Grund dafür war, dass Kornmeier ihm die Fotos gegeben hatte und ihn mit Infos versorgen wollte. Er nahm sich vor, sich ein wenig über den Polizisten aus Cochem schlauzumachen.

Zurück in der Pension, entschied Max, in sein Zimmer

zu gehen und sich erst später mit Wagner und Jana zu treffen. Er wollte mit Böhmer telefonieren und sich dann die Fotos noch einmal in Ruhe anschauen.

Er zog seine Jacke aus und setzte sich auf den Stuhl.

»Gut, dass du anrufst«, begann Böhmer in seiner polternden Art. »Ich wollte mich schon bei dir melden und dich anbetteln, einen Grund dafür zu erfinden, dass du die Frau Kriminalrätin dringend an der Mosel benötigst.«

»Warum? Macht sie dir Ärger?«

Böhmer schien kurz nachzudenken, bevor er antwortete. »Das ist es gar nicht mal. Sie geht mir einfach nur auf die Nerven. Sie hat es heute Morgen in unserem Meeting innerhalb weniger Minuten geschafft, die komplette Vorgehensweise, die wir uns für den aktuellen Fall zurechtgelegt haben, über den Haufen zu werfen. Sie hat einen ausgesprochenen Hang zum Überreglementieren. Ich glaube sogar, sie meint es gar nicht böse, sondern möchte ihren Job einfach nur besonders gut machen. Als müsse sie jedem Kollegen immer wieder aufs Neue beweisen, dass sie zu Recht die Chefin ist.«

»Damit wirst du wohl leben müssen.«

»Ja, aber jetzt erzähl mal, was da an der Mosel los ist. Die Keskin erwähnte einen Mord?«

»Ja, deswegen rufe ich an. Kannst du mir einen Gefallen tun? Oder zwei?«

»Als ich gesehen habe, dass du anrufst, war mir schon klar, dass du meine Gutmütigkeit wieder gnadenlos ausnutzen wirst. Also, worum geht's?«

»Könntest du ein wenig recherchieren, ob es in letzter Zeit irgendwo Mordfälle gegeben hat, bei denen dem Opfer die Zunge rausgeschnitten wurde?«

»Hoppla!«, stieß Böhmer aus. »Davon hat die Chefin nichts erwähnt. Das klingt im ersten Moment nach organisierter Kriminalität. Mafia, Rocker, Clans … Zunge raus heißt, da hat jemand geredet, was er besser nicht hätte tun sollen.«

»Ich weiß, aber ich kann mir beim besten Willen nicht vorstellen, dass in diesem beschaulichen Ort irgendwelche Banden ihr Unwesen treiben.«

»Ich grundsätzlich auch nicht, aber es wäre halt typisch.«

»Dann ist da noch eine Sache, die etwas sensibler ist. Ich wüsste gern ein bisschen mehr über einen Oberkommissar der Inspektion Cochem. Er heißt Kornmeier.«

»Ich soll für dich einen Kollegen ausspionieren? Warum das denn?«

Max erzählte ihm von dem Telefonat und dem anschließenden Treffen mit Kornmeier. »Mich würde einfach interessieren, warum er riskiert, Ärger zu bekommen, nur um mir Fotos des Opfers und Infos zu den Ermittlungen zu geben.«

»Oberkommissar Kornmeier sagst du? Wie ist sein Vorname?«

»Keine Ahnung.«

»Ach, so gut kennt ihr euch schon?«

»Kannst du das für mich machen?« Max ignorierte Böhmers flapsige Art.

»Klar kann ich das. Ich melde mich, sobald ich etwas weiß. Jetzt muss ich aber damit anfangen, Keskins Anweisungen umzusetzen und alles umzukrempeln, was den aktuellen Fall betrifft.«

Max wünschte Böhmer dabei viel Erfolg und beendete dann das Gespräch. Er öffnete die Foto-App auf dem Smartphone, blätterte bis zu der Nahaufnahme von Jessica Meiningers Gesicht und vergrößerte den Bereich, auf dem der geöffnete Mund zu sehen war. Die Wunde sah schlimm aus. Der übriggebliebene Stummel der Zunge war fast schwarz und mit Resten der verdorrten Weintrauben bedeckt, die man ihr in den Mund gesteckt hatte.

Max ließ das Telefon sinken und schloss die Augen. Es brauchte eine Weile, bis er sich auf seinen Atem konzentrieren und die Gedanken fließen lassen konnte, doch schließlich war er so weit.

Ich habe die Frau getötet, habe sie mit meinen eigenen Händen erwürgt. War sie dabei bei Bewusstsein? Hat sie sich gewehrt, so dass ich vielleicht Verletzungen davongetragen habe? Kratzer an den Armen? Eher nicht, denn wenn ich die Kaltblütigkeit habe, ihr die Zunge aus dem Mund zu schneiden, dann denke ich auch darüber nach, dass die Polizei auf jeden Fall DNA-Material von mir finden würde. Hautreste unter ihren Fingernägeln, zum Beispiel. Aber wie habe ich es gemacht? Und vor allem, wo? In ihrem Haus?

Max öffnete die Augen. Er ärgerte sich, dass er vergessen hatte, Kornmeier danach zu fragen, ob es schon Erkenntnisse bezüglich des Tatortes gab. Das würde er nachholen. So oder so musste er aber eine Möglichkeit finden, in Jessica Meiningers Haus zu gelangen, um sich selbst ein Bild machen zu können.

Erneut senkte er die Lider.

Nachdem ich sie getötet habe, greife ich zu einem Messer ... Hatte ich ein Messer dabei? Wusste ich von Anfang an, dass ich ihr die Zunge herausschneiden würde?

Anschließend habe ich sie so im Weinberg platziert, dass sie schnell gefunden wird, denn ich wollte, dass bestimmte Leute erfahren, was mit ihr geschehen ist. Eine Warnung, dass es besser ist, den Mund zu halten. Was immer es auch zu verbergen gilt, nicht zu verraten, weil man sonst so endet wie die arme Jessica.

Ja, doch. Ich hatte ein Messer dabei, und ich wusste, dass ich Jessica damit verstümmeln würde.

Max öffnete wieder die Augen, wählte die Nummer von Marvin Wagner und verabredete sich mit ihm im Aufenthaltsraum der Pension.

Anschließend rief er Jana Brosius an, schilderte ihr in knappen Worten von seinem Treffen mit Kornmeier und bat sie, zu ihnen zu kommen.

Als Max kurz darauf den Aufenthaltsraum betrat, war zwar Wagner noch nicht da, dafür aber Lisa Passig, die Vermieterin. Sie räumte Gläser von einem Tablett in den Schrank und nickte ihm zu, als er den Raum betrat. Ihr Gesicht wirkte blass.

»Wie geht es Ihnen?«, fragte Max, woraufhin sie mit den Schultern zuckte. »Ganz okay. Ich bin immer noch ein wenig geschockt von dem, was passiert ist.«

»Ja, das denke ich mir. Es ist sicher der erste Mordfall im Ort. Das ist natürlich für alle ein Schock.«

Lisa stellte das letzte Glas in den Schrank und wandte sich ihm dann zu. »Ja, zumindest in den vergangenen zweiundzwanzig Jahren.«

»Sie denken, dass Peter Kautenberger damals ermordet wurde?«

»Meine Mutter war davon überzeugt. Sie sagte, Peter hätte Klotten geliebt und wäre niemals einfach so verschwunden. Außerdem …« Sie machte einen Schritt auf Max zu und senkte die Stimme. »Außerdem sagte meine Mutter, als er verschwand, sei er gerade frisch verliebt gewesen.«

»Ach, in wen?«

»In Melli. Melanie Dobelke.«

Max dachte an Melanie Dobelkes Reaktion, als er mit ihr über das Verschwinden des jungen Mannes reden wollte.

»Und Ihre Mutter ist …«

»Sie ist vor sechs Jahren gestorben.«

Sie wurden von Marvin Wagner abgelenkt, der in diesem Moment den Aufenthaltsraum betrat.

»Einen erneuten guten Morgen«, sagte er und blieb neben Max stehen. »Wie ich aus Ihren Gesichtern lese, haben Sie sich gerade über den Mord unterhalten.« Er wandte sich an Max. »Darüber würde ich auch gleich gern mit Ihnen sprechen, lieber Max.«

»Ich muss dann auch los«, erklärte Lisa Passig. »Ich habe noch einiges zu tun.«

Sie nickte Max mit dem Anflug eines Lächelns zu, nahm das leere Tablett und verließ den Raum.

»Eine sehr empathische Person«, stellte Wagner fest, nachdem sie die Tür hinter sich geschlossen hatte. Er setzte sich an den Tisch. »Und sympathisch und äußerst attraktiv ist sie obendrein.«

Max nahm neben ihm Platz und grinste. »Marvin! Höre ich da so was wie Schwärmerei heraus?«

Bevor Wagner etwas entgegnen konnte, öffnete sich die Tür und Jana kam herein. Sie blieb vor den beiden Männern stehen, nickte Wagner kurz zu und wandte sich dann direkt an Max.

»Ich habe heute Morgen ein wenig herumtelefoniert und dabei etwas Interessantes erfahren. Kriminalhauptkommissar Zerbach war damals schon an den Ermittlungen zu dem Fall des verschwundenen Peter Kautenberger beteiligt. Da war er noch recht jung, aber bereits Oberkommissar. Irgendetwas ist damals wohl schiefgegangen, denn er ist von Koblenz aus von den laufenden Ermittlungen abgezogen worden. Allerdings konnte ich nicht herausfinden, was der Grund dafür war.«

»Und schon löst sich das Rätsel, warum der Herr Kriminalhauptkommissar so ein unausstehlicher Kotzbrocken ist«, bemerkte Wagner.

»Ja, das mag sein«, stimmte Max ihm zu. »Wahrscheinlich möchte er deshalb diesen Fall unbedingt lösen, und das am liebsten im Alleingang.«

Max zog sein Smartphone aus der Tasche, öffnete den Fotoordner und dort die Nahaufnahme von Jessica Meiningers Gesicht. Dann reichte er das Telefon Jana. Sie nahm es, betrachtete das Display und vergrößerte die Aufnahme. Wagner lehnte sich derweil in seinem Stuhl zurück und wartete ab.

»Das sind Trauben, die aus ihrem Mund ragen, oder?«, fragte Jana, ohne dabei den Blick von dem Foto abzuwenden.

»Ja. Ich nehme an, sie stammen von der letzten Lese.«

Nun richtete sich der Blick der jungen Polizistin auf Max. »Was denken Sie? Willkür oder Botschaft?«

»Schauen Sie sich mal das nächste Foto an.«

»Ich ahne, was darauf zu sehen ist«, murmelte sie, während sie die nächste Aufnahme öffnete und nach einem ersten Blick darauf zur Bestätigung nickte. »Furchtbar. Aber das sieht tatsächlich nach einer Botschaft aus, und sie ist sicher nicht an die Ermittler gerichtet.«

»Genau«, bestätigte Max. »Der Täter konnte davon ausgehen, dass unabhängig davon, wer auch immer die Leiche findet, irgendjemand auf jeden Fall erzählen wird, was sich unter den Trauben verborgen hat, und dass sich diese Information wie ein Lauffeuer im Ort verbreitet. So kann er sicher sein, dass seine Botschaft den oder die Adressaten erreichen wird.«

»Und wer, denken Sie, könnten diese Adressaten sein?«

»Das werden wir hoffentlich schnell herausfinden. Das, und warum Jessica Meininger sterben musste.«

Marvin Wagner beugte sich ein Stück vor und deutete auf Max' Smartphone in Janas Hand. »Darf ich?«

Sie reichte es ihm, woraufhin er sich eine Weile mit den Aufnahmen beschäftigte, bevor er das Telefon vor Max auf den Tisch legte. »Man braucht wohl kein Psychologe zu sein, um die Botschaft in ihren Grundzügen zu verstehen. Es gilt, etwas nicht auszuplaudern, das entweder mit dem Weinbau im Allgemeinen oder mit dem Fundort, den Weinbergen, zu tun hat.«

Max nickte zustimmend. »Wie schon gesagt, wir sollten versuchen herauszufinden, an wen diese Botschaft gerichtet ist. Ich möchte mich noch einmal mit den Leuten unterhalten, die zu der damaligen Clique gehört haben. Bis auf Melanie Dobelke haben alle mit Weinbau zu tun. Und wie ich eben erfahren habe, könnte es sein, dass Peter Kautenberger und sie die letzten Wochen vor seinem Verschwinden ein Paar waren.«

19

Sie hatten beschlossen, dass Jana sich mit Böhmer in Düsseldorf in Verbindung setzen und gemeinsam mit ihm versuchen würde, mehr über die Rolle Zerbachs bei den damaligen Ermittlungen herauszufinden. Zudem wollte sie Eslem Keskin kontaktieren und sie auf den neuesten Stand bringen.

Wagner begleitete Max. Der wollte als Erstes Ingo Görlitz einen Besuch abstatten, den er am Vortag nicht angetroffen hatte.

Dieses Mal öffnete er selbst.

Ingo Görlitz war etwa so groß wie Max und sehr schlank. Die braune Cordhose, die er trug, schien eine Nummer zu weit zu sein, das dunkelblaue Hemd hing locker darüber. Görlitz hatte volles, dunkles Haar, dem ein frischer Schnitt gutgetan hätte. Sein Gesicht war blass, und er wirkte müde.

»Guten Morgen, mein Name ist Max Bischoff, das ist Dr. Marvin Wagner. Sind Sie Ingo Görlitz?«

Görlitz betrachtete Max mit einem kurzen Blick, um sich dann ausgiebig Wagner zu widmen und unverhohlen dessen Tätowierungen und Piercings anzustarren, bevor er schließlich nickte.

»Ja. Ich habe Sie erwartet.« Görlitz' Stimme unterstrich den Eindruck der Erschöpfung. »Meine Tante hat gesagt, dass Sie gestern schon mal hier waren. Kommen Sie rein.«

Der Raum, in den Görlitz sie führte, war nicht sehr groß und wurde dominiert von einem massiven Holztisch, an dem sechs Stühle standen. Der Dielenboden glänzte, als sei er gerade frisch gewachst worden, die Gardinen vor den beiden Fenstern strahlten in reinem Weiß, und in der Luft hing ein dezenter Blütenduft.

Görlitz deutete zu dem Tisch, und während Wagner und Max zwei der Stühle zurückzogen und Platz nahmen, fragte er: »Möchten Sie Kaffee?«

Als sowohl Max als auch Wagner nickten, verließ er den Raum.

»Er macht nicht gerade den Eindruck, als würde es ihm gutgehen«, bemerkte Max.

Wagner nickte. »Er hat wahrscheinlich schon vom Tod der jungen Frau gehört. Und von den Umständen.«

»Mag sein. Ich bin gespannt, was er zu sagen hat.«

Max sah sich im Raum um. »Die Tante scheint sehr sauberkeitsliebend zu sein.«

»Allerdings. Hier riecht es so, wie es in der Putzmittelwerbung immer beschrieben wird.«

»Sie schauen Putzmittelwerbung?«, sagte Max verwundert.

Wagner grinste. »Es sind die profanen und alltäglichen Dinge, die es dem konzentriert arbeitenden Wissenschaftler ermöglichen, den Geist hier und da in einen erholsamen Ruhezustand des Nichtstuns zu versetzen. Für das Anschauen des Fernsehprogramms ist die Aktivität des Verstandes vollkommen irrelevant.«

Görlitz kam zurück und setzte sich auf einen Stuhl Max gegenüber. Die Blicke, mit denen er Wagner immer wieder kurz streifte, konnte oder mochte er nicht verbergen. »Kaffee kommt gleich.« Er wandte sich an Max. »Sie wollten mich sprechen. Es ist wegen damals, oder? Wegen Peters Verschwinden.«

»Ja. Eine Frage vorab: Haben Sie gehört, was in der vergangenen Nacht geschehen ist?«

Görlitz senkte den Blick und nickte. »Ja. Vor einer Stunde.«

»Wie geht es Ihnen dabei?«, wollte Wagner wissen.

Görlitz sah ihn an, als hätte er die Frage nicht verstanden. »Wer sind Sie eigentlich?«

»Mein Name ist Marvin Wagner. Ich bin ein Freund von Herrn Bischoff und helfe ihm hier und da ein wenig bei seinen Ermittlungen.«

»Ermittlungen.« Görlitz machte eine Pause und ließ den Blick zwischen den beiden hin und her wandern, bis er schließlich auf Max gerichtet blieb. »Aber Sie sind keine Polizisten.« Das war eine Feststellung.

»Nein«, sagte Max. »Nicht mehr. Ich war früher Kriminalermittler.«

»Der Polizist, dieser Zorbach oder Zerbach, der war eben hier und sagte, ich solle nicht mit Ihnen reden, wenn Sie herkommen. Er sagte, dass Sie überhaupt keine Befugnis haben, Fragen zu stellen.«

Max schüttelte den Kopf. Es schien Zerbach sehr wichtig zu sein, dass Max möglichst wenig erfuhr. »Herr Görlitz, ich möchte mich gern mit Ihnen über damals unterhalten, weil Gabriele Meininger vor zweiundzwanzig Jahren rätselhafte Einträge in ihr Tagebuch geschrieben hat und es so scheint, als hätte der Mord an ihrer Tochter etwas damit zu tun. Dazu brauchen weder Sie noch ich eine Befugnis von Herrn Zerbach. Etwas anderes ist es natürlich, wenn Sie sich nicht mit mir unterhalten möchten.«

»Wenn ich nicht mit Ihnen reden wollte, säßen wir jetzt wohl nicht hier, oder?«

»Das stimmt«, bestätigte Max.

»Aber wenn wir schon dabei sind, woher haben Sie Gabi gekannt? Ich habe gehört, Sie kommen aus Köln?«

»Aus Düsseldorf. Ich habe Frau Meininger nicht persönlich gekannt. Sie war eine gute Freundin einer Bekannten von mir. Die hat mich gebeten, nach Klotten zu kommen, weil Jessica über die Tagebucheinträge ihrer Mutter beunruhigt war.«

Die Tür wurde geöffnet, und Görlitz' Tante kam mit einem Tablett herein, auf dem drei Tassen, ein Milchkännchen und eine Dose standen, die vermutlich Zucker enthielt.

»Guten Morgen, Herr Bischoff«, begrüßte sie Max freundlich, stellte das Tablett auf dem Tisch ab und streckte dann Wagner die Hand entgegen. »Wir kennen uns noch nicht. Beate Weirich. Ich bin Ingos Tante. Sind Sie auch ein ehemaliger Polizist?«

»Gott bewahre«, entgegnete Wagner und schüttelte kurz ihre Hand. »Ich bin ein Mann der Wissenschaft und ziehe es vor, meine Tätigkeiten bei der Jagd nach Verbrechern auf wissenschaftliche Analysen und Gutachten zu beschränken.«

»Ah, das ist ja interessant«, entgegnete Beate Weirich. »Ich kann mir vorstellen, dass das eine sehr spannende Tätigkeit ist.« Und mit einem Blick auf Max fügte sie hinzu: »Bitte entschuldigen Sie mich, ich habe noch einiges zu tun.«

Noch ehe Max etwas entgegnen konnte, wandte sie sich ab und schloss gleich darauf die Tür hinter sich.

»Sie haben damals viel Zeit zusammen verbracht, nicht wahr?«, erkundigte sich Max und richtete seine Aufmerksamkeit wieder auf Görlitz. »Ich meine Gabriele Meininger, Peter Kautenberger, Melanie Dobelke, Achim Brandstätt und Sie.«

»Ja, kann man so sagen.«

»Waren alle mit allen gleich befreundet, oder gab es untereinander Präferenzen?«

»Präferenzen? Na ja, bei manchen Themen konnte Melli nicht mitreden. Sie war die Einzige, die zu Hause keinen Winzerbetrieb hatte.«

»Wurde sie deswegen ausgegrenzt?«

»Quatsch! Sie gehörte dazu.«

»Darf ich auch eine Frage stellen?«, warf Wagner dazwischen und wartete die Antwort gar nicht erst ab. »Ihre Tante scheint sehr nett zu sein. Wohnt sie hier?«

»Ja.«

»Ist Ihre Mutter verstorben?« Wagner sagte es leicht-
hin, so als habe er nach dem Wetter gefragt.

Görlitz zuckte mit den Schultern. »Ich glaube nicht.«

Als er auch nach einer Pause von einigen Sekunden
nicht weiterredete, sagte Max: »Würden Sie uns das erklären?«

»Mein Vater ist früh gestorben, da war ich fünf. Krebs.
Die Bauchspeicheldrüse. Ich kann mich kaum an ihn erinnern. Meine Mutter musste den Betrieb weiterführen
und mich großziehen. Das war keine leichte Zeit für sie.
Sie hat einen Kellermeister eingestellt und selbst von
morgens bis abends mitgearbeitet. Irgendwie hat sie es
hinbekommen, aber als ich dann als junger Erwachsener
so weit war, dass ich den Betrieb übernehmen konnte,
hat sie meine gerade geschiedene Tante zu meiner Unterstützung hierhergeholt und kurz danach alles hinge-
schmissen. Ich konnte es ihr nicht verübeln. Sie hat jemanden aus Chile kennengelernt und ist mit ihm in sein
Land gegangen. Ein paarmal hat sie sich noch bei mir
gemeldet, dann ist der Kontakt irgendwann abgerissen.«

»Das ist eine traurige Geschichte«, kommentierte
Wagner.

»Haben Sie danach noch einmal versucht, Verbindung
zu ihr aufzunehmen?«, fragte Max.

Görlitz schüttelte den Kopf.

»Nein, sie hat zu niemandem von hier noch Kontakt.
Auch nicht zu meiner Tante.«

»Ist sie die Schwester Ihrer Mutter?«

»Ja. Ich glaube, ich habe meine Mutter zu sehr an

dieses Leben erinnert, in dem sie nichts anderes hatte als Arbeit rund um die Uhr. Sie wollte diese verlorenen Jahre wohl nachholen. Ich gönne es ihr.«

Eine Weile schwiegen alle, bis Max die Stille unterbrach. »Wie gut kannten Sie Jessica Meininger?«

»Jessi? So, wie man jemanden kennt, der im gleichen Ort wohnt. Ich hatte so gut wie nichts mit ihr zu tun. Schrecklich, was mit ihr passiert ist.«

»Haben Sie auch gehört, *wie* man sie gefunden hat?«, fragte Max vorsichtig nach.

»Sie meinen diese Sache mit den Trauben in ihrem Mund? Ja, das habe ich gehört.«

Von der herausgetrennten Zunge wusste Görlitz also entweder nichts, oder er verschwieg es.

»Was glauben Sie, hat das zu bedeuten?«

Görlitz legte die Stirn in Falten. »Woher soll ich das denn wissen? Das müssen ja wohl die Bullen ... ich meine, die Polizisten herausfinden. Dieser Zerbach tut doch so superschlau.« Er richtete seinen Blick auf die Fenster und murmelte: »Vielleicht hat sie einen Winzer zum Feind.«

Max wechselte einen schnellen Blick mit Wagner. »Einen Winzer?«

»Ja.« Görlitz wandte sich wieder Max zu. »Wegen der Weintrauben im Mund.«

»Aber die können doch noch von der letzten Ernte zufällig dort gelegen haben«, warf Wagner ein. »Ich denke nicht, dass das unbedingt ein eindeutiger Hinweis auf einen Winzer ist.«

Görlitz zuckte mit den Schultern, sah erneut zu den Fenstern und sagte leise: »Vielleicht wusste sie was, das sie nicht verraten sollte.«

Max wurde hellhörig. »Denken Sie da an etwas Bestimmtes?«

Görlitz blickte weiterhin auf die weißen Gardinen. »Irgendetwas gab es damals. Ein Geheimnis.« Er sprach mit leiser Stimme, so, als würde er mit sich selbst reden. »Bevor Piet verschwand, verhielten sich alle ganz komisch. Wir haben alle gespürt, dass etwas im Ort nicht gestimmt hat.« Nachdenklich sah er Max wieder an. »Aber keiner hat darüber gesprochen.«

»Das verstehe ich nicht. Wenn niemand darüber geredet hat, warum glauben Sie dann, dass es ein Geheimnis gegeben hat?«

»Weil es jeder gespürt hat. Sie verstehen das nicht. Alle waren plötzlich anders. Nicht nur in unserer Clique. Alle im ganzen Ort.«

»Und Sie haben keine Idee, worum ...«

Das Klingeln seines Smartphones unterbrach Max. Es war Jana.

»Können Sie bitte zu mir in die Pension kommen?«

»Ja, sicher, wenn wir nachher ...«

»Nein, jetzt sofort, bitte«, schnitt Jana ihm das Wort ab, und Max konnte die Aufregung in ihrer Stimme hören.

»Warum?«

»Die Mutter von Peter Kautenberger ist hier. Kommen Sie einfach.«

20

»Wir müssen los«, sagte Max, an Wagner gerichtet, und stand auf. »Herr Görlitz, ich danke Ihnen für Ihre Hilfe und würde gern noch einmal vorbeikommen, wenn ich darf.«

»Von mir aus. Ich rede lieber mit Ihnen als mit diesem Kerl aus Koblenz.«

»Der wird sicher auch noch mal bei Ihnen vorstellig werden«, vermutete Max. »Und es kann nicht schaden, wenn Sie ihm alles sagen, was Sie wissen. Er ist Kriminalbeamter und mit den Ermittlungen im Mordfall Jessica beauftragt. Sie sollten ihm helfen, wo Sie können, damit diese schreckliche Tat aufgeklärt werden kann.«

Görlitz nickte und stand ebenfalls auf. »Jaja, ich habe ihm schon alles gesagt.«

Sie verabschiedeten sich von dem Winzer, und erst als sie im Auto saßen und außer Hörweite waren, fragte Wagner, was der Anruf und der plötzliche Aufbruch zu bedeuten hatte.

»Die Mutter von Peter Kautenberger ist bei Jana. Keine Ahnung, was sie da will, aber Jana klang aufgeregt.«

Als sie kurz darauf den Eingangsbereich der Pension

betraten, in der Jana Brosius untergebracht war, saß die Frau auf einem Stuhl neben dem Fenster und starrte mit seltsam stumpfen Augen an die Wand. Es schien, als bemerke sie nicht, dass jemand hereingekommen war.

Jana saß am Tisch und stand auf, als Max und Wagner den Raum betraten. Sie schien erleichtert, nicht mehr allein mit der alten Frau sein zu müssen.

»Das ist die Mutter von Peter Kautenberger. Sie kam eben her und sagte, sie …«

»Er ist zurückgekommen«, erklärte die Frau in diesem Moment mit klarer Stimme.

»Was?«, fragte Max überrascht nach. »Was meinen Sie damit?«

Ihre trüben Augen richteten sich auf ihn. »Peter. Er ist zurückgekommen. Ich habe ihn heute Nacht gesehen.«

»Oh!«, stieß Wagner aus, hob aber schnell entschuldigend die Hand, als Max ihm einen Blick zuwarf.

Max ging zwei Schritte weiter, bis er nur noch einen Meter vor dem Stuhl stand, auf dem die Frau saß. »Wo glauben Sie, ihn gesehen zu haben?«

»Ich *glaube* es nicht, junger Mann, ich *weiß*, dass ich ihn gesehen habe.«

Max fiel auf, dass die Frau deutlich klarer sprach als bei ihrer ersten Begegnung. Sie wirkte auch geistig nicht mehr so verwirrt.

»Ich würde meinen Jungen immer und überall erkennen. Auch wenn ich ihn schon sehr lange nicht mehr gesehen habe.«

»Und wo war das?«, wiederholte Max.

»Vor dem Haus. Er stand vor dem Haus, in dem ich wohne, und hat zu meinem Fenster hochgeschaut. Ich schlafe nicht gut und wache nachts oft auf. Ich habe das Fenster im Schlafzimmer immer geöffnet. Heute Nacht habe ich ein Geräusch gehört und bin aufgestanden. Da habe ich ihn gesehen. Es war Peter.«

In Max' Kopf begann es zu arbeiten. »Waren Sie schon bei der Polizei und haben von Ihrer Beobachtung berichtet?«

»Nein.«

»Warum nicht?«

»Soviel ich weiß, haben die damals schon nichts unternommen, als mein Sohn verschwunden ist. Ich traue ihnen nicht. Außerdem würden die mir sowieso nicht glauben.«

»Frau ...« Max fiel auf, dass er nicht einmal den Nachnamen von ihr kannte. Sie hieß nach ihrer letzten Ehe sicher nicht mehr Kautenberger.

»Reinert«, half Jana ihm, woraufhin Max ihr dankbar zunickte.

»Frau Reinert, wie lange ist es her, dass Sie Peter zum letzten Mal gesehen haben? Das müssen über dreißig Jahre sein. Damals war er noch ein Jugendlicher, er wird sich mittlerweile sehr stark verändert haben und ...«

»Eine Mutter erkennt ihr Kind, wenn sie es sieht«, beharrte sie und fügte deutlich leiser hinzu: »Auch wenn sie das Kind einmal im Stich gelassen hat.«

»Also gut«, sagte Max mit sanfter Stimme, »lassen Sie uns gemeinsam überlegen. Wenn es Ihr Sohn war, den

Sie heute Nacht gesehen haben, dann wusste er ja offensichtlich, wo Sie jetzt wohnen. Was denken Sie, warum hat er sich nach der langen Zeit mitten in der Nacht vor das Haus gestellt, aber nicht mit Ihnen geredet?«

»Weil er mir böse ist. Weil ich ihn damals mit seinem Vater allein gelassen habe. Sein Vater war kein guter Mensch. Ich wusste das und habe mein Kind trotzdem bei ihm zurückgelassen. Das verzeiht er mir nicht.«

»Aber, Frau Reinert, wo soll er denn all die Jahre gewesen sein? Und warum hat er keinem Menschen gesagt, wohin er gegangen ist?«

»Er ist hier. Finden Sie ihn. Dann können Sie ihn das selbst fragen.«

»Aber wenn er Ihnen böse ist«, versuchte Jana es nun, »warum hat er dann vor dem Haus gestanden und zu Ihrem Fenster hochgeschaut?«

Die alte Frau stemmte sich umständlich hoch und sah Jana in die Augen. »Er wollte mir zeigen, dass er noch lebt, aber nichts mit mir zu tun haben will. Er möchte mich für das bestrafen, was ich ihm angetan habe.«

Damit wandte sie sich um und verließ den Raum. Niemand versuchte, sie zurückzuhalten.

»Puh!«, stieß Wagner aus und ließ sich auf einen Stuhl fallen. »Manchmal hat der Mensch Träume, die ihm so real erscheinen, dass er nach dem *Aufwachen* glaubt, er träume.«

»Was?« Jana sah ihn fragend an.

»Das ist von Wolfgang Reus, einem deutschen Satiriker und Lyriker.«

»Sie denken, sie hat geträumt, dass ihr Junge zurückgekommen ist, und glaubt, es war real?«

»Haben Sie eine bessere Erklärung, lieber Max? Oder glauben Sie etwa tatsächlich, dass Peter Kautenberger nach zweiundzwanzig Jahren, in denen es kein Lebenszeichen von ihm gegeben hat, plötzlich hierher zurückkehrt und nachts schweigend vor Häusern herumsteht?«

»Nein, das glaube ich nicht«, gab Max zu.

»Traum und Wachzustand sind tatsächlich oft nicht weit voneinander entfernt. Und das hängt nicht nur davon ab, wie realistisch Träume sind. Manchmal denken wir zum Beispiel, wir würden bereits die ganze Nacht wachliegen, obwohl das gar nicht stimmt. Wir haben lediglich geträumt, wachzuliegen. Forscher haben dieses Phänomen schon häufig untersucht. Die meisten Patienten in Schlaflaboren, die angeblich unter Asomnie leiden, schlafen nachweislich mindestens achtzig Prozent der Nacht, sind aber davon überzeugt, die Hälfte der Nacht wachgelegen zu haben.«

»Das ist wahrscheinlich die Erklärung«, stellte Max fest.

»Ja. Wenn man sich ewig an denselben Traum klammert, wird man immer wieder mit seinem eigenen Misserfolg konfrontiert, weil er nicht wahr wird. Das ist frustrierend und stressig. Irgendwann setzt der Verstand dem ein Ende und suggeriert uns, dass das Geträumte die Realität ist.«

»Gut, gehen wir davon aus, dass es so ist.« Max wandte sich an Jana. »Gibt es sonst noch etwas Neues?«

»Nein. Ich habe mit Herrn Böhmer telefoniert. Er versucht, bei den Koblenzern mehr über die damaligen Ermittlungen herauszufinden. Kriminalrätin Keskin konnte ich noch nicht erreichen. Ich versuche es aber gleich noch mal. Und bei Ihnen?«

Max deutete zu Wagner. »Lassen Sie sich von Marvin von unserem Gespräch berichten. Ich muss mal für eine Weile allein sein und nachdenken.«

Beide sahen ihn fragend an, als erwarteten sie eine Erklärung von ihm, doch Max ignorierte ihre Blicke und verließ den Raum.

In seiner Unterkunft angekommen, drückte er die Zimmertür hinter sich zu, ließ sich auf das Bett fallen und schloss die Augen.

Die Begegnung mit Peter Kautenbergers Mutter hallte noch in ihm nach, aber mehr noch als das vermutliche Wunschdenken der alten Frau beschäftigte ihn das, was Görlitz über das Geheimnis gesagt hatte, das es vor zweiundzwanzig Jahren in Klotten gegeben haben soll. Wenn es ein solches Geheimnis tatsächlich gab und Jessica Meiningers Tod damit zusammenhing, dann hatte der Mörder offenbar die Befürchtung, dass sie etwas wusste, was niemand erfahren sollte. Berücksichtigte man dabei den Zeitpunkt des Mordes, dann konnte sie dieses Etwas nur aus einer Quelle haben: dem Tagebuch ihrer Mutter. Max ärgerte sich, dass das Tagebuch noch bei Wagner im Zimmer lag, und er dachte kurz darüber nach, ihn anzurufen, ließ es dann aber doch sein. Wagner würde sicher gleich nachkommen, wenn er Jana von ihrem Gespräch mit Görlitz berichtet hatte. Stattdessen schrieb er ihm eine Nachricht über WhatsApp, in der er ihn bat, an seine Zimmertür zu klopfen, sobald er zurück war. Dann rief er Böhmer an. Es dauerte eine Weile, bis sein Expartner das Gespräch annahm, und er hörte sich an, als sei er außer Atem.

»Hallo, Max!«, sagte Böhmer keuchend. »Was gibt's?«

»Störe ich?«

»Nein, ich … Ach, ich habe mir gedacht, ein bisschen Bewegung kann nicht schaden.«

»Was? Du joggst?«

»Na ja, joggen ist vielleicht das falsche Wort. Sagen wir, ich gehe recht zügig.«

»Egal. Das finde ich klasse, und du wirst schnell merken, wie gut es dir tut.«

»Vor allem tut es mir gut, zumindest um die Mittagszeit aus dem Büro zu kommen. Die Keskin ist mir den ganzen Morgen über gehörig auf den Senkel gegangen.«

»Hast du schon etwas über Zerbachs Rolle bei den damaligen Ermittlungen herausfinden können?«

»Nicht viel. Die Koblenzer Kollegen halten sich da ziemlich bedeckt. Kann man ja verstehen. Interne Angelegenheiten bespricht man eben nicht mit Fremden.«

»Ja, das habe ich fast befürchtet. Aber vielleicht erfährst du ja doch noch was.«

»Ich habe heute Nachmittag einen Telefontermin mit einem älteren Kollegen, der damals dabei gewesen ist. Er ist im Ruhestand. Der Vorgesetzte, der Zerbach zurückbeordert hat, lebt leider nicht mehr, aber vielleicht kann dieser Hauptkommissar a. D. mir mehr sagen.«

»Gibst du mir Bescheid, wenn du etwas Neues weißt?«

»Wieso dir? Ich dachte, Keskin ist meine einzige Ansprechpartnerin.«

»Was?«, stieß Max aus.

»Scherz!«, sagte Böhmer und lachte meckernd.

21

Max legte das Smartphone zur Seite und schloss erneut die Augen. Sofort kreisten seine Gedanken wieder um das, was Görlitz gesagt hatte. Er ging noch einmal die Gespräche durch, die er am Vortag mit Melanie Dobelke und Achim Brandstätt geführt hatte, und versuchte, sich daran zu erinnern, ob dabei irgendetwas gesagt worden war, das Görlitz' Annahme von einem Geheimnis in Klotten um die Jahrtausendwende bestätigte. Doch es fiel ihm nur die ebenso vage Andeutung von Brandstätt bezüglich *dunkler Machenschaften* im Ort ein. Konnte er das Gleiche meinen wie Görlitz? Max beschloss, ihn noch mal danach zu fragen.

Melanie Dobelke war kurzangebunden gewesen, aber das konnte auch daran liegen, dass sie einfach keine Lust hatte, mit einem völlig Fremden über Persönliches zu reden.

Max wusste nicht, wie lange er nachgedacht hatte, als es an der Tür klopfte.

In der Gewissheit, dass es nur Wagner sein konnte, rutschte Max vom Bett und öffnete. Es war jedoch nicht Wagner, sondern Lisa Passig, die ihn traurig anlächelte. In den Händen trug sie ein Tablett, auf dem eine Flasche

Wasser und zwei Gläser standen und ein Teller mit belegten Brötchen.

»Ich dachte mir, Sie müssen doch Hunger haben«, sagte sie und machte Anstalten, an ihm vorbei ins Zimmer zu gehen.

Max trat einen Schritt zurück. Nachdem sie das Tablett auf der Kommode abgestellt hatte, steckte sie die Hände in die Taschen ihrer Jeans, fast wie ein Teenager.

»Ich dachte, Herr Wagner wäre auch hier«, erklärte sie. »Sind Sie denn schon weitergekommen?«

»Nein, leider nicht. Aber ich habe eine Frage an Sie: Haben Sie jemals etwas von einem Geheimnis hier in Klotten gehört? In der Zeit, als Peter Kautenberger verschwand? Oder hat Ihre Mutter Ihnen gegenüber einmal so was erwähnt?«

Lisa Passig dachte kurz nach. »Ein Geheimnis ... Ich weiß nicht, ob man es so nennen kann, aber meine Mutter hat mir mal erzählt, dass es eine Zeit gab, in der fast alle Weinstuben in Klotten geschlossen hatten, weil im ganzen Ort sehr schlechte Stimmung geherrscht hat. Das muss zu der Zeit gewesen sein, als Peter Kautenberger verschwunden ist. Es tut mir leid, mehr weiß ich nicht.«

»Nun ja, es wundert mich nicht, dass es sich in so einem kleinen Ort an der Stimmung bemerkbar macht, wenn einer der Einwohner plötzlich spurlos verschwindet.«

»Ich bin mir nicht sicher, aber ich glaube, das war schon kurz bevor ...«

»Max!«, sagte in diesem Moment Marvin Wagner, der

in der geöffneten Tür stand. »Sie baten um Klopfzeichen bei meiner Rückkehr, was bei bereits geöffneter Tür wohl überflüssig ist.«

»Nun hören Sie mal auf mit dem Gerede und geben Sie mir das Tagebuch«, sagte hinter Wagner ein Mann, den Max allein schon anhand des Tonfalls erkannte. Kriminalhauptkommissar Zerbach. Im gleichen Moment, in dem ihm das bewusst wurde, dachte Max daran, dass er das Tagebuch unbedingt noch einmal durchsehen musste. Mit zwei Schritten war er bei Wagner und schob ihn zur Seite. Im Flur standen Zerbach und Oberkommissarin Wenzel und sahen ihm entgegen. Wenzel machte den Eindruck, als wolle sie sich wortlos bei Max entschuldigen.

»Was?«, fragte Zerbach.

»Kann ich mir das Tagebuch bitte noch einmal ansehen? Höchstens eine halbe Stunde. Ich bringe es Ihnen dann sofort zurück.«

»Nein. Dieses Buch könnte ein Beweisstück sein, und Sie sollten froh sein, wenn ich Sie nicht wegen des Zurückhaltens von Beweismitteln drankriege. Außerdem habe ich Ihnen gesagt, dass Sie sich aus diesem Fall herauszuhalten haben. Was davon haben Sie nicht kapiert?«

Es gab einiges, was Max gern erwidert hätte, aber er musste sich zusammenreißen, wenn er den Hauch einer Chance haben wollte, doch noch einen Blick in Gabriele Meiningers Aufzeichnungen zu werfen. Er hätte sich selbst ohrfeigen können, dass er sich nicht schon früher intensiver damit beschäftigt hatte.

»Ich brauche es wirklich nur …«

»Ich habe Ihnen alles dazu gesagt, was es zu sagen gibt«, schnitt Zerbach ihm das Wort ab und wandte sich an Wagner. »Und jetzt holen Sie das Ding endlich her.«

Aus für Max unverständlichen Gründen grinste Wagner ihn an und nickte ihm zu, bevor er in Richtung Zerbach eine Verbeugung andeutete und sagte: »Zu Befehl. Selbstverständlich. Sofort.«

Als Wagner sein Zimmer aufschloss und darin verschwand, sagte Max zu Zerbach: »Ich wette, Sie rangieren in Ihrem Kommissariat auf der Beliebtheitsskala ganz oben.« Dann wandte er sich um, ging zurück ins Zimmer, wo noch immer Lisa Passig stand, und zog die Tür hinter sich ins Schloss.

Lisa rollte mit den Augen und sagte leise: »Was stimmt denn mit diesem Kommissar nicht?«

»Das ist eine gute Frage«, entgegnete Max grimmig. »Und ich habe große Lust, genau das herauszufinden.«

Es dauerte nicht lange, da war vom Flur her Stimmengemurmel zu hören. Kurz darauf klopfte es an Max' Tür. Er öffnete, ließ Wagner ins Zimmer und sah ihn fragend an.

»Darf ich erfahren, warum Sie gerade so gegrinst haben? Ich hätte wirklich dringend noch mal einen Blick in das Tagebuch werfen müssen.«

»Deshalb grinste ich, lieber Max«, erklärte Wagner, zog sein Smartphone aus der Tasche und tippte darauf. »Alles hier drin. Ich habe heute Morgen vor dem Frühstück noch jede einzelne Seite abfotografiert, weil ich genau das befürchtete, was jetzt eingetreten ist.«

Nun konnte sich auch Max ein erleichtertes Grinsen nicht verkneifen. »Sie sind ein Teufelskerl, Marvin.«

»Wem sagen Sie das«, entgegnete Wagner und schenkte Lisa Passig ein breites Lächeln. Die zeigte auf das Tablett. »Ich habe eine Kleinigkeit zu essen gebracht, Sie Genie, falls Sie Hunger haben. Ich gehe dann jetzt mal wieder.«

»Ich denke, man muss diesem Ermittlungsextremisten sein Verhalten nachsehen«, sagte Wagner, kaum dass Lisa Passig die Tür hinter sich geschlossen hatte. »Er verfügt in seinem Kopf lediglich über eine humanoide Grundkonfiguration und hat einen Polizeiausweis. Gefährliche Mischung.«

Max stieß ein kurzes Lachen aus. »Wer weiß. Mein Kollege Böhmer unterhält sich nachher noch mit einem ehemaligen Beamten, der damals zum Ermittlerteam gehört hat. Vielleicht erfahren wir von ihm ein bisschen mehr. Irgendetwas muss jedenfalls vor zweiundzwanzig Jahren geschehen sein, das Auswirkungen auf Zerbachs jetziges Verhalten hat. Aber genug von Zerbach. Ich würde mich gern noch mal mit Achim Brandstätt unterhalten. Er machte einen recht kooperativen Eindruck bei unserem Gespräch gestern, und ich würde gerne herausfinden, was er mit seiner Andeutung über dunkle Machenschaften in Klotten meinte.«

»Apropos Gespräch, ich wollte Ihnen noch ein paar Worte zu unserer Unterhaltung mit Ingo Görlitz sagen. Ich habe das Gefühl, dass er nicht die ganze Wahrheit gesagt hat.«

»Wie kommen Sie darauf?«

»Seine Mimik. Wenn man genau hinsieht, entlarven die Gesichtszüge, dass jemand lügt«, erklärte Wagner. »Zum Teil ist das der Nervosität geschuldet, zum Teil wiederum chemischen oder physikalischen Reaktionen. Görlitz hat zum Beispiel beim Sprechen immer wieder die Augen recht lange geschlossen. So, als blinzele er in extremer Zeitlupe. Diese Reaktion ist eine Art Schutzmechanismus beim Lügen. Das ist mir besonders aufgefallen, als er von dem Geheimnis sprach und dass niemand etwas darüber wusste.«

»Hm …«, brummte Max nachdenklich. »Ich kenne diese Theorien. Vielleicht ist ja was dran. Wir werden auf jeden Fall noch mal mit ihm sprechen. Aber zuerst möchte ich hören, was Achim Brandstätt dazu sagt, und danach besuchen wir Melanie Dobelke. Vielleicht helfen uns Ihre psychologischen Kenntnisse bei den Gesprächen ja weiter.«

»Na denn, widmen wir uns für einen Moment den leckeren kulinarischen Gaben der Frau Pensionswirtin und legen dann los.«

Zehn Minuten später verließen sie die Pension und machten sich zu Fuß auf den Weg zum Weingut von Achim Brandstätt.

Als sie den Vorhof betraten, sah Brandstätt senior von einem Trecker auf, an dessen kleinem Anhänger er gerade hantierte.

Als er Max erkannte und dann Wagner sah, verfinsterte sich seine Miene schlagartig.

»Er ist nicht da«, rief er Max entgegen, während sie auf ihn zugingen.

»Sicher?«, fragte Max. »Vielleicht irren Sie sich ja, so wie gestern.«

»Er ist nicht da!«, wiederholte der Alte stoisch und widmete seine Aufmerksamkeit wieder dem Anhänger.

Max blieb neben ihm stehen. »Herr Brandstätt, wollen wir nicht noch mal versuchen, vernünftig miteinander umzugehen? Ich will Ihnen ganz bestimmt nichts Böses und möchte mich nur mit Ihrem Sohn unterhalten.«

Nun wandte sich der Mann Max zu und stemmte die Hände in die Seiten. »Dann will ich Ihnen jetzt mal etwas sagen. Achim hat damals sehr gelitten, als Peter verschwunden ist. Die beiden waren beste Freunde. Als Sie gestern hier aufgetaucht sind und Fragen gestellt haben, da ist eine Wunde wieder aufgerissen, die lange gebraucht hatte, um halbwegs zu verheilen. Und was hat es Ihnen gebracht? Nichts. Weil Achim nichts weiß, was er nicht schon damals gesagt hätte. Warum also wollen Sie ihn unnötig quälen? Warum lassen Sie diese alte Geschichte nicht ruhen?«

»Weil in der vergangenen Nacht eine junge Frau aus dem Ort ermordet worden ist«, erklärte Max mit ruhiger Stimme. »Und weil diese junge Frau zufällig die Tochter der Frau war, die vor zweiundzwanzig Jahren in ihr Tagebuch geschrieben hat, dass sie gemeinsam mit den anderen hier aus dem Ort große Schuld auf ihre Schultern geladen hat. Und das, kurz nachdem Peter Kautenberger spurlos verschwunden ist. Vielleicht sind Sie der

Meinung, man sollte diese alte Geschichte ruhen lassen. Ich denke aber, dass sie etwas mit den jetzigen Vorgängen zu tun hat, und werde aus diesem Grund auf gar keinen Fall etwas ruhen lassen. Oder sind Sie der Meinung, man sollte auch den Mord an Jessica Meininger ruhen lassen?«

Eine Weile sah Brandstätt Max in die Augen. Der hielt dem Blick stand, bis der Alte schließlich knurrte: »Achim ist im Keller. Der erste Abstich steht bald an.«

Max hatte zwar keine Ahnung, was dieser Abstich sein sollte, aber die Information, dass Brandstätt sich im Keller befand, genügte ihm.

»Danke. Würden Sie mir dann bitte noch sagen, wie ich dorthin komme?«

Brandstätt war schon wieder mit seinem Hänger beschäftigt und sah nicht mehr auf, als er auf das große Gebäude neben ihnen deutete. »Durch das Tor, geradeaus und dann links die Treppe runter. Die Treppe ist steil, da kann man sich das Genick brechen.«

22

Die Treppe, die in den Keller führte, war in der Tat recht steil. Schon während sie die Stufen hinabstiegen, hörten Max und Wagner ein sonores Brummen.

Unten angekommen, entdeckten sie Achim Brandstätt vor einem der hohen Aluminiumtanks. Ein dicker Schlauch ragte im unteren Bereich des Tanks heraus, führte in eine auf dem Boden stehende Pumpe und von dort in den Alubehälter daneben.

Brandstätt hatte eine schwarz glänzende Schürze umgebunden und sah auf, als er Wagner und Max bemerkte.

»Guten Tag, Herr Brandstätt«, sagte Max, als sie den Winzer erreicht hatten. Er musste laut reden, um das Brummen der Pumpe zu übertönen. »Das ist Dr. Marvin Wagner. Können wir Sie noch mal kurz sprechen?«

Brandstätt warf einen Blick auf die Pumpe und winkte dann einen anderen Mann herbei, der im hinteren Bereich des Kellers beschäftigt war und den Max erst jetzt wahrnahm.

Dann nickte er Max zu und deutete zur Treppe.

Oben angekommen, ging Brandstätt vor ihnen her zu der Weinstube, in der er bereits am Vortag mit Max gesessen hatte. Erst dort schien ihm Wagners Äußeres aufzufallen. Sein Blick glitt über die Tattoos und Wagners gepierctes Gesicht, dann sah er Max an und sagte: »Bitte?« Seine Stimme klang heiser, das Gesicht wirkte blass, über den Augen schien ein Schleier zu liegen.

»Sie haben gehört, was geschehen ist?«, begann Max vorsichtig.

Brandstätt blickte zu Boden. »Ja.«

»Ich möchte gleich auf den Punkt kommen, Herr Brandstätt. Wir haben heute Morgen schon mit Ihrem Freund Ingo Görlitz gesprochen, der …«

»Ingo ist nicht mein Freund.«

»Ich dachte, Sie haben vor zweiundzwanzig Jahren viel Zeit miteinander verbracht?«

»Das war vor zweiundzwanzig Jahren.«

Max nahm sich vor, darauf später zurückzukommen.

»Jedenfalls sagte uns Herr Görlitz, dass zu der Zeit, als Peter Kautenberger verschwunden ist, eine seltsame Stimmung im Ort geherrscht habe. Er sprach von einem Geheimnis, das alle belastet habe, über das aber niemand sprechen wollte. Auch Sie erwähnten bei unserem Gespräch etwas Ähnliches. Was meinten Sie damit? Oder wissen Sie, was Görlitz damit gemeint haben könnte?«

Brandstätt schien nachzudenken, ehe er mit den Schultern zuckte. »Ich weiß nur das, was ich Ihnen schon gesagt habe, und was Ingo meinte … keine Ahnung, aber wahrscheinlich das Gleiche. Ich denke, er weiß nicht mehr als ich.«

»Das wundert mich, denn so habe ich das auch schon von einer weiteren Person gehört.«

»Von wem? Melli?«

Brandstätt verhielt sich vollkommen anders als bei ihrem ersten Gespräch. Hatte das etwas mit Jessicas Ermordung zu tun?

»Sie meinen Melanie Dobelke? Wie kommen Sie ausgerechnet auf sie?«

»Ich weiß, dass Sie auch mit ihr geredet haben.«

»Nein, es war nicht Frau Dobelke. Sie wissen also nicht, was damit gemeint sein könnte?«

»Das sagte ich doch schon, nein.« Es klang emotionslos und nebensächlich, so, als sei der Mann mit den Gedanken woanders. Dass er Max dabei nicht anschaute, sondern den Blick auf den Tisch vor sich gerichtet hatte, unterstrich diesen Eindruck noch.

»Herr Brandstätt, wie es scheint, macht Ihnen der Tod von Jessica Meininger zu schaffen. Kennen Sie die näheren Umstände, unter denen sie gestorben ist?«

»Sie meinen die Trauben? Ja, davon habe ich gehört. Und das mit ihrer Zunge weiß ich auch.«

Max überlegte, dass das von einem der Polizisten aus dem Ort weitergegeben worden sein musste.

»Ist es das, was Sie so aufwühlt?«

Brandstätts Blick richtete sich auf Max. »Es nimmt wohl jeden mit, wenn ein junger Mensch ermordet wird, den man gekannt hat.«

»Ja, natürlich.«

Erneut starrte der Winzer die Tischplatte an, dann sagte er leise etwas, das Max nicht verstand. Ein Blick zu Wagner zeigte ihm, dass dieser auch nichts verstanden hatte.

»Entschuldigung, was sagten Sie?«

»Ich habe ihn gesehen«, antwortete Brandstätt, immer noch leise, aber doch laut genug, dass Max ihn verstehen konnte.

»Wen haben Sie gesehen?«

»Peter.«

»Peter Kautenberger?«, hakte Max nach.

Brandstätt nickte. »Ja, ich habe ihn heute Morgen gesehen.«

Wagner blickte Max an und zog überrascht eine Braue hoch.

Max erwiderte seinen Blick und fuhr an Brandstätt gewandt fort: »Wo haben Sie ihn gesehen? Und wann genau?«

»Hier draußen, im Hof. Er hat einfach dagestanden und zum Haus geschaut. Das war so gegen sechs.«

Max dachte an das, was Kautenbergers Mutter behauptet hatte. »Wie darf ich mir das vorstellen? Haben Sie zufällig aus dem Fenster geschaut und ihn dabei entdeckt? Es ist doch noch stockdunkel um diese Zeit. Könnte das nicht jemand anderes gewesen sein?«

»Nein. Ich war draußen und habe zehn Meter vor ihm gestanden. Es war Peter.«

»Warum waren Sie um sechs Uhr auf dem Hof?«

»Ich bin immer um diese Zeit wach. Ich war in der Küche und habe draußen ein Geräusch gehört. Als ich nachgesehen habe, stand er da.«

»Und dann?«, fragte Max ungeduldig. »Was ist dann geschehen? Haben Sie mit ihm gesprochen?«

Brandstätt blickte in Richtung der Tür, die nach draußen führte. »Ich habe seinen Namen gerufen, da hat er sich einfach umgedreht und ist gegangen.«

Max ließ sich gegen die Stuhllehne sinken und tauschte erneut einen Blick mit Wagner.

»Ich weiß, was Sie denken, aber das ist mir egal.« Plötzlich schien wieder mehr Leben in Brandstätt zu sein. »Ich weiß, was ich gesehen habe. Es war Peter. Er ist zurückgekommen.«

»Aber, Herr Brandstätt, wo sollte er denn herkommen? Wo sollte er über zwanzig Jahre lang gewesen sein? Und warum sollte er ausgerechnet jetzt zurückkommen?

»Er will sich rächen!«

»Rächen?« Max beobachtete den Winzer genau und erkannte, dass er es schon wieder bereute, das gesagt zu haben.

»Wofür sollte er sich rächen wollen?«

»Keine Ahnung. Das war nur so ein Gedanke. Weil niemand ernsthaft versucht hat, ihn damals zu finden, vielleicht deshalb?«

Das klang für Max ausweichend, doch er spürte, dass er nicht mehr von Brandstätt erfahren würde.

»Haben Sie mit jemandem darüber gesprochen? Mit Ihrem Vater?«

»Nein. Der würde mich für verrückt halten. Und jeder andere aus dem Ort auch.«

»Aber wenn es wirklich Peter Kautenberger war, den Sie gesehen haben, dann ist die Wahrscheinlichkeit hoch, dass er auch anderen Menschen im Ort begegnet ist, denken Sie nicht?«

»Vielleicht.« Und nach einer Weile fügte er leiser hinzu: »Vielleicht aber auch nicht. Vielleicht wollte er nicht bemerkt werden, und es war Zufall, dass ich schon wach war und ihn gesehen habe.«

Brandstätt erhob sich. »Ich muss wieder in den Keller. Sie finden ja allein raus.«

Max versuchte erst gar nicht, ihn zurückzuhalten. Er wusste, dass es ihm nicht gelingen würde.

Als Wagner und Max aus dem großen Gebäude heraustraten, war von Brandstätt senior nichts mehr zu sehen.

»Irgendetwas ist hier oberfaul«, sagte Max, nachdem sie den Hof verlassen und den Weg zurück zur Pension eingeschlagen hatten.

»O ja«, bestätigte Wagner. »Die Erklärung gerade war mehr als dünn und unglaubwürdig. Er sagte, er hat ein Geräusch gehört und ist daraufhin nach draußen gegangen. Wer auch immer da draußen gestanden hat – wenn er hätte unentdeckt bleiben wollen, dann hätte er morgens um sechs sicher keine Geräusche verursacht, die so laut waren, dass man sie im Haus hören konnte.«

»Aber seltsam ist das schon, oder? Erst behauptet seine Mutter, ihn gesehen zu haben, jetzt sein ehemaliger Freund. Dabei fällt mir ein, dass ich vergessen habe, noch mal auf Ingo Görlitz zu sprechen zu kommen und warum er und Brandstätt keine Freunde mehr sind.«

»Wie es aussieht, ist mit Kautenbergers Verschwinden damals die eingeschworene Clique auseinandergebrochen.

Berücksichtigt man dabei noch die Tagebucheinträge von Gabriele Meininger, komme ich zu dem Schluss, dass die ganze Clique etwas mit dem Verschwinden zu tun hatte.«

»Wenn Kautenberger jetzt tatsächlich wieder aufgetaucht ist, dann lebt er zumindest noch.«

»Ja, wenn er es wirklich selbst war, der heute Nacht seine Runde durch den Ort gemacht und dafür gesorgt hat, dass seine Mutter und sein ehemaliger Freund ihn sehen und davon berichten können.«

Max blieb stehen. »Sie denken, jemand gibt sich für Peter Kautenberger aus? Aber warum ... Moment! Ich verstehe, was Sie meinen. Wenn Kautenberger gesehen wird, kann er nicht tot sein. Also kann auch niemand die Schuld an seinem Tod haben.«

»Ich sehe, Sie haben Ihre Kombinationsgabe nicht verloren, werter Max.«

Sie gingen weiter, und nach wenigen Schritten sagte Max: »Außerdem bietet sich ein Mann, der aus unerfindlichen Gründen vor zweiundzwanzig Jahren verschwunden ist und nun zurückkehrt, um sich – wofür auch immer – zu *rächen*, hervorragend als Täter für den Mord an Jessica an.«

»Es wäre interessant zu erfahren, ob auch diese Melli heute Nacht Besuch vor ihrem Haus hatte.«

»Und ob Kautenberger auch bei Ingo Görlitz war und der uns nichts davon gesagt hat. Aber jetzt fahren wir zuerst bei Melanie Dobelke vorbei. Sie arbeitet in einem Jugendhaus im Nachbarort, wir müssen also das Auto nehmen.«

In diesem Moment bogen vor ihnen Hauptkommissar Zerbach und Oberkommissarin Wenzel um die Ecke.

»Das auch noch«, murmelte Max leise, während sie aufeinander zugingen.

»Bischoff! Hatte ich Ihnen nicht gesagt, Sie sollen sich aus dem Fall raushalten?«, polterte Zerbach los, als sie voreinander standen.

»Doch, das haben Sie«, entgegnete Max ruhig.

Der Polizist bedachte ihn mit einem eisigen Blick. »Wir kommen gerade von Herrn Görlitz.«

»Schön. Wir kommen von Herrn Brandstätt. Und nachdem wir jetzt wissen, woher wir kommen, können wir ja weitergehen.«

»Bischoff, ich rate Ihnen, es nicht zu übertreiben. Ich habe Möglichkeiten, Ihnen eine Menge Ärger zu machen.«

»Meinen Sie die Art von Ärger, die dazu führt, dass ein Ermittler aus einem laufenden Fall abgezogen wird?«

Sie sahen einander fest in die Augen, und keiner war bereit, zuerst den Blick abzuwenden.

»Vorsicht!«, zischte Zerbach schließlich, dann wandte er sich ab und ging an Max vorbei. Oberkommissarin Wenzel blieb jedoch noch stehen und sagte leise: »Natürlich haben Sie das Recht, sich mit den Leuten aus dem Ort zu unterhalten. Hauptkommissar Zerbach steht ziemlich unter Druck, er meint das nicht so.«

»Da sagt mir mein Gefühl etwas anderes«, entgegnete Max, nickte ihr zu und setzte seinen Weg fort.

23

Er hat das Gefühl, sein Kopf müsse jeden Moment explodie-ren. Er kennt das, es tritt immer mal wieder auf seit den Vor-kommnissen, die sein Leben so einschneidend verändert haben.

Allerdings ist es anders geworden, nachdem er von ihrem Tod erfuhr und davon, dass es Tagebucheinträge von ihr gibt, die vielleicht dazu führen können, dass etwas ans Tageslicht kommt, was besser im Dunkeln verborgen bleibt.

Dieser Schmerz! Er hört sich selbst aufstöhnen, ballt die Hand zur Faust und schlägt sich bei geschlossenen Augen auf die Schädeldecke. Der dumpfe Aufprall tut auf eine absonder-liche Weise gut und scheint den inneren Schmerz tatsächlich ein wenig zu lindern.

Er öffnet die Augen wieder, starrt vor sich hin. Hebt dann die Hände und betrachtet sie, denkt daran, wie es sich angefühlt hat, als er ihren Hals umklammert und so fest zugedrückt hat, dass er deutlich die Sehnen und Muskeln unter seinen Fingern fühlen konnte. Er sieht den ungläubigen, angstvollen Blick, mit dem sie ihn anstarrt, während sie röchelnd mit geradezu lächerlicher Schwäche ihre Hände auf seine legt und versucht, seine Finger aufzubiegen und einen Kanal zu schaffen, durch den sie Luft in ihre sterbenden Lungen saugen kann.

Er erlebt noch einmal die Sekunde, als ihre Augen brachen.

Ja, er hat den Moment, in der das Leben endgültig aus ihrem Körper gewichen ist, genau gesehen. Er hat es registriert und im gleichen Moment seine Hände von ihr gelöst und sie achtlos fallen lassen.

Ihr Tod hat ihn nicht gerührt, mehr noch, er hat ihn nur interessiert, weil er damit eine notwendig gewordene Tätigkeit verrichtet hat.

In dem Moment, in dem er sein Werk vollendete, seine Botschaft hinterlassen hatte, war jegliches Interesse an ihr erloschen.

Jetzt, wo er jede Sekunde seiner Tat noch einmal durchlebt, geht es ihm genauso.

Und er weiß, was er als Nächstes zu tun hat.

24

Nachdem Max geklingelt hatte, dauerte es eine Weile, bis die Tür geöffnet wurde. Dieses Mal war es eine junge Frau von vielleicht fünfundzwanzig Jahren, die vor ihnen stand.

»Guten Tag, mein Name ist Max Bischoff«, stellte er sich vor. »Ich würde gern Frau Dobelke sprechen.«

»Melli? Die ist heute nicht da. Hat sich krankgemeldet.«

»Ah, okay, dann schauen wir bei ihr zu Hause vorbei.«

Max schalt sich selbst einen Narren, dass er es nicht zuerst bei ihr zu Hause versucht hatte.

Zehn Minuten später standen Max und Wagner vor dem Reihenhaus und warteten auf eine Reaktion auf ihr Klingeln. Wieder war es Melanie Dobelkes Mann, der die Tür öffnete und ihnen schon mit den ersten Blicken zu verstehen gab, dass er nicht begeistert war, sie zu sehen. Zu Max' Überraschung schien er sich trotz dessen auffälligem Aussehen nicht im Geringsten für Wagner zu interessieren.

»Melli geht's nicht gut«, erklärte er, bevor Max etwas sagen konnte. »Sie können sie nicht sprechen.«

»Herr … Pung? So war doch Ihr Name?«

»Ja.«

»Also, Herr Pung, es ist wirklich dringend, sonst wären wir nicht hier.«

Pung schüttelte den Kopf. »Wie schon gesagt, sie fühlt sich nicht gut.«

Max sah ein, dass er so nicht weiterkommen würde. »Es geht um Peter Kautenberger. Es gibt Menschen im Ort, die glauben, ihn in der letzten Nacht gesehen zu haben.«

Pungs Gesicht schien eine Nuance blasser zu werden, und es dauerte ein, zwei Sekunden, bis er sagte: »So ein Blödsinn, das ist doch …«

»Schon gut.« Melanie Dobelke tauchte neben ihrem Mann auf. Sie trug einen weinroten Hausanzug und sah sehr blass aus. Die Haare wirkten ungekämmt, und unter den Augen zeichneten sich dunkle Schatten ab.

»Es tut mir leid, wenn wir Sie stören, Frau Dobelke«, sagte Max. »Aber es ist wirklich wichtig.«

»Die Polizei war auch schon hier.« Sie sah Wagner an. »Wer sind Sie?«

»Mein Name ist Marvin Wagner, ich helfe Herrn Bischoff ein wenig.«

»Es ist seltsam, plötzlich immer mehr fremde Menschen hier zu sehen, die alle in unserer Vergangenheit herumstochern.«

»Ich bin sicher, es ist im Interesse aller, wenn der Mord an Jessica Meininger schnellstmöglich aufgeklärt wird. Allein schon um zu verhindern, dass vielleicht noch jemand zu Schaden kommt. Und je mehr Menschen dabei helfen, umso besser.«

»Ja, vielleicht. Kommen Sie rein.«

Sie betraten einen schmalen Flur und folgten der Frau in eine gemütlich eingerichtete, helle Wohnküche mit einem großen Tisch, an dem eine Eckbank und zwei Stühle standen. Ihr Mann verschwand durch den Flur in den hinteren Bereich des Hauses. Nachdem sie sich gesetzt hatten, sagte Max: »Ich bitte nochmals um Entschuldigung, Sie sehen wirklich krank aus.«

»Geht schon. Ich bin nicht erkältet oder so was. Diese Sache mit Jessica … Es ist so schrecklich. Ich konnte heute einfach nicht zur Arbeit gehen und vor den Kids so tun, als sei alles in Ordnung.«

»Das verstehe ich.«

»Sie sagten gerade etwas von Piet. Jemand denkt, er hat ihn gesehen? Das ist unmöglich.«

»Warum?«, fragte Wagner.

»Weil er vor zweiundzwanzig Jahren verschwunden ist, und wir alle wissen, dass er tot ist.«

»Wie können Sie da so sicher sein?«

»Nicht sicher, aber … mein Gott, Piet war beliebt; anders als andere hat er sich hier wohl gefühlt. Es gab überhaupt keinen Grund zu verschwinden, ohne uns eine Nachricht zu hinterlassen.«

»Man kann Menschen eben nicht hinter die Stirn blicken«, sagte Wagner.

»Stimmt, aber trotzdem … nach so langer Zeit. Wer will ihn denn gesehen haben?«

»Seine Mutter«, sagte Max, woraufhin Melanie die Augen verdrehte.

»Seine Mutter. Und das glauben Sie? Ich meine … Sie haben doch mit ihr gesprochen, oder? Haben Sie nicht gesehen, wie es um sie bestellt ist? Sie fühlt sich so schuldig an Peters Verschwinden, dass es sie um den Verstand gebracht hat.«

»Und was ist mit Achim Brandstätt?«

Melanie Dobelke sah ihn verständnislos an. »Wie meinen Sie das? Was soll mit ihm sein?«

»Denken Sie, dass auch er nicht ganz bei Verstand ist?«

»Nein, natürlich nicht, wie kommen Sie …« Sie stockte, und ihre Augen weiteten sich. »Sagt er etwa auch, er hat Peter gesehen?«

»Ja. Eine andere Frage. Ich habe gehört, Sie seien mit Peter Kautenberger liiert gewesen, kurz bevor er verschwand? Stimmt das?«

»Was? Moment, Sie legen eine Geschwindigkeit vor, der ich nicht folgen kann. Wir waren gerade noch dabei, dass Achim behauptet, Peter gesehen zu haben.«

»Ja. Er sagt, er hat ihn heute Morgen gegen sechs Uhr im Hof stehen sehen.«

»Einfach so?«

»Ja, als er ihn angesprochen hat, ist er weggegangen.«

»Aha.« Sie schüttelte fassungslos den Kopf. »Ich glaub's nicht. So ein Quatsch. Die Polizei hat damals gesagt, sie geht fest davon aus, dass Peter nicht mehr lebt.«

»Sie haben ihn also nicht gesehen?«

»Nein. Mir setzt die Sache mit Jessica zwar zu, aber ich habe meinen Verstand noch beisammen.«

»Waren Sie mit Peter zusammen, bevor er verschwunden ist?«

»Nein. Also … wir waren nicht richtig zusammen. Wären wir aber wahrscheinlich bald gewesen. Als er verschwand, da hatten wir uns erst ein paarmal getroffen, also nur wir beide.«

»Wussten die anderen davon?«

»Welche anderen?«

»Na, die aus Ihrer Clique. Achim Brandstätt, Ingo Görlitz, Gabriele Meininger …«

»Wahrscheinlich schon. Wir haben es nicht herumposaunt, aber auch kein Geheimnis daraus gemacht.«

»Was glauben Sie, könnte Gabriele Meininger gemeint haben, als sie in ihr Tagebuch schrieb, dass sie alle schwere Schuld auf sich geladen haben? Und das, kurz nachdem Peter verschwunden war?«

Schlagartig verfinsterte sich ihre Miene. Wirkte sie vorher noch krank, glaubte Max nun einen trotzigen Ausdruck zu erkennen. »Da es Gabis Tagebuch war, hätte man sie das fragen müssen. Das geht jetzt nicht mehr. Ich kann Ihnen nicht sagen, was sie damals getan hat.«

Max entschloss sich, einen Vorstoß zu wagen. »Vielleicht ist das ja der Grund, warum ihre Tochter Jessica sterben musste? Weil man ihr sonst tatsächlich diese Frage hätte stellen können und der Täter nicht wusste, ob sie darauf vielleicht sogar eine Antwort gehabt hätte.«

Melanie Dobelke zuckte mit den Schultern. »Keine Ahnung. Ich würde mich jetzt gern ein wenig hinlegen. Mir geht es wirklich nicht gut.«

»Ja, natürlich«, sagte Max und erhob sich. Wagner tat es ihm gleich, machte aber keine Anstalten zu gehen, sondern blieb stehen und sah Melanie Dobelke an, bis er ihre Aufmerksamkeit hatte.

»Eine Frage habe ich noch. Geht das?«

»Also gut«, sagte sie, sichtlich unwillig.

»Ich versuche, etwas zu verstehen. Sie sagen, Sie halten die Möglichkeit, dass Peter Kautenberger plötzlich wieder aufgetaucht ist, für Blödsinn. Und wenn ich das richtig verstanden habe, glauben Sie genau wie die Polizei damals, dass er tot ist, richtig?«

»Noch einmal. Peter hatte keinen Grund, von sich aus einfach so zu verschwinden, ohne jemandem etwas davon zu sagen. Da bleibt ja kaum eine andere Erklärung, oder?«

»Okay. Aber meine Erfahrung als Psychologe hat mich etwas gelehrt. Wenn ein geliebter Mensch verschwindet, dann glaubt derjenige, der zurückbleibt, selbst gegen die größte Wahrscheinlichkeit fest daran, dass der andere noch am Leben ist und es irgendeine Erklärung für sein Verschwinden geben muss. So lange, bis das Gegenteil definitiv bewiesen ist. Ich frage mich, warum das bei Ihnen anders ist.« Damit ließ Wagner die sprachlose Melanie Dobelke stehen und ging vor Max aus dem Haus.

Draußen angekommen, warf Max Wagner einen bewundernden Blick zu. »Das war gerade nicht schlecht. Ein interessanter Gedanke.«

Wagner zuckte mit den Schultern und grinste: »Willkommen in der wundervollen Welt der Wissenschaft. Sie bietet nicht für alles, aber doch für vieles Erklärungen oder zumindest Ansätze.«

Als sie kurz darauf ihre Pension erreichten, fiel ihnen ein Mann auf, der auf der gegenüberliegenden Straßenseite gegen eine Mauer gelehnt dastand und ihnen mit finsterem Blick entgegensah.

Er war etwa sechzig Jahre alt und untersetzt, und als sie sich ihm näherten, erkannten sowohl Max als auch Wagner ihn.

»Das ist doch dieser Winzer, der gestern beim Italiener den filmreifen Auftritt hatte«, bemerkte Wagner. »Wie hieß er noch mal …? Künsmann, oder?«

»Ja«, bestätigte Max und beobachtete, wie der Mann sich von der Mauer abstieß und auf sie zukam. Max spannte sich an. Nach dem, was Künsmann im Restaurant gesagt hatte, rechnete er mit allem.

Künsmann blieb vor ihnen stehen und sah sie düster an. »Sind Sie jetzt zufrieden? Sie tauchen hier auf, und Stunden später ist eine junge Frau aus dem Ort tot.«

Max sah aus dem Augenwinkel, wie sich die Fäuste des Mannes ballten, und war abwehrbereit. Doch Künsmann machte keine Anstalten, handgreiflich zu werden, sondern zischte mit einer kaum zu übertreffenden Verachtung: »Es gibt Leute, die was dagegen haben, dass Sie hier rumschnüffeln. Verschwinden Sie endlich, bevor noch mehr passiert.«

Wagner und Max sahen ihm nach, wie er die Straße

entlangging und um die nächste Ecke aus ihrem Blickfeld verschwand.

»Dafür hat er extra hier auf uns gewartet?«, wunderte sich Wagner.

Max zuckte mit den Schultern. »Offenbar. Ich frage mich, ob er wirklich denkt, uns auf diese Art einschüchtern zu können.«

»Ich befürchte, das war nicht unsere letzte Begegnung mit Herrn Künsmann«, orakelte Wagner und ging zum Eingang der Pension.

Sie vereinbarten, dass Max Jana Brosius anrufen und sie sich alle dann im Aufenthaltsraum treffen sollten.

Als Max sein Zimmer betrat, bemerkte er einen zusammengefalteten Zettel, der auf dem Boden lag. Er hob ihn auf und faltete ihn auseinander. Als er sah, was in gedruckten Buchstaben dort stand, verließ er das Zimmer sofort wieder, ging die Treppe hinab und klopfte an eine Tür neben dem Aufenthaltsraum, auf der ein Schild mit der Aufschrift PRIVAT angebracht war.

Als Lisa Passig die Tür öffnete, zeigte er ihr den Zettel und sagte: »Das habe ich in meinem Zimmer gefunden. Jemand hat ihn unter der Tür durchgeschoben. Haben Sie jemanden gesehen?«

Sie runzelte die Stirn und schüttelte den Kopf. »Nein, ich war die ganze Zeit mit der Wäsche beschäftigt. Aber die Tür ist offen, es könnte also jemand reingekommen und wieder gegangen sein, ohne dass ich ihn bemerkt hätte.«

»Mist«, stieß Max aus. »Aber trotzdem danke.«

Er wandte sich ab, stieg die Treppe wieder hinauf und klopfte an Wagners Zimmertür.

Als der Psychologe öffnete, streckte Max ihm den Zettel entgegen. »Das habe ich in meinem Zimmer gefunden.«

Wagner nahm das Blatt und las laut vor, was darauf stand.

Wenn Sie wissen wollen, was vor über zwanzig Jahren in Klotten passiert ist, dann fragen Sie Brandstätt. Der alte weiß es und der junge auch.

25

»Vielleicht hat dieser Künsmann das geschrieben«, spekulierte Wagner und reichte das Blatt an Max zurück.

Der wiegte den Kopf hin und her. »Der Gedanke kam mir auch schon, aber warum macht er dann ein solches Theater und passt uns ab, um uns zu sagen, dass wir verschwinden sollen? Das widerspricht sich doch.«

»Das stimmt natürlich. Andererseits scheint es ja wohl so zu sein, dass sich immer noch niemand traut, über dieses ominöse Geheimnis von vor über zwanzig Jahren zu reden. Vielleicht war seine Showeinlage vor der Pension ein Ablenkungsmanöver, damit wir ausschließen, dass der Tipp von ihm kommt? Oder wir haben ihn überrascht, als er gerade die Pension verlassen hat. Er hat uns kommen sehen und so getan, als warte er schon eine Weile auf uns, dann hat er seine Show abgezogen.«

Max schüttelte den Kopf. »Ich weiß nicht, das passt nicht zu dem Mann. Aber von wem die Nachricht auch stammt, wir sollten ihr nachgehen. Vielleicht bringt uns das ja endlich ein Stück weiter.«

»Also wieder zurück zu den Brandstätts?«

»Nein, ich denke, wir versuchen etwas anderes.« Max nahm sein Telefon und rief Jana Brosius an.

»Bischoff hier, wo sind Sie?«

»In der Pension. Ich habe gerade einige Telefonate geführt und versucht, etwas mehr über Herrn Zerbach herauszufinden, aber die meisten Kollegen in Koblenz wissen nichts von den damaligen Ermittlungen, und die anderen tun so, als habe es keinen bestimmten Grund dafür gegeben, dass Zerbach von den Ermittlungen abgezogen wurde.«

»Das dachte ich mir schon. Würden Sie bitte zu uns kommen? Ich habe eine interessante Nachricht erhalten.«

»Ja, ich bin schon auf dem Weg.«

Nachdem er aufgelegt hatte, sagte Max: »Es wird wenig bringen, mit diesem Zettel zu den Brandstätts zu gehen und sie zu fragen, was damit gemeint sein könnte. Weder Achim Brandstätt noch sein Vater werden freiwillig irgendetwas erzählen. Ich denke, wir sollten es bei Ingo Görlitz versuchen.«

Wagner nickte. »Ein sehr guter Gedanke. Wie Achim Brandstätt ja betonte, sind sie keine Freunde mehr. Vielleicht ist das, was auf dem Zettel steht, der Grund dafür, dass die beiden sich nicht mehr mögen.«

»Ganz genau«, stimmte Max zu.

Als kurz darauf Jana eintraf, reichte Max ihr wortlos den Zettel und wartete, bis sie die Nachricht gelesen hatte. Dann erzählte er ihr von dem Gespräch, das Wagner und er zuvor mit Achim Brandstätt geführt hatten. »Und da Herr Brandstätt betont hat, dass er und Ingo Görlitz keine Freunde mehr sind, wollen wir versuchen, von Letzterem zu erfahren, was die Nachricht bedeuten könnte. Was meinen Sie?«

»Ich finde, ich sollte diese Unterhaltung mit ihm führen. Allein.«

»Sie?«

»Ja. Sie haben ja offensichtlich nicht allzu viel von ihm erfahren. Warum sollte sich das jetzt ändern, wenn Sie mit diesem Zettel ankommen?«

»Sie meinen, wenn er uns etwas über seinen ehemaligen Freund hätte sagen wollen, dann hätte er das getan, als wir eben bei ihm waren.«

»Genau. Vielleicht habe ich ja mehr Glück, wer weiß?«

Max zuckte mit den Schultern. »Warum nicht. Einen Versuch ist es wert.«

Jana steckte den Zettel mit der Nachricht ein. »Dann schlage ich vor, ich mache das gleich.«

Kaum hatte sie den Raum verlassen, grinste Wagner Max an. »Was halten Sie eigentlich von Frau Brosius?«

»Wie meinen Sie das?«

»Wie ich es sagte. Sie scheint zu wissen, was sie möchte, und ist bereit, die Initiative zu ergreifen. Nicht die schlechtesten Eigenschaften für eine Polizistin. Und auch sonst … finden Sie nicht auch?«

»Und auch sonst?« Max zog die Brauen hoch. »Ich glaube, ich kann Ihnen nicht ganz folgen. Worauf wollen Sie hinaus?«

»Wenn Sie mir nicht folgen können, dann liegt das daran, dass Sie Ihr Gesicht nicht sehen können, wenn Sie mit Frau Brosius reden.«

»Mein … Was soll das denn heißen?«

Statt einer Antwort lachte Marvin Wagner herzhaft auf. »Mein lieber Max, ich verstehe mich nicht nur auf Schriften und die menschliche Psyche, sondern bin auch bestens mit den Zeichen vertraut, die wir – meist unbewusst – bei einer Unterhaltung aussenden. Und sowohl Ihre Mimik als auch die Gestik sagen mir, dass Ihr Interesse an dieser jungen Dame ein Stück weit über das rein Berufliche hinausgeht.«

»Es mag Ihnen vielleicht nicht häufig passieren, aber in diesem Fall irren Sie sich, Marvin.«

»Gut, dann lassen wir das jetzt einfach mal so stehen.« Wieder setzte Wagner sein wissendes Grinsen auf.

Max' Telefon klingelte. Es war Böhmer.

»So, mein Lieber, du schuldest mir was«, begann er geheimnisvoll.

»Lass erst mal hören, was du mir anzubieten hast«, erwiderte Max, »dann schauen wir, ob ich dir dafür etwas schulde.«

»Also gut. Ich habe gerade mit dem ehemaligen Kollegen von Meister Zerbach gesprochen, und er konnte sich, anders als alle anderen, noch recht gut an den damaligen Fall erinnern und an den Grund, warum Zerbach abgezogen worden war.«

Als Böhmer eine Pause machte, sagte Max. »Ich bin ganz Ohr.«

»Nun, Herr Zerbach hatte nicht nur ein Abenteuer der erotischen Art während der Ermittlungen damals in Klotten, und das mit einer möglichen Zeugin, er war auch noch so dämlich und hat sich dabei erwischen lassen.«

»Was? Mit wem? Und wer hat ihn erwischt?«

»Erwischt hat ihn wohl jemand aus dem Ort, der oder die daraufhin in Koblenz angerufen und den Oberkommissar verpetzt hat. Wer das war, weiß Hauptkommissar a. D. Alexander König nicht. Und auch wer diejenige war, mit der Zerbach sich vergnügt hat, konnte König mir nicht sagen, weil auch er es nicht erfahren hat.«

»Mist. Das wäre zu schön gewesen. Aber danke auf jeden Fall für deine Hilfe. Das könnte zumindest erklären, warum Zerbach sich so seltsam verhält. Ich denke, ich werde mich mal ein wenig mit ihm unterhalten.«

»Dann viel Spaß. Melde dich, wenn ich noch etwas für dich tun kann.«

»Das mach ich, bis dann.«

Nachdem er aufgelegt hatte, erklärte Max Marvin Wagner, was Böhmer in Erfahrung gebracht hatte. Wagner hörte geduldig zu und schloss dann für ein paar Sekunden die Augen, bevor er sagte: »Wenn es eine mögliche Zeugin war, muss es ja jemand aus dem engeren Kreis um Peter Kautenberger gewesen sein. Und dazu haben, soweit ich weiß, nur zwei Frauen gehört. Gabriele Meininger und Melanie Dobelke. Und wenn unsere Infos stimmen, hatte Frau Dobelke kurz vor Kautenbergers Verschwinden ein Techtelmechtel mit ihm begonnen. Wenn man davon ausgeht, dass sie nicht gleichzeitig bei einem Oberkommissar aus Koblenz schwach wurde, bliebe nur noch Gabriele Meininger.«

»Hm …«, brummte Max nachdenklich. »Der Gedanke ist zwar aus heutiger Perspektive naheliegend, aber ich befürchte, als mögliche Zeugin kam damals für die Polizei so ziemlich jede Frau im Ort in Frage, denn jede und jeder aus Klotten konnte theoretisch etwas über Kautenbergers Verschwinden wissen.«

»Das ist leider auch wieder wahr«, stimmte Wagner zu. »Aber Sie müssen zugeben, meine Kombinationskette war eines Ermittlers würdig.«

»Das gestehe ich Ihnen zu«, sagte Max lächelnd. »Sie denken in der Tat wie ein Ermittler.«

»Und zwar mit wissenschaftlichen Ansätzen.«

»Auch das.« Max blickte eine Weile nachdenklich vor sich hin, bevor er sagte: »Ich gebe zu, das habe ich Zerbach nicht zugetraut. Er ist ein ziemlicher Kotzbrocken und führt sich auf wie ein Inquisitor im Mittelalter. Aber ein amouröses Abenteuer während der Ermittlungen in einem Vermisstenfall? Ich weiß nicht … das kann ich mir bei ihm nicht vorstellen. Aber ich kann mich natürlich auch irren. Ich werde jetzt jedenfalls zusehen, wo der Herr Hauptkommissar steckt, und dann bin ich sehr gespannt, wie er reagiert, wenn ich ihm sage, was ich erfahren habe.«

»Ich denke, er wird Himmel und Hölle in Bewegung setzen, damit wir aus Klotten verschwinden.«

»Da bin ich mir nicht so sicher, aber wir werden es ja bald wissen.«

Max rief Jana Brosius an und ließ sich von ihr die Handynummer von Oberkommissarin Wenzel geben, die

Jana, wie er richtig vermutete, als Kollegin von ihr bekommen hatte.

Von Wenzel erfuhr er, dass sie sich gemeinsam mit Zerbach in der Pension aufhielt, in der auch Jana wohnte und wo sie gerade ein provisorisches Büro einrichteten.

Max bat Wagner, auf ihn zu warten, und machte sich auf den Weg.

Der Raum, in dem schon einige Notebooks und ein Drucker aufgebaut worden waren und sich zwei Beamte damit beschäftigten, Kabel provisorisch an der Wand entlang zu verlegen, befand sich im Erdgeschoss der Pension und hatte eine Verbindungstür zu einem weiteren, kleineren Zimmer, in dem Zerbach, das Handy am Ohr, am Fenster stand, als Max hineinsah. Oberkommissarin Wenzel konnte er nirgends entdecken.

Als Zerbach ihn wahrnahm, zog er eine Grimasse und drehte Max den Rücken zu, um den Blick demonstrativ aus dem Fenster zu richten. Dabei senkte er die Stimme, so dass Max nicht hören konnte, was er während des weiteren Telefonates sagte. Zerbach ließ Max etwa zwei Minuten stehen, bis er sein Gespräch schließlich beendete und das Telefon in die Innentasche seine Sakkos steckte.«

»Was wollen Sie denn hier?«, fragte Zerbach genervt.

»Ich würde mich gern mit Ihnen unterhalten«, entgegnete Max ruhig.

»Ach ja? Ich habe aber weder Zeit noch Lust auf ein Schwätzchen mit einem ehemaligen Polizisten. Wie Sie ja wissen, gibt es hier einen Mord aufzuklären, und ich habe fest vor, das auch zu tun. Sie können also gleich wieder gehen.«

Demonstrativ blickte Zerbach an Max vorbei und betrachtete die beiden Beamten, die mit den Kabeln beschäftigt waren und sich so konzentriert ihrer Tätigkeit widmeten, als hätten sie von der Unterhaltung nichts mitbekommen.

»Ich denke, ich kenne den Grund, warum Sie sich hier aufführen, als wollten Sie mit allen Mitteln den Wettbewerb zum unbeliebtesten Polizisten des Jahres gewinnen.«

»Was reden Sie da?«

»Kennen Sie einen Hauptkommissar a. D. Alexander König?«, fragte Max und deutete damit an, worauf er hinauswollte.

»Wie ich schon sagte, habe ich weder Lust noch Zeit …«

»König kann sich noch gut an die Ermittlungen hier in Klotten vor über zwanzig Jahren erinnern, und als einer der wenigen kennt er auch den Grund, der dazu geführt hat, dass Sie von dem Fall …«

»Stopp!«, schnitt Zerbach ihm harsch das Wort ab, woraufhin Max nickte.

»Also gut, dann noch mal von vorn. Ich würde mich gern mit Ihnen unterhalten. Wir können das jetzt und hier irgendwo in Ruhe tun, oder ich lasse durch Düsseldorfer Kollegen eine offizielle Anfrage an die Koblenzer Staatsanwaltschaft zu den Ereignissen damals stellen. Ich denke, Sie wissen, was ich meine.«

Zerbachs Gesicht nahm innerhalb von Sekunden eine dunkelrote Farbe an, er atmete schneller, und Max konnte deutlich sehen, wie sehr er dagegen ankämpfte, völlig die Fassung zu verlieren.

Nach einem kurzen Blick auf seine beiden Kollegen, die mittlerweile auf dem Boden neben einem Tisch knieten und emsig damit beschäftigt waren, beschäftigt zu wirken, zischte er Max zu: »Kommen Sie mit.«

26

Gemeinsam verließen Zerbach und Max die Pension und traten ein paar Schritte zur Seite, um von niemandem gehört zu werden. Dann baute sich der Hauptkommissar vor Max auf.

»Es stimmt also, was ich über Sie gehört habe. Sie beißen sich fest wie ein Pitbull, wenn Sie der Meinung sind, irgendeiner Sache auf der Spur zu sein.«

»Nur wenn es darum geht, einen Schwerverbrecher dingfest zu machen«, entgegnete Max.

»Also gut. Ich bin sicher, ich werde es bereuen, aber wenn Sie die Wahrheit hören möchten, bitte schön. Aber Sie werden enttäuscht sein.«

»Lassen wir es darauf ankommen.«

»Was auch immer König Ihnen gesagt hat, ist gelogen.«

»Hauptkommissar a. D. König lügt?«, fragte Max überrascht. Er hatte mit allen möglichen Reaktionen Zerbachs gerechnet, aber einen pensionierten ehemaligen Kollegen als Lügner darzustellen …

»Nein, ich habe nicht gesagt, dass König gelogen hat, sondern der- oder diejenige, die damals diese irre Behauptung in die Welt gesetzt hat.«

»Moment … Dann hatten Sie also damals hier keine Affäre? Sie sind also nicht dabei erwischt worden, wie Sie sich mit einer Frau aus dem Ort vergnügt haben?«

»Nein. Jemand hat das behauptet, weil er oder sie mich offensichtlich von dem Fall weghaben wollte. Vielleicht habe ich bei den Ermittlungen irgendwo einen Nerv getroffen.«

»Das verstehe ich nicht. König sagte, Sie hätten angeblich etwas mit einer möglichen Zeugin, also einer Frau aus dem Ort, gehabt. Hat man diese Frau denn nicht befragt? Wer war sie überhaupt?«

»Das ist es ja. Konnte König Ihnen sagen, wer die Frau war? Oder wer das damals behauptet hatte?«

»Nein.«

»Eben. Weil er es genauso wenig weiß wie alle anderen, einschließlich mir. Die Anschuldigung gegen mich wurde anonym vorgebracht. Und die Person behauptete, meine angebliche … Partnerin schützen und deswegen ihren Namen nicht sagen zu wollen.«

Max schüttelte den Kopf. »Und daraufhin hat man Sie von dem Fall abgezogen? Wegen einer anonymen Beschuldigung? Das fällt mir schwer zu glauben. So was passiert doch laufend. Dann würde kein Ermittler länger als ein paar Tage an einem Fall arbeiten.«

»Glauben Sie, was Sie wollen, Bischoff, das ist mir egal. Sie wollten hören, was damals passiert ist, ich habe es Ihnen gesagt.«

»Ich versuche ja nur zu verstehen, warum man Sie damals abgezogen hat. Welche Dienststelle würde einen

Ermittler von laufenden Ermittlungen abberufen aufgrund von irgendwelchen unbewiesenen und dazu noch anonym vorgebrachten Behauptungen?«

»Die Presse war damals an der Sache dran und hat uns sowieso schon unterstellt, unfähig zu sein, weil wir keinen Schritt weitergekommen waren. Wenn die dann auch noch von dieser Behauptung Wind bekommen hätten, wären die Schlagzeilen klar gewesen: *Polizei stochert bei Vermisstenfall im Dunkeln, während einer der Ermittler bei einer Klottener Bewohnerin herumstochert* oder so was in der Art.«

»Da sind Sie wohl damals tatsächlich jemandem zu nahe gekommen. So betrachtet kann ich es verstehen.«

»Gut, dann verstehen Sie hoffentlich auch, dass ich diesen Fall lösen werde und es nicht dulde, dass jemand anderes sich einmischt und so eine Aufklärung womöglich sogar verhindert.«

Max verstand, dass er damit gemeint war, und im Unterschied zu vorher konnte er Zerbachs Verhalten nun zumindest ansatzweise nachvollziehen.

»Herr Zerbach, erst einmal danke ich Ihnen für die offenen Worte. Ich kann Ihnen versichern, dass ich nichts tun werde, was die Aufklärung dieses Falles erschweren oder gar verhindern würde. Ich werde aber an der Sache dranbleiben, weil ich ebenso wie Sie möchte, dass der Täter aus dem Verkehr gezogen wird. Wenn wir dabei zusammenarbeiten, erhöht sich die Chance, dass das auch gelingt. Ich wünschte, Sie würden das auch so sehen.«

Zerbach starrte Max so intensiv in die Augen, als versuche er, in seinen Kopf einzudringen und seine Gedanken zu lesen.

»Okay, Bischoff. Tun Sie, was Sie nicht lassen können. Aber Sie führen keine offiziellen Ermittlungen durch. Und sollte ich hören, dass Sie Ihre Kompetenzen als Zivilist überschreiten, bekommen Sie mit mir ein dickes Problem.«

»Damit kann ich gut leben. Ach, und tun Sie mir bitte noch einen Gefallen. Nennen Sie mich nicht *Bischoff*. Das erweckt den Eindruck, als würden Sie mir mit Geringschätzung gegenübertreten, und ich bin mir sicher, dass das nicht der Fall ist, oder?«

Wieder vergingen einige Sekunden, bis Zerbach den Blick von Max löste, sich umwandte und im Weggehen sagte: »Ich möchte darüber informiert werden, wenn Sie zu irgendwelchen Erkenntnissen gelangen ... *Herr* Bischoff.«

»Klar«, sagte Max und sah dem Beamten nach, bis er in der Pension verschwunden war. Dabei überlegte er, dass er diese Zusicherung bereits gebrochen hatte, da er Zerbach nichts von dem Zettel erzählt hatte, der bei ihm unter der Tür durchgeschoben worden war. Bevor der Hauptkommissar in seiner polternden Art die Pferde scheu machte, wollte Max gemeinsam mit Wagner und Jana der Sache zuerst selbst nachgehen.

Er zog sein Handy hervor und rief Böhmer an.

»Ich hatte gerade eine Unterhaltung mit Herrn Zerbach. Er sagt, er habe nie etwas mit einer Frau aus Klotten gehabt. Die Anschuldigung gegen ihn sei erfunden und anonym gewesen, und auch der Name dieser Frau sei nie genannt worden.«

»Das würde ja bedeuten, seine Vorgesetzten aus Koblenz hätten ihn ohne irgendeinen Beweis von dem Fall abgezogen.«

»Das ist das, was er behauptet. Tu mir bitte den Gefallen und versuche herauszufinden, ob das stimmt. Ich würde gern wissen, woran ich mit diesem Mann bin und ob er vertrauenswürdig genug ist, um mit ihm Informationen austauschen zu können.«

»Okay, ich werde es versuchen. Das lenkt mich ein wenig von meiner übermotivierten Chefin ab.«

Max bedankte sich bei Böhmer und legte auf. Dann machte er sich auf den Weg zurück zu seiner Pension, wo Marvin Wagner auf ihn wartete.

Nachdem Max ihm von seinem Gespräch mit Zerbach erzählt hatte, endete er mit der Feststellung: »Wenn wir davon ausgehen, dass Zerbach die Wahrheit sagt, kann ich nicht verstehen, dass man ihn damals wegen eines anonymen Hinweises von dem Fall abgezogen hat.«

Auf Wagners Gesicht zeigte sich ein nachsichtiges Lächeln. »Ich habe als Kind meinen Vater gefragt, was *nobody knows* bedeutet. Er sagte: *Das weiß niemand.* Ich habe mein halbes Leben lang geglaubt, dass niemand weiß, was es heißt.«

Max verzog den Mund zu einem kurzen Grinsen, sah Wagner dabei aber fragend an.

»Ja, okay, das ist ein Joke, aber was ich damit sagen möchte, ist, dass man manche Behauptungen ohne Überprüfung auf Wahrheit oder Plausibilität glaubt, wenn es sich dabei um etwas handelt, was man glauben *möchte*.«

»Sie denken, jemand in Koblenz hat diesen anonymen Hinweis gern aufgenommen, weil er damit einen willkommenen Grund hatte, Zerbach von dem Fall abzuziehen?«

»Genau.«

»Aber ... warum?«

Wagner zuckte mit den Schultern. »Keine Ahnung. Wenn Zerbach damals schon so eine Zuckerschnute war wie jetzt, könnte ich es aber gut nachvollziehen, wenn jemand ihn auf dem Kieker hatte.«

»Vorausgesetzt, es stimmt, was er mir erzählt hat, gibt es aus meiner Sicht zwei Möglichkeiten, warum Zerbach ohne Überprüfung der Anschuldigungen abgezogen wurde: Entweder mochte ihn ein Vorgesetzter nicht, oder jemand aus dem Ort hat sehr gute Verbindungen nach Koblenz. Aber wie auch immer, ich schlage vor, wir beide besuchen jetzt noch mal Vater und Sohn Brandstätt. Ich gehe davon aus, dass Jana noch bei Ingo Görlitz ist, möchte im Moment aber nicht anrufen.«

Wagner schlug sich auf die Oberschenkel und nickte. »Wohlan, lasset die Spiele beginnen.«

Max stieß die Luft aus. »Ich freue mich schon auf das Gespräch mit Brandstätt senior.«

27

»Herrgott nochmal!«, stieß Brandstätt senior aus, als er die Tür öffnete und Wagner und Max erblickte. »Langsam gehen Sie mir gehörig auf die Nerven. Verschwinden Sie und lassen Sie uns in Ruhe.«

Der Alte wollte die Tür wieder schließen, doch Max machte einen Schritt nach vorn, stellte einen Fuß zwischen Tür und Rahmen und sagte schnell: »Nur einen Moment, bitte. Es ist in Ihrem Interesse.«

Die Tür öffnete sich wieder ein Stück weit. »Nehmen Sie gefälligst Ihren Fuß da raus. Und wenn Sie das noch mal tun, rufe ich die Polizei«, knurrte Brandstätt senior grimmig.

»Tun Sie das. Dann kann ich mit denen gleich klären, warum ich eine anonyme Nachricht auf einem Zettel bekommen habe, auf dem jemand behauptet, dass Sie und Ihr Sohn ganz genau wüssten, was vor über zwanzig Jahren in Klotten los war. Bestimmt werden Sie sich dann mit Hauptkommissar Zerbach darüber unterhalten.«

Max sah, wie sich Brandstätts Augen kurz verengten, dann öffnete er die Tür ganz und machte einen Schritt auf Max zu, fast so, als wolle er ihn angreifen. »Eine anonyme Nachricht, sagen Sie? Na und? Jeder kann anonym alles behaupten.«

»Ja, das ist mir bewusst. Ich hörte, dass vor zwanzig Jahren auch schon anonyme Hinweise aufgetaucht sind. Aber gut, ich wollte Ihnen die Möglichkeit geben, sich dazu zu äußern, bevor ich mich an Herrn Zerbach wende.«

»Lass sie rein«, sagte Achim Brandstätt, der in den Flur getreten war. »Wir haben nichts zu verbergen.«

Nach kurzem Nachdenken gab der Alte schließlich die Tür frei. »Also gut. Nicht dass Sie mich mit Ihren lächerlichen Drohungen beeindrucken könnten, aber offenbar hat mein Sohn das Bedürfnis, mit Ihnen zu reden.« Und mit einem Blick über die Schulter fügte er hinzu: »Warum auch immer.«

Achim Brandstätt bat sie ins Wohnzimmer und wartete, bis sie sich gesetzt hatten. Er warf einen Blick zu seinem Vater, der, die Arme vor der Brust verschränkt, am Türrahmen lehnte, und begann dann ohne Umschweife zu reden.

»Ich habe gerade mitbekommen, dass Sie eine anonyme Nachricht erhalten haben, und ich habe auch eine Vorstellung davon, was der Schreiber damit meinte. Haben Sie schon einmal etwas von dem Glykolwein-Skandal Mitte der achtziger Jahre gehört?«

»Achim!«, stieß Brandstätt senior aus, doch sein Sohn tat den Einwand mit einer Handbewegung ab. »Nein, es bringt nichts, es länger zu verschweigen.«

Daraufhin drehte der Alte sich um, und kurz darauf war das Knallen einer Tür irgendwo im Haus zu hören.

»Ja, ich glaube, ich weiß, worum es damals ging, ich habe mal darüber gelesen«, sagte Max. »Es hatte etwas mit gepanschten Weinen in Österreich zu tun, wenn ich mich richtig erinnere.«

»Das stimmt, aber es betraf nicht nur Österreich, sondern auch Deutschland. Zwar wurden Weine hauptsächlich in Österreich verbotenerweise mit Diethylenglykol versetzt, um sie nachträglich zu *veredeln* und so aus billigen Massenweinen auf einfache Weise teure Ausleseweine zu machen. Einige deutsche Winzer haben ihre Weine dann wiederum mit diesen österreichischen vermischt und sich somit ebenfalls strafbar gemacht.«

»Sie sagten gerade, das war Mitte der achtziger Jahre«, warf Wagner ein. »Wir reden aber über Dinge, die hier in Klotten um die Jahrtausendwende geschehen sein sollen.«

Achim Brandstätt nickte. »Im Jahr Zweitausend kam in Klotten plötzlich das Gerücht auf, dass einige Winzer diese alte Methode wieder aufgegriffen haben, um ihre Weine zu veredeln.«

»Das müssen Sie mir erklären«, hakte Max nach. »Winzer von hier sollen dieses Zeug wieder in ihren Wein gekippt haben? Fünfzehn Jahre nach dem Skandal? Aber es wäre doch sicher mit ein paar Proben ganz einfach herauszufinden gewesen, ob an den Gerüchten etwas dran war oder nicht.«

»Natürlich«, bestätigte Brandstätt. »Qualitätsweine werden regelmäßig von einem amtlich anerkannten Weinlabor auf ihre Inhaltsstoffe getestet. Dadurch soll sichergestellt werden, dass der Wein den gesetzlichen Vorgaben entspricht.«

»Damit wäre aber doch bewiesen gewesen, dass nichts an den Gerüchten dran ist.«

»Davon abgesehen, dass man immer Möglichkeiten findet zu betrügen, wenn man es darauf anlegt, wäre es aber so oder so zu spät gewesen.«

»Ich gebe zu, ich stehe auf dem Schlauch«, gestand Wagner. »Warum zu spät? Und was ist der Grund, dass daraus ein so großes Geheimnis gemacht wurde?«

Brandstätt sah ihn an. »Das ist ganz simpel. Wären diese Gerüchte irgendwie an die Öffentlichkeit gelangt und hätte man auch nur bei einem einzigen Winzer etwas nachweisen können, wäre das für die ganze Region eine absolute Katastrophe gewesen. Die Presse hat schon fünfundachtzig ein Riesending aus der Sache gemacht. Wenn die nun berichtet hätten, dass Winzer aus Klotten fünfzehn Jahre später das Gleiche versuchten, hätte das den Ruin für viele Betriebe bedeutet.«

»Sie sagten: *Hätte man auch nur bei einem einzigen Winzer etwas nachweisen können.* War denn an dem Gerücht etwas dran? Hat irgendein Winzer aus Klotten damals seinen Wein gepanscht?«

Brandstätt zog wie in Zeitlupe die Schultern hoch und ließ sie wieder sinken. »Das weiß ich nicht, das ist nie herausgekommen. Aber weil niemand es definitiv wusste, herrschte Argwohn in Klotten. Jeder hat den anderen damals kritisch beäugt. Jeder hat jeden verdächtigt, alle haben sich gegenseitig misstraut. In einem jedoch waren sich alle einig: Ganz egal, ob an den Gerüchten etwas dran war oder nicht, es durfte auf keinen Fall ein Wort davon nach draußen dringen, weil das definitiv das Ende für viele Familienbetriebe gewesen wäre.«

Brandstätt atmete tief durch. »Sie haben keine Vorstellung, wie das damals hier war. Dieses allgegenwärtige Misstrauen, gepaart mit der Angst, jemand könnte doch etwas verraten … Es wurden sogar Drohungen ausgestoßen.«

»Und Sie und Ihr Vater wurden verdächtigt, Ihre Weine gepanscht zu haben? Ist es das, was der anonyme Schreiber des Zettels sagen will?«

»Fast jeder wurde verdächtigt, und ja, ich denke, das war gemeint.«

Max lehnte sich zurück. »Aber warum sagen Sie das erst jetzt? Ich meine, das ist schon über zwanzig Jahre her und dürfte heute kaum noch jemanden interessieren.«

»Ich bin nicht sicher, ob das wirklich niemanden mehr interessiert oder ob es nicht doch irgendwelche Trolle gibt, die im Internet behaupten, wenn das damals gemacht und nicht entdeckt wurde, warum dann nicht auch heute? Das würde schon genügen, um Schaden anzurichten. Sie wissen doch selbst, wie so was im Internet funktioniert und wie schnell sich solche Fake News verbreiten. Deshalb bitte ich Sie, über das, was ich Ihnen gerade gesagt habe, Stillschweigen zu bewahren. Wenn im Ort bekannt wird, dass ich … geplaudert habe, befürchte ich, dass wir wie damals Misstrauen und Anfeindungen ausgesetzt sind.«

Max wiegte den Kopf hin und her. »Herr Brandstätt, ich werde unser Gespräch nicht an die große Glocke hängen, aber mit der Polizei muss ich darüber reden, denn der Mord an Jessica Meininger kann durchaus etwas mit dieser alten Geschichte zu tun haben.«

»Ich weiß«, sagte Brandstätt. »Und es kommt noch was anderes dazu.« Brandstätt machte eine Pause, in der er erst Wagner und dann Max in die Augen sah, bevor er sagte: »Peter ist damals genau in dieser Zeit verschwunden.«

Als sie das Haus kurz darauf verließen, regnete es wieder. Max klappte den Kragen seiner Jacke hoch und zog den Kopf ein.

»Und?«, fragte Wagner, der den Regen gar nicht zu bemerken schien. Erhobenen Hauptes ging er neben Max her und sah ihn an.

»Was meinen Sie mit *und*?«

»Na, was halten Sie von der Geschichte?«

»Ich denke, dass Brandstätt uns die Wahrheit gesagt hat. Zumindest, was das angebliche *Geheimnis* damals war. Was allerdings die Rolle seines Winzerbetriebes in der Sache betrifft, kann es sein, dass er lügt. Aber das interessiert mich nur am Rande.«

»Werden Sie mit Zerbach darüber sprechen?«

»Ja. Aber zuerst brauche ich eine Weile für mich allein. Ich werde mich für eine halbe Stunde in mein ...«

Das Klingeln des Smartphones unterbrach ihn.

Es war Jana Brosius.

»Ich wollte Ihnen nur eine kurze Zwischenmeldung über mein Gespräch mit Herrn Görlitz geben. Er hat viel drum herum geredet und immer wieder behauptet, nicht zu wissen, was die Botschaft an Sie bedeutet, aber schließlich sagte er dann doch etwas, das interessant sein könnte. Er meinte, damals hätte es Probleme mit dem Wein verschiedener Winzer gegeben, vielleicht auch mit dem der Brandstätts. Mehr wisse er nicht.«

»Das deckt sich mit dem, was wir gerade von Achim Brandstätt erfahren haben«, erklärte Max und berichtete in knappen Sätzen von ihrer Unterhaltung.

»Wow!, sagte Jana, als er geendet hatte. »Das könnte ja tatsächlich eine erste Spur sein.«

»Wir werden sehen. Sind Sie auf dem Weg zurück zur Pension?«

»Nein, ich gehe jetzt zu Melanie Dobelke. Görlitz machte auch eine Andeutung zu der angeblichen Beziehung zwischen ihr und Peter Kautenberger.«

»Welche Andeutung?«

»Das erkläre ich Ihnen alles, wenn ich zurück bin. Erst möchte ich mit Frau Dobelke sprechen.«

»Okay. Rufen Sie an, wenn Sie dort fertig sind. Wir statten in der Zwischenzeit Herrn Zerbach einen Besuch ab. Es wird Zeit, dass ich meinen Teil der Abmachung mit ihm einlöse.«

»Ich melde mich, und ... Max?«

»Ja?«

»Lassen Sie sich nicht von ihm unterkriegen.«

»Keine Angst, ich komme klar.«

Max steckte das Telefon ein und nickte Wagner zu, der schweigend neben ihm herging. »Packen wir's an.«

»Wie jetzt?« Wagner sah ihn verwundert an. »Ich dachte, Sie wollten zuerst in Ruhe über alles nachdenken?«

»Das mache ich später. Etwas sagt mir, dass es Zeit wird, Zerbach einzuweihen, bevor er wieder das Kriegsbeil ausgräbt.«

»Ja, wer weiß, vielleicht überrascht uns der Herr Kriminalhauptkommissar ja und benimmt sich wie ein normaler Mensch.«

»Da habe ich so meine Zweifel«, gab Max zu. »Aber mir reicht es schon völlig, wenn wir wenigstens halbwegs an einem Strang ziehen. Das wird er hoffentlich auch so sehen, sobald er begriffen hat, dass wir ihm um einige Informationen voraus sind und ich bereit bin, sie mit ihm zu teilen.«

»Dabei könnte es so einfach sein. Wenn ich sein Gehirn an einer bestimmten Stelle mit einer heißen Nadel anpieksen dürfte, könnte er für immer glücklich werden.«

Max schüttelte den Kopf, konnte sich aber ein Grinsen nicht verkneifen.

Als sie kurz darauf die Pension betraten, in der Zerbachs Team sich eingerichtet hatte, begrüßte der Hauptkommissar Max mit den Worten: »Sie sind ein Lügner.«

28

Er drückt sich in eine Nische zwischen zwei Häuser, um sie ungesehen beobachten zu können. Sie geht noch ein Stück die Straße entlang und biegt dann in einen schmalen, kurzen Weg ab, der von überwiegend verlassenen Häusern gesäumt wird. Die windschiefen Fronten erwecken hier und da den Eindruck, als müssten sie jeden Moment vornüberkippen. Einige Häuser haben schon vor zwanzig Jahren so ausgesehen.

Er wartet noch einen Moment, dann verlässt er seine Deckung und folgt ihr in großem Abstand. Kaltes Regenwasser läuft ihm von den Haaren über den Nacken und unter seinen Pullover. Er registriert es, aber es ist ihm gleichgültig. Er muss sich konzentrieren. Als sie ein weiteres Mal abbiegt, beschleunigt er seine Schritte. Ein älterer Mann kommt ihm entgegen, und er senkt den Kopf, als wolle er sein Gesicht vor den kalten Regentropfen schützen.

Als er die nächste Ecke erreicht hat, bleibt er stehen. Sie ist etwa fünfzig Meter vor ihm und läuft langsamer. Sie steuert eines der Reihenhäuser an. Die Front ist in einem dunklen Rot gestrichen. Er beobachtet, wie sie die Klingel betätigt und wartet. Die Tür wird geöffnet. Melli erscheint und redet mit ihr. Nachdem sie ein paar Worte gewechselt haben, die er aufgrund der Entfernung nicht verstehen kann, betritt sie das Haus. Die

Tür wird geschlossen, er ist außen vor und hat keine Möglichkeit zu erfahren, worüber sie reden.

Er schaut sich um, sucht nach einem trockenen Platz, wo er sich unterstellen und darauf warten kann, dass sie Mellis Haus wieder verlässt. Er findet ihn ein paar Meter weiter neben einem anderen Haus unter dem Dachvorsprung der Garage.

Er lehnt sich gegen die Garagenwand, vergräbt die Hände in den Taschen und wartet.

Er weiß, was er zu tun hat.

29

Max und Wagner tauschten kurz einen Blick, bevor Max an Zerbach gewandt sagte: »Ihnen auch einen guten Tag. Darf ich fragen, warum Sie mich als Lügner bezeichnen?«

»*Wenn wir zusammenarbeiten, erhöht sich die Chance, dass wir den Täter aus dem Verkehr ziehen*«, äffte Zerbach Max nach.

Max begann zu ahnen, was dessen Wut ausgelöst hatte.

»Wann hatten Sie vor, mir im Zuge unserer *Zusammenarbeit* von dem anonymen Hinweis zu erzählen, den Sie bereits erhalten hatten, als Sie hier Ihre Show abgezogen haben, Herr Bischoff?«

»Jetzt. Deswegen bin ich hier.«

»Natürlich sind Sie deswegen hier, was auch sonst. Aber warum haben Sie ihn mir zuvor verheimlicht?«

Max nickte schuldbewusst. »Sie haben recht, ich wollte warten, bis ich mit Achim Brandstätt gesprochen habe, bevor ich Ihnen davon erzähle.«

»Und warum erst dann? Ich bin der leitende Ermittler, also derjenige, der solche Dinge als Erster erfahren sollte.«

»Okay, jetzt fangen wir an, uns im Kreis zu drehen«, erklärte Max. »*Ich* habe diese Nachricht bekommen, und ich wollte Ihnen schon etwas mehr dazu sagen können, wenn ich Ihnen davon erzähle. Deshalb hielt ich es für richtig, erst mit Herrn Brandstätt zu reden. Das habe ich getan, und nun bin ich hier, um Sie zu informieren.«

Zerbach senkte den Kopf und drückte sich Daumen und Zeigefinger an die Schläfen, bevor er wieder aufsah. »Also gut. Informieren Sie mich.«

Während Max Hauptkommissar Zerbach von dem Gespräch mit Achim Brandstätt berichtete, nickte der einige Male, als habe er genau das erwartet, was er hörte. »Das bestätigt das, was ich auch schon bei den Befragungen vor zwanzig Jahren zwischen den Zeilen herausgehört habe, was mir aber niemand bestätigen wollte. Kurz nachdem ich angefangen habe, gezielt Fragen nach Unregelmäßigkeiten bei der Weinherstellung zu stellen, und hier und da fallen ließ, dass das Verschwinden von Peter Kautenberger vielleicht damit in Zusammenhang stehen könnte, gab es diesen anonymen Hinweis in Koblenz, und ich wurde abgezogen.«

»Sie denken … «, setzte Wagner an, doch Zerbach fiel ihm ins Wort.

»Ja, ich denke, Kautenberger hat etwas gewusst und vielleicht versucht, jemanden damit zu erpressen. Deshalb wurde er beseitigt. Und ich denke weiter, dass der Mord an Jessica Meininger ebenfalls damit zusammenhängt. Ich erinnere an die herausgeschnittene Zunge und die vertrockneten Trauben.«

»Das kann natürlich möglich sein«, stimmte Max zu. »Womit wir wieder bei dem Tagebuch sind.«

»Genau. Irgendetwas darin muss den Täter …«

»Entschuldigung«, unterbrach Oberkommissarin Wenzel ihren Chef. »Da draußen steht eine Frau, die behauptet, Peter Kautenberger gesehen zu haben.«

»Kautenberger? Schon wieder? Dieser Brandstätt faselte auch so was. Was soll denn dieser Blödsinn?«

»Das ist sicher Peters Mutter«, erklärte Max. »Sie war auch schon bei mir und hat behauptet, ihren Sohn in der Nacht vor ihrem Fenster gesehen zu haben.«

»Sie war bei Ihnen? Wann? Und wann wollten Sie mir das sagen?«

»Wenn Sie mir gesagt hätten, dass Herr Brandstätt ebenfalls glaubt, Kautenberger gesehen zu haben«, entgegnete Max. »Nun lassen Sie uns endlich mit diesen Vorwürfen aufhören und uns auf den Fall konzentrieren.«

»Ähm … Ich störe Ihre Unterhaltung nur ungern«, warf Wenzel ein, »aber es ist nicht die Mutter von Peter Kautenberger.«

»Holen Sie sie rein«, befahl Zerbach, woraufhin Wenzel den Raum verließ und kurz darauf mit einer etwa fünfzigjährigen, braunhaarigen Frau wieder zurückkam.

»Wer sind Sie?«, fragte Zerbach in seiner unnachahmlich schlechtgelaunten Art und musterte die schlanke Frau von Kopf bis Fuß, als wolle er ihr Gewicht schätzen.

»Mein Name ist Gerda Burchert«, antwortete sie. »Ich finde den Ton befremdlich, in dem Sie mit mir reden. Ich wollte Ihnen helfen, aber ich kann auch wieder gehen.«

»Nein«, schaltete Max sich ein. »Entschuldigen Sie, erzählen Sie uns doch bitte, was Sie gesehen haben.«

Nach einem grimmigen Blick zu Zerbach wandte Gerda Burchert sich Max zu, wobei sie aber an ihm vorbei zu Wagner schaute. »Sind *Sie* auch Polizist?«, fragte sie, deutlich irritiert wegen Wagners Aussehen.

»O nein«, versicherte Wagner kopfschüttelnd. »Ich bin Wissenschaftler und nur zur Unterstützung hier.«

Damit schien sie sich zufriedenzugeben, denn sie sah Max an und sagte: »Ich habe vor etwa einer halben Stunde Peter Kautenberger gesehen. Er ist wieder da. Nach über zwanzig Jahren.«

»Wo glauben Sie, ihn gesehen zu haben?«

»Am Ortsausgang, auf dem Weg zur Aussichtsplattform. Und ich glaube es nicht nur, ich bin sicher, dass er es war. Älter, aber er war es.«

»Haben Sie mit ihm gesprochen?«, fragte Zerbach in einem deutlich freundlicheren Ton.

»Nein. Ich habe ihn beim Namen gerufen, da ist er schnell weggegangen.«

»Gut, ich danke Ihnen.« Zerbach nickte Wenzel zu, zum Zeichen, die Frau nach draußen zu begleiten.

Als die beiden den Raum verlassen hatten, sagte Max: »Drei Leute, die unabhängig voneinander glauben, Peter Kautenberger hier in Klotten gesehen zu haben. Ich habe zwar nicht den Ansatz einer Erklärung dafür, aber wir sollten die Möglichkeit in Betracht ziehen, dass er tatsächlich wieder da ist.«

»Von den Toten auferstanden? Blödsinn. Ich will Ihnen sagen, wovon ich überzeugt bin. Peter Kautenberger ist tot. Irgendjemand hat ihn damals umgebracht und seine Leiche verschwinden lassen. Und dieser Jemand ist aufgeschreckt worden, als Ihre Chefin und Sie nach Gabriele Meiningers Tod hier angefangen haben, Fragen zu stellen. Und weil derjenige Angst hatte, Jessica könnte von ihrer Mutter etwas wissen, das ihn belastet, hat er sie auch umgebracht. Und um von sich abzulenken, verkleidet er sich als Peter Kautenberger und sorgt dafür, dass zwei, drei Leute ihn sehen, denen man abnimmt, dass sie ihn wiedererkennen würden. Und, schwupps, haben wir einen Verdächtigen, der vor langer Zeit verschwunden und nun zurückgekommen ist, um hier sein Unwesen zu treiben. Aber Peter Kautenberger *kann* nicht der Täter sein, weil er in irgendeinem gut versteckten Loch seit zwanzig Jahren vor sich hin verwest.«

»Was macht Sie so sicher, dass er nicht mehr am Leben ist?«

»Meine Erfahrung, mein Verstand und nicht zuletzt meine Anwesenheit hier vor zwanzig Jahren. Ausnahmslos jeder, mit dem ich damals gesprochen habe, hat mir erzählt, dass Peter Kautenberger sich in Klotten pudelwohl gefühlt hat. Anders als viele andere junge Erwachsene hatte er nicht ansatzweise den Wunsch, den Ort zu verlassen. Zudem war er offensichtlich gerade frisch verliebt und glücklich. Er hatte nicht einen einzigen Grund, Klotten bei Nacht und Nebel, und ohne irgendjemanden darüber zu informieren, den Rücken zu kehren. Und zudem war er bei allen beliebt.«

»Falls Sie recht haben, trifft das zumindest für einen Menschen nicht zu«, bemerkte Max.

»Wie auch immer, wir sollten uns auf die Winzer des Ortes konzentrieren.«

»Wenn ich etwas dazu sagen darf …«

Sowohl Zerbach als auch Max sahen Wagner an. »Als die Mutter des Vermissten auftauchte und sagte, sie habe ihren Sohn in der Nacht gesehen, war ich geneigt zu glauben, dass der Wunsch der Vater des Gedankens war oder, anders ausgedrückt, dass sie geträumt hat, er sei zurückgekommen, und dieser Traum so intensiv war, dass sie ihn für die Realität gehalten hat.

Dann aber berichtete Herr Brandstätt das Gleiche, und jetzt diese Frau … Das kann keine Einbildung sein. Sie meinten, jemand habe sich als Peter Kautenberger verkleidet. Ein naheliegender Gedanke, aber würde derjenige es wirklich riskieren, bei der Mutter aufzutauchen? Wohl kaum. Ich glaube nämlich nicht, dass man eine Mutter mit einer Verkleidung täuschen kann.«

Max nickte zum Zeichen, dass er es ähnlich sah wie Marvin Wagner.

Zerbach machte eine abfällige Handbewegung. »Denken Sie, was Sie wollen. Ich werde so vorgehen, wie ich es für richtig halte.«

»Und wir werden unsere Fühler auch in andere Richtungen als nur bei den Winzern ausstrecken«, erklärte Max zufrieden. »Dann kommen wir uns nicht in die Quere und ermitteln trotzdem im gleichen Fall. Das ist doch die optimale Arbeitsteilung.«

Zerbach machte ein Gesicht, als hätte er in eine Zitrone gebissen. »Sie ermitteln nicht, Herr Bischoff. Sie können herumlaufen und Fragen stellen, aber Sie ermitteln nicht. Sie sind kein Polizist.«

Max verzichtete darauf, mit Zerbach darüber zu diskutieren, ob man nur als Polizist ermitteln konnte, und nickte stattdessen. »Genau. Ich stelle Fragen. Und um schnellstmöglich damit beginnen zu können, verabschieden wir uns jetzt. Falls wir etwas erfahren, teile ich es Ihnen mit. So, wie Sie das sicher auch tun werden.«

Als sie kurz darauf das Gebäude verließen, hatte der Regen ein wenig nachgelassen und war in Nieselregen übergegangen.

»Sie erwähnten, dass Sie Zerbachs Verhalten verstehen können, nach dem, was er vor zwanzig Jahren hier erlebt hat«, sagte Wagner und schlug den Kragen seiner Jacke hoch. »Ich muss Ihnen sagen, dass ich trotzdem glaube, dass er ein borniertes Stinkstiefel ist.«

Max stieß ein kurzes Lachen aus. »Ich weiß, was Sie meinen. Aber das kann uns egal sein. Wichtig war mir nur, dass er nicht gegen uns arbeitet.«

Schon nach etwa hundert Metern bog Jana Brosius um eine Ecke und kam ihnen unsicheren Schrittes entgegen. Als Max sie sah, stieß er einen kurzen Fluch aus und eilte auf sie zu.

Ihre Haare waren zerzaust, und auf ihrer Jeans und der hellen Daunenjacke, die sie trug, waren große, dunkle Schmutzflecke zu sehen. Doch das registrierte Max nur am Rande, denn er war auf die Blutspuren in ihrem Gesicht fokussiert.

30

»Jana! Was ist passiert?«

Sie hatten sie erreicht, und Max starrte auf das Blut, das sich in mehreren Streifen vom Haaransatz aus über die Stirn, die Wangen und die Nase verteilt hatte.

»Ich ... ich weiß es nicht!«, stammelte sie, noch sichtlich benommen. »Ich denke, ich bin von hinten niedergeschlagen worden.«

»Rufen Sie ...«, setzte Max, an Wagner gewandt, an, doch der hatte das Telefon schon am Ohr. Und sagte in diesem Moment: »Wir brauchen sofort einen Notarztwagen in Klotten. Patientin ist weiblich, Mitte zwanzig, sie hat eine stark blutende Kopfverletzung. Wahrscheinlich Schlag mit einem stumpfen Gegenstand ...«

Max wandte sich wieder Jana zu und legte ihr den Arm um die Schultern. »Lassen Sie den NAW zu Janas Pension kommen«, sagte er zu Wagner. »Ich bringe sie dorthin.«

»Konntest du erkennen, wer es war?«, fragte er, während er sie langsam in Richtung Pension führte.

»Nein, ich habe nichts gesehen und nichts gehört. Ich bin die Straße entlanggegangen, und plötzlich explodierte etwas in meinem Kopf. Ich glaube, ich war nur kurz weggetreten, aber als ich mich umgesehen habe, war niemand mehr da.«

»Hm …«, brummte Max, der es merkwürdig fand, dass es am helllichten Nachmittag inmitten einer Ortschaft niemandem auffiel, wenn eine Frau niedergeschlagen wurde und bewusstlos auf dem Boden lag.

»Wo bist du hergekommen?«

»Von Frau Dobelke. Ich habe kurz mit ihr …« Sie verdrehte die Augen, neigte den Kopf zur Seite und würgte.

»Entschuldige, ich dachte, ich müsste …«

»Das sieht mir nach einer Gehirnerschütterung aus«, diagnostizierte Max und bemerkte plötzlich, dass sie zum *Du* übergegangen waren.

Sie erreichten die Pension, und Wagner sagte hinter ihnen: »NAW ist in spätestens zehn Minuten hier.«

»Was, zum Teufel, ist passiert?«, polterte kurz darauf Zerbach los, als er Jana sah.

Max half Jana behutsam, sich auf einen Stuhl zu setzen, und untersuchte vorsichtig ihren Kopf, während er Zerbach in wenigen Worten den Vorfall schilderte.

»Und Sie haben den Täter nicht sehen können?«

»Nein.« Janas Stimme klang dünn.

»Du hast eine Platzwunde am Kopf und eine heftige Schwellung«, erklärte Max. »Aber der Arzt wird gleich hier sein.«

»Und es gab auch keine Zeugen? Niemand, der Ihnen geholfen hat?«

»Nein, zumindest soweit ich es mitbekommen habe. Ich weiß nicht genau, wie lange ich bewusstlos war und was in der Zeit geschehen ist, aber als ich wieder zu mir gekommen bin, lag ich an der gleichen Stelle am Boden, an der ich niedergeschlagen wurde, und es war niemand in der Nähe.«

»Scheiße«, stieß Zerbach aus und begann, im Zimmer auf und ab zu gehen. »Verdammte Scheiße. Da wird eine Frau mitten am Tag auf der Straße niedergeschlagen, und keinen juckt's. Getuschel, Geheimniskrämerei und das große Schweigen an allen Fronten. Genau wie vor zwanzig Jahren. Dieses Kaff und die Leute hier gehen mir gehörig auf die Nerven. Und Sie, Herr Bischoff, scheinen tatsächlich ein schlechtes Omen für alle Polizisten zu sein, die versuchen, mit Ihnen zusammenzuarbeiten.«

Max ignorierte Zerbachs verbalen Angriff. Er war nicht in der Stimmung, erneut mit ihm über dieses Thema zu diskutieren.

»Ich kann mir nicht vorstellen, dass solche Vorwürfe dazu führen, dass die Leute hier gesprächsbereiter werden«, schaltete sich Wagner ein, woraufhin Zerbach ihm einen langen, vielsagenden Blick zuwarf.

Wagner wandte sich ab und sagte leise: »Wir haben uns unterhalten und waren der Meinung, dass meine Meinung keine Rolle spielt.«

»Kannst du uns die Stelle beschreiben, an der es passiert ist?«, wandte Max sich jetzt wieder an Jana. Sie nickte vorsichtig, presste dabei aber die Lippen fest zusammen.

»Ich habe das Haus von Frau Dobelke verlassen und

wollte hierherkommen. Als ich in eine schmale Gasse abgebogen bin, ist es passiert, gleich hinter der Ecke.«

»Okay, wir sehen uns die Stelle mal an«, sagte Max, und an Zerbach gewandt: »Gibt es in Cochem so was wie eine SpuSi?«

»Ich habe hier Leute, die Erfahrung mit der KTU haben. Wir schauen uns das aber erst mal selbst an. Es regnet immer wieder, nach DNA-Spuren brauchen wir erst gar nicht zu suchen, und auch sonst befürchte ich, werden wir nicht viel Verwertbares finden. Aber wir versuchen es.«

»Was ist das denn?«, sagte Jana und betrachtete einen kleinen Plastikbeutel, den sie in der Hand hielt. Noch bevor irgendjemand reagieren konnte, stieß sie ein undefinierbares Geräusch aus, ließ den Beutel zu Boden fallen und starrte ihn an.

Mit zwei Schritten war Max neben ihr, bückte sich und hob das durchsichtige Säckchen auf. Obwohl die formlose, dunkle Masse darin auf den ersten Blick nicht zu identifizieren war, ahnte Max, um was es sich handelte.

»Das steckte in meiner Hosentasche«, sagte Jana so leise, dass sie fast nicht zu verstehen war. »Ich wollte ein Taschentuch herausnehmen, da hatte ich es in der Hand.«

»Was ist das?« Zerbach trat neben Max.

Max verengte die Augen zu Schlitzen. »Ich bin mir nicht zu einhundert Prozent sicher, aber ich glaube, wir haben Jessica Meiningers Zunge gefunden.«

31

»Eindeutig eine Warnung«, stellte Zerbach fest, nachdem er den Inhalt des Plastikbeutels erst begutachtet und den Beutel dann auf einen der Tische gelegt hatte. »Ich werde dieses Ding nach Koblenz schicken, um sicherzugehen, dass es sich auch wirklich um die Zunge von Jessica Meininger handelt.«

Von draußen waren laute Geräusche zu hören, dann betraten zwei Männer und eine Frau den Raum, die die auffällige Kleidung von medizinischen Rettungskräften trugen.

»Guten Tag«, sagte die blonde Frau. »Mein Name ist Gerwitz, ich bin Ärztin.«

»Kriminalhauptkommissar Zerbach. Die Patientin ist meine Kollegin, Kriminalkommissarin Brosius. Sie ist niedergeschlagen worden.«

Während die Ärztin sich um Jana kümmerte, zogen Max, Wagner und Zerbach sich zurück. Zerbach erklärte, dass er sich die Stelle anschauen würde, an der Jana niedergeschlagen worden war.

Daraufhin beschloss Max, gemeinsam mit Wagner der Mutter von Peter Kautenberger einen Besuch abzustatten, was Zerbach wiederum für unnötig hielt.

»Was versprechen Sie sich davon? Die alte Frau ist doch völlig durch den Wind. Sie lebt wahrscheinlich schon seit Jahren in ihrer eigenen Welt aus Schuldgefühlen, weil sie ihren Sohn im Stich gelassen hat.«

»Ich halte es immer noch für möglich, dass Peter Kautenberger wirklich wieder aufgetaucht ist.«

»Mal ganz abgesehen von der Überlegung, wo er über zwanzig Jahre lang gelebt haben soll, ohne aufzufallen … haben Sie sich auch mal die Frage gestellt, warum er wie ein Geist durch den Ort streift, statt sich bei seiner Mutter und bei seinen Freunden von damals zu melden?«

»Das ist der Punkt. Ich denke, falls er wirklich wieder da ist, ist die Beantwortung genau dieser Frage essenziell wichtig für die Aufklärung des Mordes an Jessica Meininger.«

»Wir werden Frau Brosius mitnehmen«, erklärte die Ärztin, die zu ihnen herübergekommen war. »Ich denke, sie hat eine Gehirnerschütterung, aber wir müssen sicher sein und sie deshalb eingehend untersuchen.«

»In welches Krankenhaus bringen Sie sie?«, erkundigte sich Max.

»Ins Marienkrankenhaus nach Cochem. Wenn sich herausstellt, dass sie keine weiteren Verletzungen erlitten hat, kann sie in zwei, drei Tagen wieder nach Hause.«

Max sah zu Jana hinüber, die noch immer auf dem Stuhl saß. Während einer der Sanitäter damit beschäftigt war, ihr das Gesicht abzutupfen, packte sein Kollege den roten Notfall-Rucksack wieder zusammen.

Max wartete, bis der junge Mann Janas Stirn und Wangen gereinigt hatte, und ging dann vor ihr in die Hocke.

»Ich werde nachher zu dir ins Krankenhaus kommen, okay?«

Janas Blick veränderte sich, ihre Gesichtszüge wurden weicher, als sie nach seiner Hand griff. »Danke.«

Plötzlich spürte Max den Wusch, sie in die Arme zu nehmen und zu trösten. Dieser Moment, in dem sie sich in die Augen sahen, in denen Jana sich ihm gegenüber öffnete und Schwäche zeigte, dauerte jedoch nur wenige Sekunden, dann war er auch schon vorbei.

»Kannst du mir einen Gefallen tun?«, fragte sie mit fester Stimme und ließ seine Hand abrupt los.

»Sofern es in meiner Macht steht, gern.«

»Greif dir diesen Mistkerl, bevor er noch mehr Schaden anrichtet.«

»Nichts lieber als das. Und du tu bitte, was die Ärzte sagen, und sieh zu, dass es dir schnell besser geht. Wie gesagt, ich komme später zu dir ins Krankenhaus.«

Kurz darauf verließen Max und Wagner sowie Zerbach mit einem Beamten aus seinem Team noch vor der Notärztin und Jana die Pension.

Das Haus, in dem Peter Kautenbergers Mutter eine Wohnung hatte, lag in der gleichen Richtung wie die Stelle, an der Jana ihrer Beschreibung nach niedergeschlagen worden war, so dass Max beschloss, gemeinsam mit Marvin Wagner Zerbach zu begleiten, um sich selbst ein Bild zu machen. Als er den Hauptkommissar darüber informierte, schüttelte der den Kopf.

»Bischoff, Sie sind ein Phänomen. Gerade habe ich gegen meine Überzeugung eingewilligt, Informationen zu dem Fall mit Ihnen auszutauschen, und im nächsten Moment unterrichten Sie mich so ganz nebenbei darüber, dass *Sie* entschieden haben, sich einen Tatort anzuschauen.«

»Sie sind ebenfalls ein Phänomen, Herr Zerbach. Gerade habe ich Sie darüber informiert, dass ich es als Geringschätzung empfinde, wenn man mich nur mit dem Nachnamen anspricht, und im nächsten Moment tun Sie es schon wieder.«

Zerbach sah ihn fragend an. »Was? Ach so, das. Schon gut. Ich werde darauf achten.«

»Danke.«

»Wenn Sie glauben, Sie hätten mich damit jetzt von dem abgelenkt, was ich gerade gesagt habe, irren Sie sich. Wie wäre es also, wenn Sie mich erst mal fragen, ob es für mich als leitenden Ermittler in Ordnung ist, wenn Sie als Zivilist sich einen Tatort anschauen.«

Max dachte nur einen kurzen Moment nach. »Nein.«

»Nein?«

»Nein, ich werde Sie nicht fragen, ob das für Sie in Ordnung ist. Ich werde mir diesen öffentlichen Platz auf jeden Fall anschauen, an dem die junge Kriminalkommissarin Jana Brosius niedergeschlagen worden ist. Sie stammt, wie ich, aus Düsseldorf und ist gemeinsam mit mir hierhergekommen, um der Tochter einer Frau aus Klotten zu helfen. Ob das für Sie in Ordnung ist oder nicht.«

»Ich denke, wir sind da«, bemerkte Wagner und deutete nach vorn, wo fünfzig Meter vor ihnen eine Gasse von der Straße abzweigte.

»Darüber werden wir uns noch unterhalten«, knurrte Zerbach, dann wandte er sich ab. Als sie die Stelle erreicht hatten, begannen er und sein Koblenzer Kollege, den Boden an der Ecke und in der näheren Umgebung abzusuchen. Es nieselte noch immer, was das Ganze zu einem unangenehmen Unterfangen machte.

Max blieb am Rand des Platzes stehen und betrachtete die Umgebung. Wenn sein Orientierungssinn ihn nicht im Stich ließ, befand sich das Haus von Melanie Dobelke ganz in der Nähe.

»Bei dem Wetter erscheint es mir recht unsinnig, nach Spuren zu suchen«, bemerkte Wagner. »Lassen wir die Tatsache, dass jemand, der eine Frau von hinten mit einem stumpfen Gegenstand niederschlägt, wohl kaum irgendwelche verwertbaren Spuren hinterlässt, mal außer Acht. Was auch immer es hier gegeben haben könnte, ist mittlerweile vom Regen weggespült oder aufgelöst worden.«

»Sorry«, murmelte Max, der Wagner kaum zugehört hatte, »ich brauche ein paar Minuten.«

Er wandte sich ab und lehnte sich an einen wenige Meter entfernten Laternenpfahl. Dann schloss er die Augen.

War es Zufall, dass ich die junge Kommissarin entdeckt habe? Nein, wohl kaum, denn warum hätte ich sie niederschlagen sollen, wenn sie mir zufällig über den Weg läuft? Es sei denn, sie ist mir – bewusst oder unbewusst – zu nahe gekom-

men oder hat mich dabei beobachtet, als ich etwas getan habe,
das niemand … aber nein, das ergibt keinen Sinn. Ich habe
sie nicht umgebracht, sondern nur niedergeschlagen, und mir
hätte klar sein müssen, dass sie von ihren Beobachtungen er-
zählt, sobald sie wieder bei Bewusstsein ist. Nein, ich hatte vor,
das zu tun. Ich bin ihr gefolgt. Aber von wo aus? Und war-
um? Wenn es eine Warnung an alle war, die mit dem Fall zu
tun haben, wäre es egal gewesen, wen ich niedergeschlagen und
wem ich die Zunge in die Hosentasche gesteckt hätte. Zurück
zur Ausgangsfrage: War es also Zufall, dass es Jana Brosius
getroffen hat, weil sie die Erste war, die ich gesehen habe?

Und dann die alles entscheidende Frage: Wer bin ich?

»Herr Bischoff!« Max öffnete die Augen und sah Zerbach vor sich stehen. Er war so in Gedanken versunken
gewesen, dass er ihn nicht kommen gehört hatte.

»Was ist denn los mit Ihnen? Schlafen Sie ernsthaft an
einen Laternenmast gelehnt?«

»Ich habe nachgedacht«, entgegnete Max und sah
an Zerbach vorbei zu Wagner, der feixend hinter dem
Hauptkommissar stand.

»Nachgedacht also. Und? Hat Ihr Nachdenken zu einem Ergebnis geführt?«

»Das hätte es vielleicht, aber ich bin gestört worden.«

Zerbach verzog das Gesicht. »Sehr witzig. Wir sind
hier fertig und statten Melanie Dobelke einen Besuch
ab, von der Frau Brosius kam, als sie niedergeschlagen
wurde. Und Sie gehen jetzt zu Kautenbergers Mutter?«

»Ich denke, ich werde zuerst gemeinsam mit Ihnen
Frau Dobelke besuchen, denn ich bin sicher, dass es uns

weiterbringen kann zu erfahren, was Jana mit ihr besprochen hat.«

»Also gut«, sagte Zerbach nach einer Weile, in der sie sich schweigend gegenübergestanden hatten. »Kommen Sie von mir aus mit. Allerdings möchte ich, dass Herr Wagner mit meinem Kollegen in die Pension zurückgeht und sich dort nützlich macht. Wir können nicht zu viert bei der Frau auftauchen, das würde sie nur erschrecken.«

»Ich hätte Ihnen nicht zugetraut, das Sie auf so was Rücksicht nehmen«, sagte Max offen, was er dachte. »Aber ich bin Ihrer Meinung. Gehen wir zu zweit.«

Nachdem sie kurz mit Wagner und Zerbachs Kollegen gesprochen hatten, machten sie sich auf den Weg zu Melanie Dobelke.

Nach knappen zwei Minuten, die sie schweigend nebeneinanderher liefen, hatten sie das Reihenhaus erreicht.

Als auf ihr Klingeln hin niemand öffnete, versuchten sie es ein zweites Mal, hatten jedoch erneut keinen Erfolg.

»Sie scheint nicht zu Hause zu sein.« Zerbach trat einen Schritt zurück und betrachtete die Hausfront.

»Seltsam«, sagte Max leise, mehr zu sich selbst als an Zerbach gerichtet.

Der Hauptkommissar sah ihn an. »Warum seltsam?«

Max zuckte mit den Schultern. »Nur so ein Gefühl.«

32

Zwei Stunden später – mittlerweile war es früher Abend – zeigte sich, dass Max' Ahnung richtig gewesen war, als Melanie Dobelkes Mann Torsten Pung in der Pizzeria auftauchte, in der Max mit Marvin Wagner beim Essen saß.

Er sah sich kurz in dem Lokal um und kam dann zielstrebig auf Max zu. »Entschuldigung, dass ich Sie hier störe.« Anders als bei ihrer ersten Begegnung machte er einen unsicheren und nervösen Eindruck. »Ich war in der Pension von Lisa Passig. Sie sagte mir, dass Sie beide wahrscheinlich hier sind, als sie hörte, dass ich Sie wirklich dringend sprechen muss.«

Max deutete auf einen der beiden freien Stühle am Tisch. »Bitte, setzen Sie sich und erzählen uns, was so dringend ist.«

»Melanie«, sagte Pung und nahm Platz. »Sie … sie verhält sich sehr seltsam.«

»Was bedeutet das? Inwiefern verhält sie sich seltsam?«

»Als ich vor einer halben Stunde nach Hause gekommen bin, saß sie zusammengekauert auf dem Sofa und starrte ins Leere. Ich musste sie mehrmals ansprechen, bis sie reagierte. Ich habe sie gefragt, was los ist, aber sie hat mir nicht geantwortet. Irgendwann wurde es mir unheimlich, und ich habe ihr gesagt, dass ich jetzt die Polizei rufe, weil sie vielleicht mit denen redet. Da hat sie mich angesehen und gesagt, sie möchte mit Ihnen sprechen.«

»Mit mir?« Max war ehrlich überrascht. »Ich war heute Nachmittag an ihrer Tür, aber sie war entweder nicht zu Hause oder hat nicht geöffnet.«

Pung nickte. »Wenn sie da schon in diesem Zustand war, wundert mich das nicht, dann hat sie wahrscheinlich gar nicht mitbekommen, dass Sie geklingelt haben.«

»Hm …«, murmelte Max und dachte an das Gespräch, das er etwa anderthalb Stunden zuvor mit Jana geführt hatte. Sie hatte ihn nach den ersten Untersuchungen angerufen und erzählt, dass der Verdacht auf Gehirnerschütterung sich wohl bestätige und sie zwei, drei Tage im Krankenhaus bleiben müsse. Dann hatte sie ihm von ihrem Gespräch mit Melanie Dobelke berichtet, auch davon, dass diese noch immer sehr verstockt gewesen sei und angeblich nicht wusste, was der Schreiber der anonymen Nachricht an Max gemeint haben könnte. »Ich glaube, sie weiß mehr, als sie zugibt«, hatte Jana ihre Schilderung beendet, woraufhin Max geantwortet hatte: »Ich denke, das trifft auf so ziemlich jeden hier im Ort zu.«

Nun, ein paar Stunden später, verhielt sich Melanie Dobelke laut ihrem Mann seltsam, wirkte abwesend und wollte mit Max sprechen.

»Okay.« Max sah zu Marvin Wagner hinüber. »Ich

glaube, es kann nicht schaden, wenn Sie als Psychologe mitkommen.«

Wagner nickte. »Was ist mit dem chronisch schlechtgelaunten Hauptkommissar?«

»Frau Dobelke sagte explizit, sie wolle mit mir reden, als ihr Mann vorschlug, die Polizei zu rufen. Wir sollten ihren Wunsch respektieren, wenn wir nicht Gefahr laufen wollen, dass sie gar nichts mehr sagt.« Und an Torsten Pung gewandt: »Also, gehen wir.«

Max beglich die Rechnung und folgte Minuten später gemeinsam mit Wagner Torsten Pung zu ihrem Haus.

Sie fanden Melanie Dobelke so vor, wie ihr Mann es beschrieben hatte.

Die Beine angezogen, saß sie auf der Couch und starrte vor sich hin. Als Max vor ihr in die Hocke ging und sie ansprach, richtete sie den Blick langsam auf ihn.

»Frau Dobelke, können Sie mir sagen, was geschehen ist?«, sagte Max mit sanfter Stimme. Sie sah ihn an, doch es schien Max, als blicke sie durch ihn hindurch. »Können Sie mich verstehen?«, versuchte Max es weiter, aber der Erfolg blieb erneut aus.

Schließlich richtete er sich wieder auf und trat zu Wagner, der gemeinsam mit Pung neben der Tür zum Wohnzimmer stand.

»Versuchen Sie es mal«, raunte Max ihm leise zu. »Danach müssen wir einen Arzt verständigen. Wir können es nicht riskieren, sie in diesem Zustand ohne ärztliche Betreuung zu lassen.«

»Ich versuche mein Bestes«, versicherte Wagner und

ging zu der Frau. Anders als Max setzte er sich neben sie auf die Couch, woraufhin sie, ohne den Psychologen anzusehen, ans andere Ende der Couch rutschte. Wagner nickte verstehend, ließ es aber nicht dabei bewenden, sondern rückte nach, woraufhin sie aufstand und zwei Schritte auf Max zu machte.

»Es war Peter«, sagte sie leise, aber deutlich genug, dass alle sie verstehen konnten. Dabei sah sie Max an.

»Peter? Sprechen Sie von Peter Kautenberger?«

»Ja.«

»Was ist mit ihm? Haben Sie ihn gesehen?«

»Er war hier.«

»Er war hier?« Max tauschte einen Blick mit Wagner, bevor er fragte: »Wann? Wann war er hier?«

»Heute Nachmittag. Als die Polizistin schon gegangen war.«

Mit einem Mal spürte Max eine Aufregung, wie er sie von anderen Fällen her kannte und die immer dann auftrat, wenn er das Gefühl hatte, eine entscheidende Situation zu erleben.

»Melli, was redest du denn da?«, sagte Pung und legte ihr eine Hand auf den Oberarm. »Peter ist vor zwanzig Jahren verschwunden.«

»Er war es«, entgegnete sie überraschend klar und streifte die Hand ihres Mannes ab. »Er ist älter geworden, aber ich habe ihn sofort erkannt, als ich die Tür geöffnet habe.«

»Und was wollte er von Ihnen?«, fragte Max, woraufhin sie den Blick senkte.

»Frau Dobelke, wenn Peter Kautenberger wirklich wieder da ist, dann kann er uns vielleicht weiterhelfen, den Mord an Jessica Meininger aufzuklären. Es ist wichtig, dass Sie uns erzählen, worüber Sie gesprochen haben und wo er sich jetzt aufhält.«

»Möchten Sie Kaffee?«, fragte sie unvermittelt und rieb dabei nervös die Hände aneinander. »Ich brauche jetzt einen Kaffee.«

»Frau Dobelke ...«

»Ich möchte erst mal einen Kaffee. Dann erzähle ich Ihnen alles, aber zuerst ...« Sie wandte sich ab und verließ das Wohnzimmer.

»So habe ich sie noch nie erlebt«, erklärte Pung fassungslos.

»Was denken Sie über das, was Ihre Frau gerade gesagt hat?«, wollte Wagner wissen.

Pung sah zur Wohnzimmertür. »Ich kann mir zwar nicht vorstellen, wie das sein kann, aber wenn Melli es sagt, dann hat sie Peter wirklich gesehen. Oder glaubt es zumindest. Immerhin war sie damals mit ihm zusammen, als er verschwunden ist.«

»Es gibt noch weitere Menschen im Ort, die glauben, ihn gesehen zu haben«, erklärte Max. »Unter anderem ...«

Das Telefon in seiner Tasche klingelte. Max zog es hervor, warf einen Blick auf das Display und rollte mit den Augen.

»Guten Abend, Frau Keskin.«

»Nein, kein guter Abend«, begann Keskin. »Wann

hatten Sie vor, mich darüber zu informieren, dass meine Beamtin niedergeschlagen wurde und im Krankenhaus liegt?«

»Ich hatte es gar nicht vor«, gab Max unumwunden zu. »Erstens bin ich davon ausgegangen, dass Jana sie selbst anrufen wird, und außerdem hatte ich in den letzten zwei Tagen nicht das Gefühl, dass Sie die Zeit haben, sich über das, was hier passiert, zu informieren.«

»Wie kommen Sie denn auf diese Idee?«

»Keine Anrufe, keine Nachfragen.«

»Ich habe als Leiterin des KK11 tatsächlich auch noch ein paar andere Dinge zu tun, das heißt aber nicht, dass ich es nicht sofort wissen möchte, wenn eine meiner Beamtinnen angegriffen wird.«

»Womit ich zu Punkt eins zurückkomme. Ich bin davon ausgegangen, dass Jana das selbst erledigt.«

Keskin atmete hörbar aus. »Haben Sie schon irgendeine Spur? Oder wenigstens einen Verdacht?«

»Nein. Aber wir sind dran.«

»Was ist mit Kriminalhauptkommissar Zerbach?«

»Was soll mit ihm sein?«

»Na, kommen Sie mit ihm klar? Er hat bei unserem Telefonat nicht den Eindruck gemacht, als sei er ein großer Fan von Ihnen.«

»Soweit ich weiß, ist er da nicht der Einzige. Aber ja, ich komme mittlerweile mit ihm zurecht.«

»Ich möchte ab sofort regelmäßig über den Stand der Ermittlungen informiert werden, und zwar mindestens zweimal täglich, ist das klar?«

»Frau Keskin, ich bin keiner Ihrer Beamten. Sie können mich fragen, ob ich Sie informiere, aber herumkommandieren können Sie mich nicht. Ist *Ihnen* das klar?«

»Immerhin sind Sie nur in Klotten, weil ich Sie engagiert habe.«

»Und ich bin immer noch hier, obwohl Sie das Engagement für beendet erklärt haben, noch bevor es richtig angefangen hat.«

»Nun kommen Sie mir doch nicht mit diesen Haarspaltereien. Ich muss als Janas Vorgesetzte wissen, was in Klotten vor sich geht.«

»Und ich bin sicher, Jana wird Sie gern informieren.«

Melanie Dobelke kam zurück ins Wohnzimmer. In der Hand hatte sie eine Kaffeetasse.

»Ich muss jetzt auflegen«, erklärte Max. »Alles Weitere wird Jana Ihnen erzählen.«

Ohne eine Reaktion von Keskin abzuwarten, beendete Max das Gespräch und steckte das Telefon weg.

Als Melanie Dobelke sich wieder auf die Couch gesetzt hatte, ließ er sich auf einem Stuhl am Esstisch nieder.

»Frau Dobelke, würden Sie uns denn jetzt erzählen, was Peter Kautenberger hier wollte?«

33

Er sitzt im Kellerraum vor der geöffneten Holzklappe auf dem Boden. Das Gefühl für die Zeit hat er völlig verloren, aber die Feuchtigkeit der lehmigen Erde dringt bereits unangenehm kalt durch seine Hose in seinen Körper. Er ignoriert es.

Sein Blick ist starr auf die halbverwesten Überreste in der Grube gerichtet, während in seinem Inneren ein alles zerfressender Hass lodert, so stark, wie er sogar damals nicht gewesen ist.

Neben ihm auf dem Boden liegt ein angerosteter Schürhaken.

Ab und zu löst sich der Blick des Mannes von dem Körper zu seinen Füßen, richtet sich kurz auf den metallenen Stab und kehrt dann wieder zurück.

Sein Verstand formt Gedanken, die in seinem Kopf ablaufen wie ein Film. Sie erinnern ihn daran, dass er diese Stelle damals ganz bewusst ausgesucht hat, weil der lehmige Boden dafür sorgt, dass ein Körper nicht so schnell verwest. Er hatte gewollt, dass die Überreste so lange wie möglich erhalten bleiben, weil somit zumindest symbolisch das Sterben auf eine lange Zeit ausgedehnt wurde.

Aber damit ist jetzt Schluss. Das muss endlich ein Ende haben. Mittlerweile ist sein Hass so sehr angewachsen, dass er das drängende Bedürfnis hat, diesem langsam verwesenden Körper sogar nach der langen Zeit Schaden zuzufügen.

Er drückt sich vom Boden ab, steht auf, dann bückt er sich und greift nach dem Schürhaken.

Er steht am Rand der Grube und schaut hinab, während seine Hand den dünnen, runden Metallstab so fest umschließt, dass sich die Fingernägel schmerzhaft in seinen Handballen graben.

Er geht auf die Knie und spuckt in das Loch.

»Ich hasse dich!« Er hört selbst, dass es eher zischende Geräusche sind als Wörter.

Dann hebt er den Schürhaken und beginnt damit, diese verhassten Überreste eines menschlichen Körpers zu zerstören.

34

Melanie Dobelke trank einen Schluck und sah dann ihren Mann an.

»Peter lebt. Und wir haben uns solche Vorwürfe gemacht.«

»Vorwürfe?«, hakte Max nach. Das erinnerte ihn an die Einträge in Gabriele Meiningers Tagebuch. »Warum haben Sie sich Vorwürfe gemacht? Und wer ist *wir*?«

»Es … es war … wegen des Weins«, sagte sie, ohne auf Max' Fragen einzugehen, und die Art, wie sie es sagte, ließ ihn vermuten, dass das nicht die ganze Wahrheit war.

»Peter war immer sehr beliebt gewesen, aber er hat damals viele Leute gegen sich aufgebracht, weil er nicht hinnehmen wollte, dass einige wenige durch das, was sie taten, den Ruf aller anderen ruinierten.«

»Meinen Sie das Panschen des Weines?«

»Er hat gedroht, er werde an die Öffentlichkeit gehen, wenn die Betroffenen weitermachten. Ich habe ihm gesagt, dass er damit aufhören muss. Für die Leute war er ein Nestbeschmutzer. Manche haben ihn sogar einzuschüchtern versucht. Aber er hat sich nicht beirren lassen. Er sagte, es sei einfach nicht richtig und inakzeptabel, dass nicht nur der Ruf aller Winzer der Region in

Gefahr wäre, sondern auch die Käufer des Weins betrogen würden.«

»Von wem konkret wurde er bedroht oder eingeschüchtert?«, erkundigte sich Max, als sie eine Pause machte.

»Das weiß ich nicht, er wollte es mir damals nicht sagen. Und dann irgendwann ...« Ihr Blick richtete sich auf den Boden.

»Was war dann?«

»Dann ist er einfach verschwunden.«

»Was haben Sie damals gedacht, was passiert sei?«

»Ich habe geglaubt, dass jemand oder mehrere ihn umgebracht haben und seine Leiche verschwinden ließen.«

Max dachte einen Moment darüber nach und schüttelte dann den Kopf. »Das verstehe ich nicht, Frau Dobelke. Sie glauben, dass Leute aus dem Ort Ihren Freund umgebracht haben, bleiben aber hier wohnen und leben weiter so, als sei nichts geschehen?«

Ihre Miene verhärtete sich. »Ich habe nie mehr so gelebt, als sei nichts geschehen. Jeden Tag habe ich mir seitdem Vorwürfe gemacht. Jeden Tag habe ich überlegt, dass ich mehr hätte tun müssen, um ihn zu schützen.«

»Und jetzt taucht er wieder auf. Was hat er gesagt?«

Sie zuckte mit den Schultern. »Nicht viel. Er sagte, dass es ihm die ganze Zeit gut gegangen wäre und dass er nicht in Deutschland gelebt hat.«

»Sagte er etwas dazu, warum er damals so plötzlich verschwunden ist, ohne jemanden zu informieren?«

»Ja. Er ... er hatte Angst um sein Leben.«

»Und warum ist er jetzt wiedergekommen?«

»Weil er gehört hat, dass Gabriele gestorben ist.«

»Hm … Aber was will er hier?«

»Ich weiß es doch auch nicht«, platzte es aus Melanie Dobelke heraus. »Sie haben so viele Fragen, die ich nicht beantworten kann.«

»Frau Dobelke«, schaltete sich Wagner ein, doch Torsten Pung schüttelte den Kopf und stellte sich demonstrativ vor seine Frau.

»Nein, es reicht jetzt. Sehen Sie nicht, dass es meiner Frau nicht gutgeht und dass Ihre Fragen sie quälen?«

»Doch, und das tut mir auch leid«, sagte Max. »Aber diese Informationen können enorm wichtig sein für die Aufklärung des Mordes an Jessica Meininger. Und Ihre Frau *wollte* mit mir reden.«

»Das hat sie ja auch getan, aber jetzt ist Schluss.«

»Also gut.« Max wandte sich noch mal an Melanie Dobelke. »Zwei, drei Fragen habe ich noch, dann gehen wir. Bitte, Frau Dobelke, es ist wirklich wichtig. Hat Peter etwas darüber gesagt, wo er jetzt schläft? Hier im Ort?«

»Nein.«

»Haben Sie ihn danach gefragt?«

»Ich … ich weiß es nicht mehr. Nein, ich glaube nicht.«

»Okay. Wen meinten Sie eben mit *wir*?

»Was?«

»Sie sagten eben: *Er lebt, und wir haben uns solche Vorwürfe gemacht.* Wer ist wir?«

»Das … das sind wir alle hier im Ort. Oder zumindest viele.«

Und wieder hatte Max das Gefühl, dass sie nicht die ganze Wahrheit sagte. Ein Blick zu Wagner zeigte ihm, dass er der gleichen Meinung war.

»Und noch eine letzte Frage: Warum wollten Sie mit mir reden und nicht mit der Polizei?«

Einen Moment lang sah sie ihn irritiert an, als verstehe sie seine Frage nicht, dann sagte sie: »Ich mag den Polizisten aus Koblenz nicht, Sie wissen schon, Thomas Zerbach.«

»Ja, das kann man Ihnen nicht verübeln. Danke, dass Sie mit uns gesprochen haben.« Max nickte Wagner nachdenklich zu, und als sie kurz darauf das Haus verließen, spürte Max, dass ihn irgendetwas störte, das Melanie Dobelke gesagt hatte, aber er wusste nicht, was. Er erlebte das nicht zum ersten Mal. Sein Unterbewusstsein signalisierte ihm, dass etwas ganz offensichtlich nicht stimmte, aber diese Information schaffte es nicht bis in sein Bewusstsein. Noch nicht. Er war sicher, es würde ihm irgendwann einfallen.

»Ein paarmal hat sie nicht die ganze Wahrheit gesagt, da bin ich recht sicher«, erklärte Wagner, kaum dass sie sich einige Schritte vom Haus entfernt hatten.

»Ja, das Gefühl habe ich auch. Die Frage ist, warum. Und warum wollte sie mit mir reden, wenn sie mir nicht alles sagen möchte?«

»Ich denke, dass sie aus irgendeinem Grund Angst hat«, vermutete Wagner.

»Das kann gut sein. Die Frage ist, wovor? Die Tatsache, dass sie uns gesagt hat, dass er wieder da ist, lässt den Schluss zu, dass sie vielleicht sogar Angst vor ihm hat.«

»Womit wir wieder bei der Frage sind: Warum ist Peter Kautenberger zurückgekommen? Warum versteckt er sich und zeigt sich nur einzelnen Personen? Und wo ist er jetzt?«

»Glauben Sie, dass er tatsächlich zurückgekommen ist?«

Max nickte. »Ja. Seine Mutter hat ihn gesehen, Brandstätt, dann diese Gerda Burchert, und mit Frau Dobelke hat er sich sogar unterhalten. Die können sich unmöglich alle geirrt haben.«

»Das sehe ich anders. Der Glaube, dass etwas wahr wird, das man sich lange gewünscht hat, kann dazu führen, dass wir gewisse Dinge ignorieren. Auch eigentlich offensichtliche.«

»Was genau meinen Sie?«

»Nun, nehmen wir einmal an, jemand, der Peter Kautenberger ähnlich sieht, taucht plötzlich hier auf und gibt sich als er aus. Seiner Mutter und Achim Brandstätt zeigt er sich in der Nacht, dieser Frau Burchert in einiger Entfernung. Sie alle haben ihn nicht deutlich sehen können. Nur Melanie Dobelke besucht er zu Hause. Seine Freundin zum Zeitpunkt seines Verschwindens, die sich, warum auch immer, große Vorwürfe wegen damals macht. Sie haben ja bemerkt, in welchem Zustand sie ist. Ich möchte wetten, sie hat schon vorher gehört, dass er angeblich gesehen worden ist. Sie *möchte* glauben, dass er wieder da ist. Und dann steht plötzlich jemand vor ihr, der es sein *könnte.* Und sie glaubt es bereitwillig. Sie haben es selbst gehört. *Er lebt, und wir haben uns solche Vorwürfe gemacht.* Wenn er nun wirklich wieder da ist, dann gibt es keinen Grund mehr, sich weiter Vorwürfe zu machen.«

Max wiegte den Kopf hin und her. »Ja, vielleicht haben Sie recht, aber … ich kann mir nicht helfen, ich glaube, er ist tatsächlich wieder aufgetaucht. Und ich möchte den Grund dafür wissen.«

Wagner hob eine Hand und sagte: »Moment, bitte.« Dann griff er in seine Jacke, zog sein Telefon hervor und trat ein paar Schritte zur Seite.

Während er telefonierte, überlegte Max, dass er als Nächstes Zerbach über sein Gespräch mit Melanie Dobelke informieren musste. Zerbach … Beim Gedanken an den Polizisten spürte Max ein leichtes Unwohlsein. Er hielt dessen Auftreten als leitender Ermittler für nicht akzeptabel.

Aber letztendlich musste er ja nur für eine kurze Zeit mit ihm klarkommen. Er würde sich zusammenreißen und vertraute darauf, dass er das auch konnte, da er unbedingt an dem Fall dranbleiben wollte. Natürlich würde Zerbach ihm nicht verbieten können, mit den Menschen in Klotten zu reden, aber wenn er sich stur stellte und ihn … Max' Gedanken stockten. Zerbach … Zerbach. Er kannte den Vornamen des Polizisten nicht, weil der ihn nie erwähnt hatte. Aber Melanie Dobelke hatte von *Thomas* Zerbach gesprochen.

35

Als Wagner nach etwa zwei Minuten das Telefonat beendet hatte, kam er zu Max zurück. »Es tut mir sehr leid, aber ich werde Sie verlassen müssen. Man braucht mich für ein Gutachten in Köln, das sich leider nicht verschieben lässt.«

»Oh, das ist schade«, sagte Max. »Aber wenn Ihr Job es verlangt ...«

»Ja, wirklich schade. Ich sollte darüber nachdenken, ob die private Ermittlungsarbeit nicht vielleicht ein weiteres interessantes Tätigkeitsfeld für mich werden könnte. Und gemeinsam mit Ihnen im Team würde mir das natürlich noch viel mehr Freude bereiten.«

»Wir werden sehen, Marvin. Ich danke Ihnen jedenfalls, dass Sie Ihre Freizeit geopfert haben, um mich hier zu unterstützen.«

»Gut, dann gehen wir zurück zur Pension, und ich packe meine Sachen.«

Auf dem Weg dachte Max darüber nach, ob er Wagner noch von seinen Überlegungen zu Melanie Dobelke und Zerbach berichten sollte, und entschied sich dafür.

»Kennen Sie Zerbachs Vornamen?«

»Ja. Kriminalhauptkommissar.«

Max stieß ein kurzes Lachen aus. »Genau. Mehr weiß ich auch nicht.«

»Und Sie wundern sich nun darüber, dass Frau Dobelke seinen Vornamen genannt hat.«

»Ja«, sagte Max überrascht. »Das ist Ihnen auch aufgefallen?«

»Wie gesagt, ich sollte darüber nachdenken, ob die Ermittlungsarbeit nicht auch etwas für mich ist.«

»Und? Was meinen Sie?«

»Nun, es gibt meines Erachtens zwei Möglichkeiten. Entweder hat sich der Herr Hauptkommissar bei ihr mit seinem vollen Namen vorgestellt, oder sie kennen sich besser, als sie uns glauben lassen wollen.«

»Genau das sind auch meine Schlussfolgerungen.«

»Wobei ich eines anmerken möchte: Falls er ihr wirklich im Rahmen der aktuellen Ermittlungen seinen Vornamen genannt hat, ist es sehr verwunderlich, dass sie sich noch daran erinnert. Normalerweise würde sie uns gegenüber wohl von dem Polizisten, von Zerbach oder vom Hauptkommissar Zerbach sprechen.«

»Wir sind uns einig.«

»Hach, wie sehr ich es bereue, abreisen zu müssen«, sagte Wagner. »Gerade jetzt, wenn es darum geht, dem Herrn Miesepeter wegen Frau Dobelke auf den Zahn zu fühlen … wie gern würde ich die rhetorischen Klingen mit ihm kreuzen.«

»Falls es Ihnen hilft – ich werde das sehr gern für Sie übernehmen«, versicherte Max, woraufhin beide Männer grinsten.

In der Pension angekommen, brauchte Wagner nur wenige Minuten, um seine Sachen zusammenzupacken und sein Zimmer zu bezahlen. Dann stand mit seiner Tasche Max gegenüber und reichte ihm die Hand. »Auf ein baldiges Wiedersehen, Max. Ich danke Ihnen, dass ich Sie hier ein Stück weit begleiten durfte. Es hat mir große Freude bereitet.«

»Was denken Sie, wollen wir das *Sie* vielleicht begraben?«

»Das würde ich im Grunde genommen herzlich gern, aber ich finde, wir sollten damit noch warten, bis sich gezeigt hat, dass sich die zarten Andeutungen freundschaftlicher Bande bestätigen. Bitte, verstehen Sie es nicht als Abweisung irgendeiner Art. Es ist nur so, dass ich mit solchen Dingen sehr vorsichtig bin, weil sie mir viel bedeuten. Wenn wir uns duzen, dann heißt das, wir sind Freunde. Ich schätze und mag Sie sehr, Max. Ob es Freundschaft ist, das wird die nächste Zeit zeigen. Ich hoffe, Sie sind nicht erzürnt und akzeptieren meine Erklärung.«

Obwohl Max überrascht war, musste er lächeln. »Nein, Marvin, ich bin keinesfalls erzürnt. Ganz im Gegenteil schätze ich Sie für Ihre Offenheit und werde mich umso geehrter fühlen, wenn wir beide feststellen, dass wir Freunde geworden sind und du zueinander sagen können.«

»Genau so habe ich Sie eingeschätzt.« Erneut reichte Wagner Max die Hand und lächelte ihn an. »Ich sehe schon, die Chancen stehen gut. Gehaben Sie sich wohl. Auf bald.«

Er wandte sich ab und verließ die Pension.

Gleich darauf erhielt Max einen Anruf von Zerbach. »Ich habe gehört, Melanie Dobelkes Mann war in der Pizzeria. Was wollte er von Ihnen?«

Max wunderte sich zwar, dass Zerbach schon davon wusste, aber es passte ausgezeichnet. »Er wollte, dass ich mit ihm zu seiner Frau komme, weil die sich seltsam benommen hat und mit mir sprechen wollte.«

»Und? Sind Sie hingegangen?«

»Selbstverständlich, und bevor Sie jetzt fragen, wann ich Ihnen davon erzählen wollte: Das hätte ich in wenigen Minuten getan, weil ich erst noch Herrn Wagner verabschiedet habe, der kurzfristig nach Köln musste.«

»Ach, das heißt, ab jetzt sind Sie allein unterwegs. Nun gut. Also, was war jetzt mit Melanie Dobelke?«

»Ich finde, das sollte ich Ihnen persönlich erzählen.«

»Persönlich? Warum?«

»Das ist so eine Marotte von mir. Ich schaue meinem Gesprächspartner gern in die Augen, wenn es um wichtige Dinge geht.« Max dachte, es konnte nichts schaden, eine kleine Nebelkerze zu zünden, und er war auf die Reaktion gespannt.

»Wollen Sie damit irgendetwas andeuten?«

Max überlegte, ob es Unsicherheit oder Aggression war, die er in Zerbachs Stimme hörte.

»Natürlich nicht. Ich meinte es so, wie ich es gesagt habe.«

»Na, dann kommen Sie mal rüber.«

Max legte auf und wählte Eslem Keskins Nummer.

»Ich wollte Sie auf den neuesten Stand bringen«, sagte er, als sie das Gespräch angenommen hatte.

»Dr. Wagner musste kurzfristig wegen eines Gutachtens nach Köln, ich werde jetzt also allein hier weitermachen. Und es kann sein, dass Peter Kautenberger tatsächlich wieder aufgetaucht ist. Zumindest sagt das auch Frau Dobelke. Anders als die anderen hat sie ihn allerdings nicht nur gesehen, sondern sich auch mit ihm unterhalten.«

»Was? Das ist ja kaum zu glauben. Erzählen Sie.«

Max berichtete von seinem Gespräch mit Melanie Dobelke und schloss damit, dass er sagte: »Zudem könnte es sein, dass es irgendeine Art Verbindung zwischen ihr und Zerbach gibt, von der wir nichts wissen. Vielleicht täusche ich mich, aber ich bleibe dran.«

»Das klingt ja alles höchst interessant. Und diesem Zerbach traue ich keinen Meter über den Weg. Ja, bleiben Sie dran.«

»Das werde ich, und ich bin mittlerweile guter Dinge, dass ich der Sache auf die Spur kommen werde.«

»Das klingt beruhigend. Ich muss jetzt Schluss machen.«

Im nächsten Moment hatte sie aufgelegt. Max überlegte, ob tatsächlich etwas dazu geführt hat, dass Keskin schnell auflegen musste, oder ob das lediglich eine Retourkutsche für ihr letztes Gespräch war, das Max auf genau die gleiche Art beendet hatte.

Keine zehn Minuten später, Max war gerade auf dem Weg zur Pension von Zerbach, rief Böhmer an.

»Du wirst es nicht glauben, alter Kumpel, aber ich verlasse gerade das Präsidium und fahre nach Hause, um meine Tasche zu packen und mich dann auf den Weg nach Klotten zu machen.«

»Was?«, stieß Max überrascht aus. »Das kann ich tatsächlich kaum glauben. Wie kommt's?«

»Die Keskin meinte, ich soll diese Sache quasi als ihr Stellvertreter zusammen mit dir auflösen, weil du ja gerade völlig allein vor Ort bist und sie diesem Hauptkommissar aus Koblenz nichts zutraut.«

»Und dann schickt sie dich? Obwohl sie weiß, dass wir befreundet sind? Das hätte ich nicht gedacht.«

»Ja, nicht wahr? Ich war auch ziemlich überrascht, als sie damit ankam, bin allerdings davon überzeugt, dass es nichts mit dem Koblenzer Kollegen zu tun hat, sondern einfach damit, dass ich ihr hier gerade ziemlich auf die Nerven gehe und sie froh ist, wenn ich möglichst weit weg bin, damit sie ihre Ruhe hat.«

»Wie auch immer, ich freue mich, dich bald zu sehen.«

»Das wird ja fast wie in alten Zeiten.«

»Nun mach es mir nicht kaputt«, frotzelte Max, woraufhin beide lachten.

36

»Sagen Sie, wo ist eigentlich Ihr Kollege Kornmeier aus Cochem«, fragte Max, als er die provisorische Einsatzleitung in der Pension betrat und dort nur Zerbach und zwei seiner Kollegen antraf. »Ich habe ihn schon eine Weile nicht mehr gesehen.«

»Ach, wissen Sie, die Cochemer Kollegen sind ja vielleicht motiviert, aber es ist ein Nachteil, dass sie die Leute hier kennen und sich womöglich nicht trauen, unangenehme Fragen zu stellen. Ich habe mich dazu entschlossen, auf mein gewohntes Team zu bauen.«

»Das heißt, Sie haben Oberkommissar Kornmeier von dem Fall ausgeschlossen?«

»Wenn Sie es in derart dramatische Worte fassen wollen, ja. Und jetzt erzählen Sie mir von dem Gespräch mit Frau Dobelke.«

»Sie sagt, sie hat sich mit Peter Kautenberger unterhalten.«

»Ach, mit dem Geist des verschwundenen Mannes, der angeblich schon ein paarmal in Klotten gesehen wurde. Und sie hat sogar mit ihm geredet.«

»Ja, das sagt sie.«

»Ich weiß nicht, mir kommt diese Frau ein wenig seltsam vor. Ich glaube es einfach nicht, dass ein Mann, der urplötzlich und, ohne sich von jemandem zu verabschieden, verschwindet, nach über zwanzig Jahren wieder auftaucht und durch den Ort geistert.«

»Kennen Sie Frau Dobelke eigentlich näher?«, fragte Max scheinheilig.

»Wie? Näher?«

»Na, zum Beispiel noch von damals, als Kautenberger verschwunden ist.«

»Was soll diese Frage?«

»Warum antworten Sie nicht?«

Zerbach schüttelte den Kopf und sagte: »Tzzz! Nicht zu glauben. Jedes Mal, wenn ich denke, dass Sie vielleicht gar nicht so übel sind, hauen Sie wieder so ein Ding raus, das mir sagt, dass ich Sie doch richtig eingeschätzt habe.«

»Das verstehe ich nicht, ich habe Ihnen lediglich eine Frage gestellt.«

»Der Ton macht die Musik, Herr Bischoff.«

»Ich wundere mich, dass Sie meine Frage noch immer nicht beantwortet haben.«

»Ich lasse mich von einem Zivilisten ganz sicher nicht verhören. Und genau das war der Ton, den Sie mir gegenüber gerade angeschlagen haben. Deshalb habe ich Ihre Frage noch nicht beantwortet. Also, weiter im Text: Was hat Frau Dobelke sonst noch zu ihrem angeblichen Gespräch mit Kautenberger gesagt. Worum ging es? Worüber haben Sie sich unterhalten?«

Max war versucht, Zerbach gar nichts mehr zu sagen.

Sein Verhalten begann ihn derart zu ärgern, dass er sich nur mit größter Mühe zusammenreißen konnte.

»Sie sagt, er ist zurückgekommen, als er von Gabriele Meiningers Tod erfahren hat. Wussten Sie, dass Kautenberger es sich kurz vor seinem Verschwinden mit einigen Winzern im Ort verdorben hatte?«

»Ja, weil er gedroht hat, sie wegen ihrer angeblichen Weinpanschereien anzuzeigen. Das hätte wahrscheinlich das Ende für die betroffenen Betriebe bedeutet. Was denken Sie, dass ich meine Hausaufgaben nicht mache?«

Ich denke, dass Sie ein bornierter Idiot sind, dachte Max, sagte aber: »Ich erlaube mir kein Urteil, sondern habe Ihnen einfach nur eine Frage gestellt.«

Zerbach sah Max mit einem Blick an, als wolle er Blitze auf ihn abfeuern, bevor er sich zu seinen beiden Kollegen umwandte und sagte: »Macht mal eine Pause.«

Die beiden nickten erleichtert und verließen den Raum. Zerbach wartete, bis sie außer Hörweite waren, dann wandte er sich wieder Max zu.

»Was ist los, *Herr* Bischoff? Ich spüre Aggressivität.«

»Wundert Sie das? Sie führen sich hier auf wie ein Großinquisitor und schaffen es innerhalb kürzester Zeit, es sich mit wirklich jedem zu verderben. Die Leute hier wenden sich sogar lieber an mich als an den leitenden Kriminalbeamten, wenn sie etwas Wichtiges zu sagen haben. Gibt Ihnen das nicht zu denken? Wenn Sie sich vor zweiundzwanzig Jahren genauso verhalten haben, wundert es mich nicht, dass jemand dafür gesorgt hat, dass Sie von dem Fall abgezogen wurden.«

Max hatte das letzte Wort kaum ausgesprochen, da hätte er sich auch schon selbst ohrfeigen können.

»Sie finden es richtig, dass falsche Anschuldigungen gegen mich erhoben wurden?«, griff Zerbach diese Andeutung sofort auf.

Max schüttelte den Kopf. »Nein, natürlich nicht. Tut mir leid, das war Quatsch.«

»Vor zweiundzwanzig Jahren war ich noch ein junger, unerfahrener Kriminalbeamter, der gedacht hat, wenn man den Menschen freundlich begegnet, werden sie es einem danken. Ich habe gelernt, dass das nicht so ist und dass es keine Rolle spielt, ob ich nett bin oder nicht. Man wird als Polizist sowieso bei jeder Gelegenheit belogen und betrogen. Sagen Sie mir, warum Sie bei der Polizei aufgehört haben, Herr Bischoff.«

»Das ist privat.«

Zerbach nickte säuerlich. »Ja, das dachte ich mir. Privat. Sie stellen sich hier hin, spielen den Moralapostel und glauben, sich ein Urteil über mich erlauben zu können, aber wenn es um Sie geht, dann ist es privat. Wissen Sie, was ich glaube? Ich glaube, Sie sind ein Feigling, Herr Bischoff.«

Max senkte den Kopf und atmete tief durch. Hatte Zerbach recht? War er wirklich ein Feigling?

Er sah den Polizisten wieder an. »Es gab damals mehrere Gründe, die dazu geführt haben, dass ich den Dienst quittiert habe. Meine Schwester wurde von einem Verrückten entführt und misshandelt und wäre fast gestorben. Ich hatte solche Angst um sie, dass ich nicht wusste, ob ich eine ähnliche Situation noch mal durchstehen würde. Vom fehlenden Rückhalt in der Gesellschaft und in der Politik möchte ich gar nicht reden.«

»Ja, so was in der Art habe ich mir fast gedacht. Und dann kommen Sie daher und wollen mir Vorwürfe machen? Ich bin seit über dreißig Jahren dabei und habe nicht aufgehört, sondern weitergemacht, auch wenn es mir gestunken hat. Und wissen Sie, warum? Weil unser Job getan werden muss. Und jetzt sagen Sie mir, Herr Bischoff, warum glauben Sie, besser zu sein als ich?«

»Vielleicht haben Sie ja recht«, gestand Max ein. »Vielleicht darf ich mir wirklich kein Urteil erlauben. Aber ich bin genauso wie Sie der Meinung, dass es Menschen geben muss, die diesen Job tun, und aus diesem Grund mache ich auch weiter. Nur eben nicht mehr als Polizist, sondern als privater Ermittler. Deshalb wird meine Arbeit nicht automatisch schlechter oder minderwertiger. Allerdings haben sich manche Probleme tatsächlich einfach nur verlagert. Ich muss mich nicht mehr an Dienstvorschriften halten und von jedem Furz Berge von Berichten für einen Vorgesetzten schreiben. Stattdessen habe ich es jetzt aber immer wieder mit Polizisten zu tun, die so wie Sie gegen mich arbeiten, anstatt dass wir uns ergänzen und die Vorteile nutzen, die sich aus dieser Konstellation ergeben.«

Eine Weile schwiegen sie sich an, sahen einander in die Augen, schätzten sich ab. Dann zog Zerbach einen Stuhl heran und setzte sich.

»Sie haben mich eben gefragt, ob ich Melanie Dobelke

näher kenne.« Seine Stimme klang nun ruhig. »Wie kommen Sie darauf?«

»Sie nannte Ihren Vornamen. Das fand ich ungewöhnlich.«

Zerbach nickte. »Sie sind ein aufmerksamer Beobachter. Ich habe damals ein paarmal intensiv mit ihr geredet, weil sie sich schlecht fühlte. Unsere Gespräche gingen über die Unterhaltung zwischen Ermittler und möglicher Zeugin hinaus. Sie hat sehr gelitten wegen Peter Kautenberger, und ich habe sie getröstet. Mit Worten. Es ist rein gar nichts zwischen uns gelaufen, ich war einfach nur einige Male bei ihr. Aber irgendwer hat wohl in diese Treffen mehr hineininterpretiert, und ich wurde abgezogen.«

»Verstehe.«

»Ich behaupte nicht, dass das besonders schlau von mir war. Im Gegenteil. Aber sie hat mir leidgetan.«

Max nickte. »Vielleicht schaffen wir es ja doch noch, an einem Strang zu ziehen.«

»Ja, vielleicht. Was haben Sie jetzt vor?«

»Ich gehe zurück in meine Pension. Ich muss nachdenken und dann ein paar Stunden schlafen.«

Kurz überlegte er, ob er Zerbach davon erzählen sollte, dass Böhmer dazukommen würde, entschied sich aber dagegen, da Zerbach vermutlich alles andere als begeistert sein würde, wenn ein weiterer Polizist außerhalb seiner Zuständigkeiten in seinem Fall herumermittelte. Und wenn er ehrlich war, musste Max ihm recht geben.

Ausnahmsweise regnete es nicht mehr, als Max nach

draußen kam. Auf der Straße herrschte eine Stille, wie man sie aus Städten wie Düsseldorf nicht kannte. Max warf einen Blick auf die Uhr. Fast dreiundzwanzig Uhr. Es war, als habe die Dunkelheit den Ort in Watte gepackt, die alle Geräusche erstickte.

Er rief Böhmer an und sagte: »Horst, versteh mich nicht falsch, aber ich finde, du solltest nicht herkommen.« Sogar seine eigene Stimme erschien ihm überlaut.

»Okay«, antwortete Böhmer zu seiner Überraschung völlig ruhig, als hätte er damit gerechnet. »Lass mich raten. Der Koblenzer Kollege macht dir jetzt schon die Hölle heiß deswegen, stimmt's?«

»Nein, ich habe es ihm noch nicht gesagt«, erwiderte Max mit gedämpfter Stimme. »Ich versuche nur, mich in seine Situation zu versetzen. Wie würdest du an seiner Stelle reagieren, wenn noch ein Kriminalhauptkommissar aus Düsseldorf hier aufschlägt und anfängt, in seinem *Urlaub* zu ermitteln?«

»Nun, ich schätze, ich würde einen Tobsuchtsanfall bekommen und völlig ausrasten. Dann würde ich die Leiterin des Düsseldorfer KK11 anrufen und ihr raten, ihr Personal sofort aus Klotten abzuziehen, weil ich sonst gezwungen wäre, über meine Koblenzer Dienststelle offiziell Beschwerde einzulegen.«

»Genau das meinte ich. In mancher Beziehung sind Zerbach und du wahrscheinlich gar nicht so unterschiedlich.«

»Was soll das denn heißen? Hast du ihn nicht als immer schlechtgelaunten Kerl beschrieben?«

»Ja, eben.«

»Ich muss bei der Auswahl meiner Freunde definitiv wählerischer werden.«

Max lachte. »Schon gut, so schlimm bist du ja gar nicht. Aber im Ernst, ich hoffe, du verstehst, was ich meine.«

»Ja, das tue ich. Letztendlich war es sowieso eine Schnapsidee von der Frau Kriminalrätin. Wie schon gesagt, ich glaube, sie wollte mich einfach nur für eine Weile loswerden. Aber das passt ja. Da ich offiziell Urlaub habe, genieße ich einfach ein paar Tage, und falls du mich brauchst, bin ich in zwei Stunden da, okay?«

»So machen wir das. Ich danke dir.«

»Wofür? Glaubst du vielleicht, ich hätte wirklich Lust darauf gehabt, den Babysitter für einen Exkollegen und eine junge Polizistin zu spielen, die gerade mal aus den Windeln herausgewachsen ist?«

»Ich melde mich. Gute Nacht«, entgegnete Max lachend und legte auf.

37

Zurück in der Pension, traf Max auf Lisa Passig, die dabei war, die Tische für das Frühstück einzudecken. Sie wirkte müde, aber als sie Max sah, lächelte sie. »Guten Abend«, sagte sie und stellte einen Teller auf den Tisch. »Ich hoffe, es geht Ihnen gut. Möchten Sie noch eine Kleinigkeit essen? Viel kann ich Ihnen nicht anbieten, aber …«

»Nein, danke«, wehrte Max ab. »Ich habe schon mit Herrn Wagner in der Pizzeria gegessen.«

»Dann vielleicht ein Glas Wein?«

Ursprünglich wollte Max noch mit Jana telefonieren, aber angesichts der Uhrzeit würde er das auf den nächsten Morgen verschieben. Zudem machte Lisa Passig auf ihn den Eindruck, als sei ihr daran gelegen, mit ihm zu reden.

»Ja, warum nicht«, sagte er deshalb, woraufhin die Pensionswirtin zu dem Tisch im Aufenthaltsraum zeigte. »Bitte, nehmen Sie Platz, ich hole einen Weißwein, ist das okay?«

»Ja, sicher.«

Kurz darauf kehrte sie mit einer Flasche und zwei Gläsern zurück und setzte sich Max gegenüber. »Das ist ein Blanc de Noir hier aus dem Ort«, erklärte sie, während sie die Flasche aufschraubte und die Gläser zwei Finger breit füllte.

»Ein Weißwein, der aus dunkelblauen Trauben hergestellt wird«, sagte Max.

»Sie kennen sich aus.«

»Auskennen ist zu viel gesagt, aber da ich gern Wein trinke, habe ich mich ein wenig in die Weinherstellung eingelesen.«

Lisa Passig hob ihr Glas. »Zum Wohl. Auch wenn das, was in Klotten geschehen ist, sicher kein Grund zum Anstoßen ist.«

Max trank und stellte fest, dass sie eine gute Wahl getroffen hatte. Der Wein hatte ausgeprägte Fruchtaromen und eine moderate Säure.

Max stellte das Glas ab und deutete darauf. »Ich hörte, damals, als Peter Kautenberger verschwand, gab es im Ort wohl unterschiedliche Meinungen zum Thema Veredlung von Weinen.«

Sie sah ihn fragend an. »Was meinen Sie damit?«

»Es wird gemunkelt, dass es damals Winzer gab, die einige ihrer Weine auf eine nicht erlaubte Art ein bisschen veredelten.«

Lisa Passig winkte ab. »Dieses Geschwätz. Ich weiß, dass es das Gerücht damals gegeben und dass es sich bis heute hartnäckig gehalten hat, aber das ist Quatsch.«

Max wunderte sich darüber, wie überzeugt sie offensichtlich war. »Wie können Sie da so sicher sein?«

»Ich komme aus dem Ort und bin hier aufgewachsen. Ich kenne die Menschen in dieser Gegend.«

»Aber damals waren Sie noch recht jung.«

»Meine Mutter aber nicht. Sie hat mir viel erzählt.«

»Stimmt es denn nicht, dass Peter Kautenberger deshalb angefeindet wurde?«

»Ja, und ehrlich gesagt war er wohl selbst schuld. Reden Sie mal mit dem alten Brandstätt.«

»Warum ausgerechnet mit ihm? Er machte bisher auf mich keinen besonders gesprächigen Eindruck.«

»Das ist auch kein Wunder, denn das Gerücht, das Peter in die Welt gesetzt hat, richtete sich gegen seinen Betrieb.«

»Oh!, entfuhr es Max. »Das hat sich in meinem Gespräch mit Achim Brandstätt anders angehört. Er sagte, es betraf einige Winzer im Ort. Und dass Peter Kautenberger dieses Gerücht in die Welt gesetzt hat, ist mir auch neu.«

Lisa Passig leerte ihr Glas und stellte es ab. »Ich weiß nur von Brandstätts Betrieb.«

Max spürte, dass da etwas war, worüber sie reden wollte.

»Wenn es etwas gibt, das mir weiterhelfen könnte …«

Sie nickte, schenkte sich und Max Wein nach und trank einen Schluck.

»Meine Mutter hat mir erzählt, dass die damalige Clique Peter nach seinem Verschwinden immer in Schutz genommen hat.«

»Sie meinen Achim Brandstätt, Ingo Görlitz, Melanie Dobelke und Gabriele Meininger?«

»Ja, genau.«

Max dachte an die Tagebucheinträge. An die *Schuld, die sie auf sich geladen hatten.*

»Was genau heißt das, sie haben ihn in Schutz genommen?«

»Sie haben es in ihrem Gespräch mit Achim selbst erlebt. Er hat ihnen nicht gesagt, dass es Peter war, der herumerzählt hat, sein Vater und er würden ihre Weine panschen, oder?«

»Nein, so hat er das nicht gesagt.«

»Das meine ich. Keiner aus der Clique wird das zugeben, obwohl es jeder weiß.«

»Aber den Grund dafür kennen Sie nicht?«

»Nein. Sie alle tun so, als sei Peter ein Heiliger gewesen, aber das war er nicht.«

Eine Weile starrten sie beide vor sich hin, dann trank Max sein Glas aus und stand auf.

»Vielen Dank für den Wein und die Unterhaltung.«

»Herr Bischoff?« Lisa Passig erhob sich ebenfalls. »Bitte halten Sie mich nicht für geschwätzig. Vielleicht war es falsch, Ihnen das zu sagen, weil das alles letztendlich auch nur Gerüchte und Annahmen sind, aber … Wenn niemand ausspricht, was hinter vorgehaltener Hand geredet wird, und Sie und die Polizei von alldem nichts wissen, wie sollen Sie dann den Mord an Jessica aufklären können?«

»Es war absolut richtig, mir zu sagen, was Sie denken. Machen Sie sich keine Sorgen, ich halte Sie ganz sicher nicht für geschwätzig. Vielen Dank nochmals. Gute Nacht.«

In seinem Zimmer angekommen, zog Max seine Schuhe aus, nahm sein Notebook, setzte sich damit auf das Bett und lehnte sich gegen das Kopfteil. Dann suchte er im Internet nach Berichten über das damalige Verschwinden von Peter Kautenberger und wurde schließlich auf der Plattform eines Boulevardblattes fündig. Der Bericht stammte laut Datum von einem Zeitpunkt etwa zwei Wochen nach dem Tag, als Peter Kautenberger von seinem Vater offiziell als vermisst gemeldet worden war, und er enthielt ein Foto, mit dem die Polizei damals nach ihm gesucht hatte.

Max betrachtete die Porträtaufnahme des blonden, schlanken Mannes eine Weile und versuchte, sich daran zu erinnern, ob er in der Zeit, seit er in Klotten war, jemanden gesehen hatte, der dem jungen Mann auf dem Bild annähernd ähnlich sah und etwa Ende vierzig war. Doch es fiel ihm niemand ein.

In dem Bericht stand nichts, was Max nicht schon wusste, und so legte er das Notebook zur Seite, rutschte tiefer, bis er auf dem Rücken lag, und schloss die Augen.

Seine Gedanken wirbelten wild durcheinander, und es kostete ihn einige Mühe, sie zu ordnen, doch schließlich gelang es ihm, und er spürte, wie er ruhiger wurde. Dann ließ er seinen Gedanken freien Lauf.

Wir sind zu viert, und wir haben Schuld auf uns geladen, nachdem Peter mindestens einem von uns großen Schaden zufügen wollte. Eine Schuld, die mich so sehr belastet hat, dass ich mich sogar umbringen wollte.

Aber warum haben wir alle Schuld auf uns geladen? Woll-

ten wir Achim helfen? Peter ist verschwunden, und wir haben uns gemeinsam schuldig gemacht. Haben wir ihn umgebracht? Und dann seine Leiche verschwinden lassen?

Aber wenn das so war, wie kann es dann sein, dass er plötzlich wieder im Ort gesehen wird? Wer hat ihn gesehen? Seine Mutter, die ihn als Kind im Stich gelassen hat. Achim Brandstätt und Melanie Dobelke, die damals Schuld auf sich geladen haben. Und diese Frau Burchert, die nicht in das Bild passt, weil sie nicht zur Clique gehörte. Und was ist mit Ingo Görlitz? Warum hat Peter sich ihm noch nicht gezeigt? Er gehörte doch auch dazu. Oder hat er sich ihm mittlerweile gezeigt, aber Görlitz sagt nichts, weil er es nicht glauben will?

Wenn diese drei und Gabriele Meininger damals wirklich etwas mit Peter Kautenbergers Verschwinden zu tun hatten, ist er dann zurückgekommen, um sich zu rächen? Und wie passt Jessica Meininger in dieses Bild? Musste sie sterben, weil ihre Mutter damals dazugehört hat?

Max öffnete die Augen.

Er würde gleich am nächsten Morgen als Erstes mit Jana telefonieren und sich danach mit Achim Brandstätt und Oberkommissar Kornmeier unterhalten. Außerdem würde er Gerda Burchert einen Besuch abstatten und versuchen herauszufinden, ob es einen Grund dafür geben konnte, dass auch sie Peter Kautenberger gesehen hatte.

Er stand auf und ging ins Bad. Während er sich die Zähne putzte, kehrten seine Gedanken zu Jana Brosius zurück, was in den letzten beiden Tagen erstaunlich häufig passiert war.

38

Max wachte um sieben Uhr zehn auf, fünf Minuten, bevor der unangenehme Ton der Weckfunktion seines Smartphones ihn aus dem Schlaf gerissen hätte.

Um Viertel vor acht saß er am Frühstückstisch. Mit ihm gemeinsam war noch ein älteres Paar im Frühstücksraum. Beide hatten sich hinter den aufgeschlagenen Doppelseiten einer Zeitung versteckt und lugten nur kurz hervor, als er sich setzte. Max stellte grinsend fest, dass sich im Gegensatz zu der jüngeren Generation lediglich geändert hatte, dass man hinter dem Smartphone zumindest noch Teile des Gesichts erkennen konnte.

Als Lisa Passig ihm eine Kanne Kaffee brachte, schenkte sie ihm ein Lächeln, das auf ihn etwas unsicher wirkte.

»Guten Morgen, haben Sie gut geschlafen?«

»Ja, vielen Dank.«

»Möchten Sie ein Ei?«

»Ja, gern.«

»Hart oder weich gekocht?«

»Weich bitte.«

Sie wandte sich ab und verschwand gleich darauf in der Küche.

Gegen Viertel nach acht verließ Max die Pension und

stieg in sein Auto, um zu Jana ins Krankenhaus zu fahren. Natürlich hätte er auch mit ihr telefonieren können, aber ihm war daran gelegen, sie zu sehen.

Die wenigen Minuten Fahrzeit wollte er nutzen und ließ über die Freisprechanlage die Nummer von Oberkommissar Kornmeier wählen. Es dauerte eine Weile, bis dieser das Gespräch annahm.

»Herr Bischoff«, begann Kornmeier. »So früh schon unterwegs. Tut mir leid. Falls Sie anrufen, weil Sie Informationen brauchen, muss ich Sie enttäuschen. Der Superbulle aus Koblenz hat mich abziehen lassen.«

»Ja, ich habe davon gehört. Ist etwas zwischen Ihnen und Herrn Zerbach vorgefallen?«

»Sie meinen, außer dass er sich benimmt wie ein Diktator?«

»Ja, abgesehen davon.«

»Nicht dass ich wüsste. Er kam an und teilte mir mit, dass er es vorziehe, mit seinem angestammten Team zu arbeiten.«

· »Hm ... Was ich Sie noch mal fragen wollte ... warum haben Sie mir die Fotos zugespielt?«

»Das sagte ich doch schon: Weil ich denke, dass dieser Zerbach ein Angeber ist, der nichts zustande bringt. Das war er schon damals.«

»Ja, stimmt. Sie sprachen von vor fünfundzwanzig Jahren. Wenn ich mich nicht verrechnet habe, ist Peter Kautenberger aber vor zweiundzwanzig Jahren verschwunden.«

»Ja, dann eben vor zweiundzwanzig Jahren.«

»Wie alt sind Sie, Herr Kornmeier?«

»Was tut das denn jetzt zur Sache?«

»Es interessiert mich einfach.«

»Ich verstehe nicht, was mein…« Er brach ab und sagte dann hastig:»Mist! Ich muss auflegen.«

Max fragte sich, ob Kornmeier wirklich unterbrochen worden war oder einfach nicht mit ihm sprechen wollte. Er nahm sich vor, es herauszufinden.

Kurz darauf erreichte er das auf einer Anhöhe von Cochem gelegene Krankenhaus.

Als er an Janas Zimmertür klopfte, wurde diese in der nächsten Sekunde geöffnet, und eine Schar Männer und Frauen in weißen Kitteln kam ihm entgegen. Max trat zur Seite und wartete, bis alle den Raum verlassen hatten, bevor er eintrat. Jana lächelte ihm entgegen. Sie sah noch immer recht blass aus, gab sich aber sichtlich Mühe, halbwegs fit zu wirken.

»Ich sehe, die haben hier erkannt, dass sie alles auffahren müssen, damit du schnell wieder gesund wirst.«

»Diese Chefarztvisite brauchte ich gar nicht«, erklärte Jana und fügte hinzu:»Außerdem geht es mir schon viel besser. Ich muss nur noch aufpassen, dass ich den Kopf nicht zu schnell bewege.«

»Sehr gut. Und? Wann lassen sie dich wieder frei?«

»Das weiß ich noch nicht, aber ich hoffe, bald.« Jana deutete auf den Stuhl neben ihrem Bett.»Setz dich doch. Wie kommst du voran?«

Max erzählte ihr von seinen Gesprächen und ließ auch das mit Lisa Passig nicht aus.

»Und? Was denkst du darüber?«

»Nun ja, es kann schon sein, dass es so ist, wie sie sagt, und es Peter Kautenberger tatsächlich darum ging, Brandstätt durch seine Behauptungen zu schaden. Und wenn es so war, dann hätte zumindest Brandstätt einen Grund gehabt, richtig wütend auf ihn zu sein.«

»Je nachdem, wie er tickt, kann das durchaus ein Mordmotiv abgeben.«

Max nickte. »Ja, aber was ist mit den anderen? Es geht darum, dass sie Schuld auf sich geladen haben, wie Gabriele Meininger geschrieben hat. Und dass sie alle sich Vorwürfe gemacht haben. Und was ist damit, dass vier Leute behaupten, ihn gesehen und sogar gesprochen zu haben?«

Jana blickte zum Fenster und dachte eine Weile nach, bevor sie sagte: »Und wenn sie glaubten, ihn umgebracht zu haben, er es aber irgendwie geschafft hat zu überleben und fliehen konnte? Und wenn er jetzt zurückgekommen ist, um sich zu rächen?«

»Und dann bringt er ausgerechnet die Tochter von Gabriele Meininger um?«

»Wer weiß. Vielleicht ist er ja noch nicht fertig?«

»Daran möchte ich gar nicht denken. Zerbach hat mittlerweile eine beachtliche Mannschaft hier versammelt, womöglich schreckt das ab. Hast du bei deinem Gespräch mit Ingo Görlitz und Melanie Dobelke noch etwas in Erfahrung bringen können?«

»Nein, leider nichts, was wir nicht schon wussten. Sie waren beide nicht besonders auskunftsfreudig.«

Max lachte auch. »Das glaub ich gern. Ach übrigens, wusstest du, dass Eslem Keskin Horst Böhmer hierherschicken wollte?«

»Ja, ich habe gestern Abend mit ihr telefoniert. Ich glaube, sie fühlt sich verantwortlich für das, was mir passiert ist, und möchte ihn jetzt als meinen Beschützer hier wissen.«

»Aber ich bin doch ...« Max brach den Satz ab, denn mit einem Mal war ihm klar, was die Beweggründe für die Leiterin des KK11 gewesen sein mussten, Böhmer nach Klotten zu schicken.

»Ich verstehe«, sagte er. »Sie glaubt ja, dass ich schuld bin an dem, was mit Bernd Menkhoff passiert ist, und möchte sichergehen, dass hier mit dir nicht das Gleiche passiert.«

»Ja, das denke ich auch.«

Max schaute sie an. »Weißt du, was es war, das die beiden verbunden hat? Da muss doch mehr gewesen sein als einfach nur die Bewunderung für einen guten Polizisten.«

»Ich bin mir nicht sicher, weil sie sich dazu nicht äußert, aber ich kann mir vorstellen, dass sie in ihn verliebt gewesen ist. Wenn sie von ihm spricht, verändert sich ihr Gesicht, und ihre Augen beginnen zu glänzen.«

»Ja, das habe ich mir schon gedacht, aber das ist kein Grund, mich zu behandeln, als sei ich ein Versager, der einen Kollegen im Stich gelassen hat. Ich konnte überhaupt nichts an dem ändern, was passiert ist, sonst hätte ich es getan.«

Jana legte Max die Hand auf den Unterarm. »Das weiß ich jetzt auch. Als ich Frau Keskin davon erzählt habe, dass ich deine Arbeit bei der Polizei sehr bewundere, hat sie mir so überzeugend davon berichtet, dass du deshalb so erfolgreich bist, weil du nur an dich denkst und dabei sogar den Tod eines hervorragenden Ermittlers verursacht hast, dass ich im ersten Moment regelrecht geschockt war. Aber mittlerweile ist mir klar, dass sie das falsch sieht. Und ich glaube sogar, tief in ihrem Inneren weiß sie es auch, aber sie kommt aus dieser Nummer nicht so einfach raus. Zuzugeben, dass sie sich geirrt hat, fällt ihr schwer. Vor allem, wenn es um Bernd Menkhoff geht.«

Max bemerkte erst in diesem Moment, dass er seine Hand auf ihre gelegt hatte. Nicht zu hastig zog er sie zurück und sagte: »Gut, dann werde ich jetzt mal zusehen, dass ich ein wenig Licht ins Dunkel des Gemauschels und Geredes bringen kann. Vielleicht schaffe ich es ja sogar, den echten oder vermeintlichen Peter Kautenberger zu Gesicht zu bekommen.«

Nun löste auch Jana ihre Hand von seinem Unterarm. »Viel Erfolg und … pass bitte auf dich auf.«

39

Nachdem Max das Krankenhaus verlassen hatte, rief Max seinen ehemaligen Kollegen Böhmer an.

»Du sagtest, ich soll dir Bescheid sagen, wenn ich dich hier brauche.«

»Was ist los?«

»Ich weiß jetzt, warum Keskin dich herschicken wollte.«

»Ach, und warum?«

»Sie möchte sichergehen, dass Jana in meiner Nähe nicht das gleiche Schicksal ereilt wie Hauptkommissar Bernd Menkhoff.«

»Was? Das kann doch nicht …«

»Doch, Horst, es kann. Und deshalb tu mir bitte den Gefallen und komm her. Vielleicht hat sie ja recht.«

»Spinnst du jetzt auch schon? Was soll das denn hei-ßen?«

»Jana ist niedergeschlagen worden. Was, wenn derjenige es noch mal versucht und dann erfolgreicher ist? Also bitte, komm und kümmere dich um Jana.«

»Moment mal, Herr Bischoff. Wenn ich diesen Weg auf mich nehme, dann werde ich …«

»… dann wirst du dich um Jana kümmern. Du erinnerst dich an unser Gespräch wegen Hauptkommissar

Zerbach? Wenn du herkommst, um in dem Fall mitzu-
mischen, wird er wahrscheinlich ausflippen. Aber gegen
einen fürsorglichen Polizeibeamten und Freund, der sich
um seine Kollegin sorgt, kann er nichts einzuwenden haben.«

»Und du glaubst im Ernst, der erfährt nicht innerhalb
kürzester Zeit, dass ich dein Expartner bin?«

»Das ist mir egal. Du kommst nach Klotten, um dich
um Jana zu kümmern, und das ist nichts, wogegen er irgendetwas haben kann.«

»Ich bin gegen Mittag da«, brummte Böhmer, dann
legte er auf.

Max stieg in sein Auto und machte sich auf den Weg
zurück nach Klotten. Er fuhr direkt zum Haus von Melanie Dobelke. Ihr Mann öffnete und verzog das Gesicht,
als er Max vor der Tür stehen sah. »Was wollen Sie denn
schon wieder? Warum lassen Sie sie nicht in Ruhe?«

»Da Sie zu Hause sind, unterhalte ich mich auch gern
mit Ihnen. Ist das okay?«

»Ähm … ja, sicher«, sagte Pung überrascht.

»Gut, wo wollen wir reden?«

Er sah nach hinten in den Flur und nickte Max zu.
»Also gut, ich komme raus, dann können wir ein paar
Meter gehen. Melli ist irgendwo im Keller und räumt
auf, aber sie kann jeden Moment raufkommen und muss
ja nicht mitbekommen, dass wir uns unterhalten. Sie hat
es immer noch nicht verkraftet, dass sie glaubt, Peter gesehen und mit ihm gesprochen zu haben.«

»Sie sagten, Ihre Frau ist irgendwo im Keller?«, fragte

Max, als Pung kurz darauf in einer dicken Jacke nach draußen kam und die Tür hinter sich zuzog. »Das hört sich an, als sei er recht groß.«

»Ja, das Haus ist von 1899 und hat drei Kelleretagen mit insgesamt dreihundert Quadratmetern und zudem einen geheimnisvollen Bruchsteinkeller. Es war früher mal ein Weingut. Dort unten kann man sich wirklich verlaufen.«

»Wow!«, sagte Max und war zufrieden, dass Torsten Pung ein wenig lockerer zu werden schien.

»Sie sagten eben, dass *sie* glaubt, Peter gesehen zu haben. Heißt das, Sie glauben es nicht?«

Sie wandten sich nach links und schlenderten den Weg entlang.

»Nein, ich … ach, es ist schwierig. Ich habe von der ganzen Sache damals nichts mitbekommen. Ich bin nicht in Klotten aufgewachsen. Melli schon, obwohl sie in Bonn geboren wurde und erst 1987 mit ihren Eltern hierhergezogen ist. Da war sie zehn.«

»Wie lange kennen Sie sich?«

»Rund zehn Jahre. Zwei davon sind wir verheiratet.«

»Und was lässt Sie daran zweifeln, dass Peter Kautenberger wieder aufgetaucht ist?«

»Mein gesunder Menschenverstand. Was sagt Ihrer dazu?«

»Das ist was anderes. Aber Melanie ist Ihre Frau.«

»Ja, doch alles, was die damalige Zeit betrifft, ist schwierig. Ich glaube, sie hat Peter Kautenberger sehr geliebt, und als er so plötzlich verschwunden ist, hat es ihr das

Herz gebrochen. Und zwar so sehr, dass die Wunde jetzt wieder aufgerissen ist, wo diese Geschichte hochkocht und bis ins kleinste Detail wieder und wieder durchgekaut wird. Vor allem, wenn dieser Zerbach bei uns auftaucht, sollten Sie sie mal erleben. Beim ersten Mal hat sie am ganzen Leib gezittert. Sie macht total dicht, wenn sie ihn sieht. Ich glaube, bei den Ermittlungen damals war er schon genauso ein Arschloch wie jetzt. Irgendetwas muss passiert sein, denn sie weigert sich, noch mal mit ihm zu reden.«

»Hm«, brummte Max und überlegte, dass diese Schilderung nicht zu dem passte, was Zerbach ihm erzählt hatte. »Kommen wir noch mal auf Peter Kautenberger zurück. Was wissen Sie über ihn?«

Pung zuckte mit den Schultern. »Nur das, was Melli mir erzählt hat. Hier im Ort redet fast niemand über ihn.«

»Und was hat sie erzählt?«

»Nun, dass sein Vater Winzer war, wie viele andere hier. Er muss ein ziemlicher Arsch gewesen sein, weil Peters Mutter mit einem anderen weggezogen ist und sogar ihren Sohn zurückgelassen hat. Das muss Peter damals ziemlich mitgenommen haben. Alles in allem sagt Melli, er war im Ort recht beliebt, bis er anfing, von diesem Mist mit dem Wein zu reden.«

»Was genau hat er darüber gesagt?«

»Das weiß ich nicht. Ich denke, niemand im ganzen Ort weiß das so genau. Aber alle wissen, dass es um Weinpanscherei ging und dass kein Winzer hier das tun würde.«

»Man könnte also sagen, Peter hat es sich damals hier mit allen im Ort verscherzt.«

»Aber so richtig.«

»Und dann verschwindet er von einem Tag auf den nächsten ohne Ankündigung.«

»Genau. Und es liegt auf der Hand, dass einer oder mehrere aus dem Ort dafür gesorgt haben, dass er damit aufhört, diese Anschuldigungen herumzuposaunen.«

Max nickte. »Ich hätte es nicht besser formulieren können. Aber es konnte niemandem etwas nachgewiesen werden. Und – noch wichtiger – es wurde nie eine Leiche gefunden.«

»Genau. Das bedeutet aber auch nicht zwangsläufig, dass er über zwanzig Jahre lang irgendwo als Gespenst gelebt hat und jetzt wieder hier auftaucht und seiner ehemaligen Freundin einen Besuch abstattet.«

Max blieb stehen, Pung machte noch zwei Schritte, blieb ebenfalls stehen und wandte sich dann Max zu.

»Herr Pung, darf ich Ihnen eine recht persönliche Frage stellen?«

»Fragen können Sie immer …«

»Glauben Sie wirklich nicht, dass Peter Kautenberger wieder da ist, oder *wollen* Sie es nicht glauben und haben in Wahrheit Angst davor, weil Sie wissen, wie sehr Ihre Frau damals in ihn verliebt war?«

Für einen Moment arbeitete es in Pung, das war deutlich an seinem Gesicht abzulesen, dann sah er Max offen an und sagte: »Ich denke, es ist eine Mischung aus beidem.«

40

Nachdem Max sich von Torsten Pung verabschiedet und angekündigt hatte, später wiederzukommen, weil er sich noch mal mit dessen Frau unterhalten wollte, fuhr er zurück zu seiner Unterkunft und parkte den Wagen. Auf dem Weg zur Pension, in der Zerbach seine provisorische Zentrale eingerichtet hatte, rief Eslem Keskin an.

»Ist Herr Böhmer schon da?«

»Nein, er konnte erst heute Morgen losfahren und wird bald hier sein.«

»Ich weiß zwar nicht, wo das Problem liegt, sich am frühen Abend ins Auto zu setzen und an die Mosel zu fahren, aber gut. Ich habe ihn angerufen, kann ihn aber nicht erreichen.«

O Wunder, dachte Max und sagte: »Auf dem Weg hierher gibt es große Strecken ohne Netz.«

»Wie auch immer. Wenn er ankommt, soll er sich umgehend bei mir melden.«

Da war er schon wieder, dieser Befehlston, den Max nicht ausstehen konnte. »Ich habe eine Frage, Frau Keskin. Kommt Horst in offiziellem Auftrag hierher? Als Ermittler, von Ihnen geschickt?«

»Natürlich nicht. Was ist das denn für eine Frage? Haben Sie nach der kurzen Zeit als Zivilist schon vergessen, wie das mit den Zuständigkeiten ist?«

»Also kommt er privat her und hat offiziell Urlaub?«

»Ja. Warum?«

»Ach, ich wollte nur sichergehen, wie ich es Horst gegenüber formuliere. Da er im Urlaub ist, werde ich ihm also viele Grüße von Ihnen ausrichten und ihm gute Erholung wünschen. Und dass er Sie, wenn er in seinem Urlaub dafür die Zeit findet, gern mal anrufen kann.«

»Sie sollten es nicht übertreiben, Herr Bischoff. Auch meine Geduld hat Grenzen.«

»Und meine ist nun zu Ende. Ich wünsche Ihnen noch einen erlebnisreichen Tag. Bis bald.«

Max beendete das Gespräch und konnte sich ein grimmiges Grinsen nicht verkneifen. Wenn sie das Spiel so spielen wollte, sollte es ihm recht sein.

Als er Zerbachs Pension erreichte, ging es dort ähnlich zu wie in einem Taubenschlag. Offenbar waren mittlerweile alle Mitglieder der Mordkommission aus Koblenz eingetroffen und richteten ihre Arbeitsplätze ein. Max vermutete, dass die gesamte Pension dafür genutzt wurde und die anderen Gäste umquartiert worden waren.

»Morgen«, begrüßte Zerbach Max militärisch knapp. »Wie Sie sehen, sind wir allmählich vollzählig. Meine Truppe. Alles klasse Leute. Jetzt geht's hier rund.«

»Ja, das sehe ich.«

»Gut, dann sehen Sie auch, dass für Sie kein Platz mehr ist. Sie können also packen und zurück nach Düsseldorf fahren. Hier spielen jetzt die großen Jungs.«

»Hier spielen jetzt die großen Jungs?«, wiederholte Max fassungslos. »Das können Sie unmöglich ernst meinen.«

»Und ob ich das ernst meine. Haben Sie damit ein Problem, *Herr* Bischoff?«

Perplex wandte Max sich ab und ließ Zerbach stehen. Noch beim Hinausgehen bemerkte er, dass er die Hände in den Jackentaschen zu Fäusten geballt hatte. In seiner Zeit als Polizist und auch danach hatte er so manchen Ermittlungsbeamten getroffen, der sich selbst überschätzte, aber ein Typ wie Zerbach war ihm bisher tatsächlich noch nicht begegnet.

Und dass Keskin Böhmer schickte, um Jana letztendlich auch vor ihm, Max, zu beschützen, regte ihn nun doch auf. Mehr Geringschätzung konnte sie ihm fast nicht mehr entgegenbringen.

Max ging nicht den direkten Weg zur Pension zurück, sondern bog vorher ab und lief bergauf, bis er den Rand des Ortes und einen Pfad erreicht hatte, der an der unteren Reihe der Reben vorbeiführte. Der Weg war vom Dauerregen matschig und rutschig, doch das war ihm egal.

Was war das, was er gerade erlebte? Pech? Schicksal? Er kam in dem Fall nicht weiter, hatte es mit einem Idioten als leitendem Ermittler zu tun und in Düsseldorf mit einer Kriminalbeamtin, die ihm offenbar nichts, aber auch rein gar nichts zutraute. Und dennoch hatte sie ihn nach Klotten beordert. Privat engagiert. Warum? Damit er scheiterte? Hatte sie geahnt, dass er nicht einen Schritt weiterkommen würde? Sie hatte ja in den Tagen zuvor selbst erlebt, dass die Chance, etwas von den Bewohnern des Ortes zu erfahren, gleich null war.

Und was war das mit Wagner? Wer war der ominöse Anrufer gewesen, der den Psychologen dringend nach Köln beordert hatte? Steckte Keskin vielleicht auch hinter dieser Aktion? Damit er auch ganz sicher allein war, wenn er kläglich versagte?

Nein, das war nun wirklich zu weit hergeholt. Warum sollte sie das tun? Und vor allem, wie sollte sie das tun? Und dennoch …

Max stellte fest, dass er am liebsten dem Rat von Zerbach folgen, seine Sachen packen und zurück nach Düsseldorf fahren würde. Aber was dann? Würde er sich dann nicht den Vorwurf machen, aufgegeben zu haben, während ein Mörder frei herumlief und vielleicht bald noch einen Menschen tötete?

Als er glaubte, weit genug von den letzten Häusern entfernt zu sein, nahm Max einen tiefen Atemzug und presste sich beide Hände auf den Mund.

Und dann schrie er, was seine Lungen hergaben. Er schrie allen Frust aus sich heraus, der sich in den letzten Stunden in ihm aufgebaut hatte, alle Verzweiflung und alle Selbstzweifel, bis er husten musste.

Irgendwann sah er sich schwer atmend um, entdeckte einen großen Stein unterhalb der Reben und setzte sich darauf. Er wartete, bis er wieder ruhig atmete, dann schloss er die Augen und konzentrierte sich auf das, was er in den letzten beiden Tagen in Klotten erlebt hatte.

Jedes Gespräch, das er geführt hatte, jede Unterhaltung mit Wagner, Jana, Lisa Passig und allen anderen.

Als er sich später auf den Weg zurück in den Ort machte, hatte er etwa eine Stunde auf dem Stein gesessen, die Hose war durchnässt, und er fror.

Aber der Frust war verschwunden. Und er hatte eine imaginäre Liste mit Aufgaben erstellt, die er als Nächstes angehen, und Unterhaltungen, die er führen wollte. Ganz oben stand der Name des Cochemer Oberkommissars Kornmeier.

41

Er sitzt auf dem einzigen Stuhl inmitten des leeren Raumes und starrt vor sich auf den staubigen Boden. Seine Gedanken sind wie so oft in den letzten Tagen in die Vergangenheit abgedriftet, und er hat es zugelassen. Obwohl er weiß, dass alles, was er aus dieser schlimmen Zeit heraufbeschwört, für ihn die reine Seelenqual ist.

Er spürt, dass er den Verstand zu verlieren droht, und sucht in der Vergangenheit verzweifelt nach etwas, an dem er sich festhalten, an dem er sich zurück in die normale Welt ziehen kann. Doch mit jedem Mal, bei dem er diese wenigen Tage damals neu durchlebt, macht er es nur schlimmer. Ist das nicht das wahrhaft Verrückte? Sich immer wieder gedanklich in die gleiche, albtraumhafte Situation aus der Vergangenheit zu begeben und darauf zu hoffen, dass es endlich anders enden wird?

Ein Geräusch lässt ihn hochschrecken und zieht ihn wie an einem Gummiband zurück in die Gegenwart, in den leeren Raum, durch dessen schmutzige Fenster gerade genug vom Grau des Tages hereindringt, dass er die Gestalt schemenhaft erkennen kann, die in der Tür steht.

»Bist du wieder dort?«, fragt die Gestalt, ohne dass er die Bewegung der Lippen sieht. Als er nicht darauf antwortet, sagt sie:»Ich kann dir helfen, das weißt du. Ich kann dafür sorgen, dass du diesen Moment wieder erleben kannst. Du weißt, dass es dir danach besser geht. Sag mir: Soll ich dir helfen?«

Seine Lippen bewegen sich, sein Mund öffnet sich, und er sagt leise: »Ja.«

»Ich kann dich nicht verstehen«, sagt die Gestalt. »Sag mir, soll ich dir helfen?«

»Ja«, antwortet er lauter. »Bitte hilf mir.«

Daraufhin setzt die Gestalt sich in Bewegung, kommt auf ihn zu, geht vor ihm in die Hocke. Ihre Hand legt sich zwischen seine Beine, drückt zu.

»Schließ deine Augen«, sagt die Gestalt, während die Finger sich in seinem Schritt so fest schließen, dass er vor lustvollem Schmerz aufstöhnt. »Erinnere dich. Es ist viele Jahre her. Du bist im Keller, in diesem speziellen Raum. Und du bist nicht allein.«

42

Auf dem Weg zurück zur Pension wählte Max die Nummer von Oberkommissar Kornmeier, landete aber direkt auf der Mailbox.

»Bischoff hier, rufen Sie mich doch bitte zurück, es ist wichtig.«

Er war schon fast bei der Pension, als er es sich spontan anders überlegte und in eine Seitenstraße abbog. Wenige Minuten später stand er vor dem Haus von Melanie Dobelke.

Auf sein Klingeln hin öffnete dieses Mal nicht ihr Mann, sondern sie selbst.

»Sie schon wieder?«

»Ja, ich schon wieder«, sagte Max. »Ich habe noch ein paar Fragen an Sie.«

»Ich möchte keine Fragen mehr beantworten.«

»Das wundert mich. Gestern wollten Sie noch unbedingt mit mir reden. Jetzt habe *ich* Gesprächsbedarf«, insistierte Max.

Sie schüttelte den Kopf. »Tut mir leid, ich möchte mich nicht mehr mit diesen Dingen befassen.«

Sie war schon im Begriff, die Tür wieder zu schließen, als Max schnell einwarf: »Dann muss ich mich wohl mit jemand anderem über Sie und Herrn Zerbach unterhalten. Ist Ihr Mann zu Hause?«

Die Tür wurde langsam wieder geöffnet. Als Max Melanie Dobelkes Gesicht sah, wusste er, dass er ins Schwarze getroffen hatte. Es schien, als sei sie plötzlich noch blasser geworden.

»Was soll das heißen: Über mich und Herrn Zerbach?«

»Ich habe mit Zerbach über sie beide gesprochen. Er hat mir einiges erzählt, und ich wollte nun der Fairness halber auch Ihre Version hören. Aber wenn Sie nicht möchten …«

»Kommen Sie rein«, sagte sie.

Melanie Dobelke lotste Max in die Küche, wo ein kleiner Fernseher lief. Nachdem sie ihn ausgeschaltet hatte, deutete sie auf die Eckbank. Max saß noch nicht richtig, da sagte sie schon: »Was hat er erzählt? Ich wette, er hat gelogen.«

»Ihr Mann ist nicht zu Hause?«

»Nein, er ist heute unterwegs, ist eben losgefahren. Nun sagen Sie schon: Was hat Zerbach gesagt?«

»Nun, er sagte, dass er damals, als Peter verschwunden war, öfter hier war, um Sie … zu trösten.«

»Dieses Arschloch«, sagte sie leise, und ihr Blick richtete sich an Max vorbei ins Leere. »Er hat die Situation ausgenutzt.«

Max spürte, dass er kurz davor war, etwas Wichtiges zu erfahren. Er musste nun vorsichtig mit seinen Formulierungen sein. Immerhin hatte Zerbach ausdrücklich betont, es sei nichts zwischen ihm und ihr gelaufen außer Gesprächen.

»Wie ich das verstanden habe, sieht er das anders. Laut ihm waren Sie diejenige, die … sagen wir … *Trost* brauchte, und er war einfach für Sie da.«

Unverbindlicher konnte Max es nicht formulieren, ohne zu lügen, doch es funktionierte.

»Er war für mich da?«, fuhr sie auf. »Dieses verlogene Schwein. Ja, ich habe wirklich Trost gebraucht. Ich war vollkommen hilflos, nachdem Peter so plötzlich verschwunden war, und habe mich nach jemandem gesehnt, der mich in den Arm nimmt. Und Thomas Zerbach war da. Um mir bei der ersten Gelegenheit die Hand unter den Pullover zu schieben und mich ins Schlafzimmer zu ziehen. Hat er Ihnen auch erzählt, wie er mich dazu überredet hat, mit ihm ins Bett zu gehen? Was er mir alles versprochen hat? Von der großen Liebe hat er geredet und davon, dass ich zu ihm nach Koblenz ziehen soll, wenn der Fall vorbei ist. Er wollte mit mir zusammen sein und für mich sorgen.«

»Das hat er dann wohl doch nicht getan.«

»Nein. Er war ein paarmal bei mir, bis ihn irgendjemand aus dem Dorf angeschwärzt hat. Er ist zurück nach Koblenz, und ich habe nie wieder von ihm gehört. Meine Anrufe hat er ignoriert, auf dem Präsidium hat er sich verleugnen lassen. Irgendwann hatte er eine neue Telefonnummer. Da endlich habe ich kapiert, dass er meine Lage nur ausgenutzt hat. Von wegen Liebe. Er hat mich verarscht nach Strich und Faden.«

»Das tut mir leid.«

Sie stieß ein zischendes Geräusch aus. »Ja. Mir auch.« Sie blickten eine Weile schweigend aneinander vorbei, bis sie Max wieder ansah und sagte: »Und dann taucht er plötzlich wieder hier auf und tut so, als sei er der wichtige Polizist und als hätte es das alles damals nicht gegeben. Und dann ...« Sie unterdrückte ein Schluchzen. »Dann steht plötzlich Peter vor meiner Tür. Nach zweiundzwanzig Jahren. Und er ist nicht tot, wie ich all die Jahre dachte. Nein, er ist freiwillig gegangen, ohne mir auch nur ein Wort zu sagen. Er hat mich die ganze Zeit über im Glauben gelassen, ich hätte ihm damals nicht genug beigestanden. Achim, Ingo, Gabi und ich ... wir hätten ihn nicht genug beschützt, als er angefeindet wurde. Zerbach konnte mich damals nur überrumpeln, weil ich so schrecklich unglücklich war und dachte, Peter sei tot. Und weil ich ihn so vermisst habe.«

Sie schaffte es nicht mehr, sich zurückzuhalten, und begann hemmungslos zu weinen.

Max ließ ihr die Zeit, die sie brauchte, und versuchte derweil, seine Gedanken zu ordnen.

Zerbach hatte die Situation also ausgenutzt und Melanie Dobelke dazu gebracht, mit ihm zu schlafen, indem er ihr Liebe vorgaukelte. Viel schäbiger ging es wirklich nicht mehr. Also waren die anonymen Anschuldigungen berechtigt gewesen, und Max konnte sich vorstellen, dass Zerbach nicht so einfach abgezogen worden war, wie er behauptet hatte, sondern dass man sich in Koblenz entsprechend rückversichert hatte, was da gelaufen war.

»Sie dürfen mit niemandem darüber reden, hören Sie?«, riss Melanie Dobelke ihn aus seinen Gedanken, als sie sich wieder halbwegs beruhigt hatte. »Wenn Torsten davon erfahren würde … ich glaube, er würde jede Achtung vor mir verlieren.«

»Ihr Mann wird nichts davon erfahren«, versprach Max, obwohl er nichts lieber getan hätte, als Zerbach unter die Nase zu reiben, dass er wusste, was damals tatsächlich passiert war. Und sein Gefühl sagte ihm, dass der Hauptkommissar gelogen hatte und Melanie Dobelke die Wahrheit sagte. »Aber ich denke, Sie sollten Ihren Mann nicht unterschätzen. Ich bin überzeugt, er könnte das sehr wohl einordnen. Davon abgesehen, dass das lange vor seiner Zeit gewesen ist.«

»Nein, er darf es nicht erfahren. Es wissen nur wenige im Ort davon, und die haben bisher geschwiegen. Das soll auch so bleiben.«

Max nickte. »Okay. Ich habe das Gefühl, dass Geheimnisse in Klotten sehr gut aufgehoben sind. Niemand erzählt irgendwas.«

Sie zuckte daraufhin nur mit den Schultern.

Max erhob sich. »Ich danke Ihnen für Ihre Offenheit. So wie Sie es erzählen, ist das, was damals geschehen ist, allerdings strafrechtlich nicht relevant. Es geschah in beidseitigem Einverständnis. Im Klartext, rein juristisch hat Zerbach sich nichts zuschulden kommen lassen.«

»Ich weiß.«

»Dass es moralisch und menschlich verwerflich ist, was er getan hat, steht außer Frage.«

282

»Ich hoffe, er fällt richtig auf die Schnauze.«

»Das ist auch der Grund, warum Sie gestern nicht mit ihm, sondern mit mir reden wollten, nicht wahr?«

»Ja. Von mir bekommt dieser Arsch keine Informationen.«

»Ich verstehe Sie zwar, bitte Sie aber trotzdem, mit der Polizei zusammenzuarbeiten. Es geht darum, einen Mörder zu fassen, und das muss wichtiger sein als alles Persönliche.«

Als sie darauf nicht reagierte, wandte Max sich zum Gehen, hielt aber noch einmal inne. »Eine Frage habe ich noch: Haben Sie einen Verdacht, wer Zerbach damals in Koblenz bei seinen Vorgesetzten angeschwärzt haben könnte?«

»N… nein«, antwortete sie, und Max ahnte, dass das eine Lüge war.

43

Oberkommissar Kornmeier rief Max zurück, kurz nachdem dieser das Haus von Melanie Dobelke verlassen hatte. »Na wunderbar«, sagte Max, als er den Namen auf dem Display las, und nahm das Gespräch an.

»Sie baten um Rückruf?«

»Ja, ich möchte auch gleich zur Sache kommen, denn ich habe mich gerade länger mit Melanie Dobelke unterhalten. Ihr Anruf kommt also genau zum rechten Zeitpunkt.«

Max wartete auf eine Reaktion Kornmeiers, und als die nicht kam, sagte er: »Herr Kornmeier, ich wüsste gern, wie alt Sie waren, als Peter Kautenberger verschwand.«

»Das Thema mit meinem Alter hatten wir doch …«

»Gibt es einen Grund, dass Sie mir Ihr Alter nicht sagen möchten? Nachdem Sie bei unserem letzten Gespräch meinten, Kautenberger sei vor fünfundzwanzig Jahren verschwunden, obwohl es erst zweiundzwanzig Jahre her ist? Und nachdem Sie betonten, Sie seien damals ja noch so jung gewesen, dass Sie noch zur Schule gegangen sind?«

»Das …«, setzte Kornmeier an, dann hörte Max, wie er tief durchatmete. »Also gut. Wo sind Sie gerade?«

»Ich bin auf dem Weg zu meiner Pension. Ich wohne bei Lisa Passig.«

»Okay, ich komme. Ich bin in einer Viertelstunde da.«

Max legte zufrieden auf. Endlich schien sich etwas zu bewegen. Und wie es aussah, war die Rolle des damaligen Oberkommissars Thomas Zerbach eine völlig andere, als er selbst es darstellte. Nun kam als nächstes Puzzleteilchen Oberkommissar Kornmeier aus Cochem hinzu, der offensichtlich bei ihrer letzten Unterhaltung großen Wert darauf gelegt hatte, zum Zeitpunkt von Peter Kautenbergers Verschwinden jünger zu erscheinen, als er gewesen war. Max war mehr denn je der Überzeugung, dass es zur Aufklärung des Mordes an Jessica Meininger wichtig war zu verstehen, was damals in Klotten passiert ist.

Als Max an der Pension ankam, begann es wieder zu regnen.

Er ging hinein und setzte sich in den Aufenthaltsraum, nachdem er festgestellt hatte, dass Lisa Passig nicht im Haus zu sein schien. Um sich die Zeit bis zu Kornmeiers Eintreffen zu vertreiben, versuchte er seinen Exkollegen zu erreichen, was ihm auch gelang.

»Hallo, Max!«, begrüßte Böhmer ihn mit einem grimmigen Unterton, der Max bekannt vorkam.

»Okay. Erzähl!«, sagte er knapp.

»Was?«

»Na, was dich ärgert. Ich höre es an deiner Stimme.«

»Du kennst mich einfach zu gut. Ich hatte gerade eine Unterhaltung mit meiner Chefin, die der Meinung ist, ich sollte dafür sorgen, dass du aus Klotten verschwindest. Was hast du jetzt wieder angestellt?«

»Ach, diese Frau geht mir wirklich auf die Nerven.«

»Dann bist du wohl an der Reihe zu erzählen.«

Max fasste seine Gespräche mit Jana und Keskin zusammen, woraufhin Böhmer ein meckerndes Lachen ausstieß.

»Okay, ich verstehe, warum du sauer bist, und jetzt auch, warum die Keskin sich aufführt, als hätte sie das Kriegsbeil ausgegraben. Ich befürchte, ihr beide werdet keine Freunde mehr.«

»Das sehe ich zumindest im Moment genauso. Und wenn sie glaubt, ich würde hier unverrichteter Dinge wieder abziehen, dann hat sie sich geschnitten.«

Erneut war ein kurzes Lachen zu hören. »Ich weiß. Und etwas Ähnliches habe ich ihr auch gesagt.«

Die Tür öffnete sich, und Kornmeier betrat den Aufenthaltsraum der Pension.

»Wo bist du gerade?«, fragte Max ins Telefon.

»Ich habe laut Navi noch eine knappe Stunde.«

»Okay, dann bis gleich.«

Er legte auf und bedeutete Kornmeier, sich zu setzen.

»Also, was halten Sie davon, wenn wir jetzt offen miteinander reden?«

»Was denken Sie, warum ich hierhergekommen bin?«, erwiderte Kornmeier mit müder Stimme.

»Na, dann legen Sie los. Am besten mit der Antwort auf meine Frage, warum es Ihnen so wichtig ist, dass ich Sie für jünger halte, als Sie tatsächlich sind.«

Kornmeier machte ein nachdenkliches Gesicht, als müsse er sich die Antwort erst überlegen und hätte nicht schon während der Fahrt von Cochem nach Klotten dazu die Gelegenheit gehabt.

»Bleibt dieses Gespräch unter uns?«

Max zuckte mit den Schultern. »Solange es rechtlich nicht relevant ist, ja.«

»Es stimmt, ich war vor zweiundzwanzig Jahren schon einundzwanzig. Aber dass ich zu der Zeit noch zur Schule ging, das war keine Lüge. Allerdings zur Polizeischule. Ich … ich wollte nicht, dass das rauskommt, damit …«

»Damit?«

»Damit Zerbach nicht auf die Idee kommt, ich könnte es gewesen sein, der ihn damals in Koblenz angeschwärzt hat.«

»Sie waren das?«, fragte Max ehrlich überrascht.

»Ich habe während der Ermittlungen mitbekommen, dass er immer wieder bei Melli zu Hause war und manchmal erst zwei Stunden später zurückgekommen ist. Bei seinem verschwitzten Gesicht und der unordentlichen Frisur war klar, was gelaufen ist. Er hat Mellis Situation ausgenutzt, und ich habe Melli angesehen, dass es ihr nicht gut ging. Deshalb habe ich dafür gesorgt, dass das ein Ende hat.«

»Aber wie konnten Sie so sicher sein, dass Zerbach die Beziehung nicht von Koblenz aus weiterführen würde?«

In dem Blick, mit dem Kornmeier Max ansah, lag Unverständnis. »Fragen Sie mich das wirklich? Sie haben diesen überheblichen Fatzke doch erlebt. Er war damals schon genauso wie heute. Würden Sie davon ausgehen, dass er der Typ ist, der eine Affäre, die er während einer Ermittlung anfängt, danach ernsthaft fortsetzen will?«

Max gestand sich ein, dass Kornmeier recht hatte und er es genauso sah, antwortete aber nicht, denn etwas anderes interessierte ihn. »Sie sagten, Zerbach kam manchmal erst nach zwei Stunden wieder aus Dobelkes Haus. Woher wissen Sie das?«

»Weil ich gesehen habe, wie er das Haus verließ.«

»Aber woher wussten Sie, dass er zwei Stunden drin war?«

»Weil …« Kornmeier biss sich kurz auf die Lippe, da ihm klar war, dass Max aus seiner Antwort Schlussfolgerungen ziehen würde. »Weil ich auch gesehen habe, wie er hineingegangen ist.«

»Sie haben zwei Stunden vor dem Haus gewartet?«

»Ja. Ich … ich war mit Peter Kautenberger befreundet und fand es schrecklich, dass dieser Arsch so kurz nach Peters Verschwinden die Situation ausnutzte und dessen Freundin … Sie wissen schon. Deswegen habe ich das beobachtet und die Kollegen in Koblenz über Zerbachs Treiben informiert.«

»Anonym.«

»Ja.«

»Sie waren also mit Peter Kautenberger befreundet?«

»Ja.«

Er lügt, soufflierte eine innere Stimme Max.

»Das ist mir neu. Er muss zu dem Zeitpunkt vier oder fünf Jahre älter gewesen sein als Sie. Und er hat meines

Wissens außer mit Melanie Dobelke fast seine ganze Freizeit mit Achim Brandstätt, Ingo Görlitz und Gabi Meininger verbracht.«

»Ja, und?«

»Hm ... Das heißt, die drei müssten Sie dann ja auch ganz gut kennen. Denken Sie, Melanie, Achim und Ingo würden mir das bestätigen, was Sie gerade gesagt haben?«

»Moment!«, fuhr Kornmeier hoch. »Sie sagten, das Gespräch bliebe unter uns. Ich habe mich darauf verlassen.«

»Das war eine hypothetische Frage, Herr Kornmeier. Ich sagte nicht, dass ich sie tatsächlich fragen werde.«

Max konnte sehen, wie sich Kornmeier wieder entspannte. »Ja, das würden sie bestimmt bestätigen.«

Und auch das war eine Lüge, glaubte Max zu wissen.

44

Er konzentriert sich auf die Worte, während der Schmerz zwischen seinen Beinen immer heftiger wird, dort, wo die Hand erbarmungslos zudrückt und sich dabei bewegt. Und es beginnt zu wirken. Wie immer.

Mit einem Mal befindet er sich nicht mehr in dem leeren, staubigen Raum, sondern in dem Keller mit dem rechteckigen Loch. Er sitzt nicht mehr auf dem Stuhl, sondern er steht am Rand der geöffneten Grube und schaut hinab auf den Körper, den er dort abgelegt hat. In das Gesicht, dessen Lider geschlossen sind.

Der Brustkorb hebt und senkt sich. Wenn er nichts tut, werden die Augen sich bald öffnen, und der hasserfüllte Blick wird ihn fixieren. Wie immer, wenn er etwas getan hat, wofür er bestraft werden muss.

»Strafe reinigt die Seele«, murmelt er. »Schmerz reinigt die Seele. Wer Unrecht getan hat, findet im Schmerz Läuterung und Vergebung.«

»Es wird Zeit«, flüstert die Gestalt hinter ihm verlockend, während die Hand seine Hose öffnet und dann erneut zugreift. Er stöhnt auf. Der Schmerz treibt ihm Tränen in die Augen, aber gleichzeitig bereitet er ihm ein Gefühl der aufsteigenden Ekstase, das ihm überirdisch erscheint.

»Es wird Zeit«, wiederholt die einschmeichelnde Stimme. »Du musst es jetzt tun.«

Als er zögert, lässt der Druck an seinen Genitalien plötzlich nach. Sofort zieht sich dieses unbeschreibliche Gefühl aus ihm zurück wie ein verschrecktes Tier.

»Ich tue es«, raunt er und schaut hinab auf die Axt, die er in seiner rechten Hand hält. Als er sie langsam anhebt, ist die Hand zwischen seinen Beinen wieder da.

»Ja!«, stöhnt ihm die Gestalt ins Ohr, und dabei schließen sich die Finger mit einem Ruck wieder so brutal, dass er aufschreit. In dem Gesicht zu seinen Füßen beginnt es zu zucken. Das Leben kehrt zurück.

»Jetzt!«, befiehlt die Gestalt direkt an seinem Ohr, und er kann den heißen Atem spüren. Die Schmerzen sind fast unerträglich, und dennoch hat er nie zuvor einen solch ekstatischen Rausch verspürt.

Während sich seine Lenden langsam zusammenziehen und ihn ahnen lassen, was gleich passieren wird, hebt er die Axt mit beiden Händen hoch. Die Augen in dem Gesicht unter ihm öffnen sich, starren ihn direkt an. Sie erkennen, was er im Begriff ist zu tun. Der Körper will sich aufbäumen, doch in diesem Moment lässt er die Axt mit aller Kraft niedersausen.

Er sieht, wie der Stahl in die Stirn eindringt und auch, was er mit dem verhassten Kopf im Bruchteil einer Sekunde tut. Er spürt einen letzten, alles umfassenden Schmerz, gleichzeitig entlädt sich alles in ihm in einem explosionsartigen Feuerwerk, dann sinkt er kraftlos zu Boden.

Er verliert nicht das Bewusstsein, aber seine Muskeln sind erschlafft.

Er bemerkt eine Bewegung über sich, dann neben sich. Die Hand ist wieder da, aber jetzt streichelt sie seine linke Wange, liebkost seinen Kopf, während er auf dem feuchten, lehmigen Boden liegt und den Schädel betrachtet, der sich nur wenige Zentimeter von ihm entfernt befindet und in dem die Axt steckt.

»Du hast es getan.« In der Stimme liegt nun so viel Wärme und Liebe, dass er all seine Kraft zusammennimmt und sich ein wenig aufrichtet. Und mit dieser Bewegung verschwindet der lehmige Boden und der gespaltene Schädel. Es ist nicht mehr kalt und riecht nicht mehr modrig.

Er sitzt wieder in dem Raum auf dem Stuhl und fühlt sich befreit von allen Lasten und aller Verzweiflung. Er schaut in das lächelnde Gesicht vor sich.

»Geh, mach dich sauber«, flüstert die Gestalt, dann löst sich der Griff der Hand zwischen seinen Beinen.

45

Als Kornmeier sich verabschiedet und Max nochmals eindringlich gebeten hatte, niemandem von ihrer Unterhaltung zu erzählen, waren noch zwei Gespräche auf Max' imaginärer Liste offen. Er sah auf die Uhr. Kurz nach eins. Er wusste nicht, wie hoch die Wahrscheinlichkeit war, Brandstätt und Görlitz zu erreichen. Er entschied sich, es zuerst bei Brandstätt zu versuchen. Und er nahm sich vor, seine Zurückhaltung abzulegen und Klartext mit den Leuten zu reden.

Als Max den Hof des Weinbaubetriebes betrat, sah er sofort Achim Brandstätt. Ähnlich wie zuvor sein Vater werkelte er an einem Schmalspurtraktor herum, dessen beide Motorabdeckungen hochgeklappt waren.

Im Gesicht des Mannes spiegelte sich Ablehnung wider, als er Max entdeckte.

»Mit welchen Fragen kommen Sie denn jetzt schon wieder an?«, fragte er, als Max ihn erreicht hatte.

»Mit der Frage, warum Sie mir nicht gesagt haben, dass Peter Kautenberger damals explizit Sie und Ihren Vater beschuldigt hatte, Ihren Wein zu panschen«, schoss Max bewusst scharf seine Frage ab.

Brandstätt richtete sich auf und wischte sich die Hände

an einem grauen Lappen ab. »Wie kommen Sie denn darauf?«

»Das wurde mir von Leuten gesagt, die es wissen sollten«, entgegnete Max vage.

»Ach ja? Alle hier im Ort glaubten immer schon, irgendwelche Dinge zu wissen, doch niemand traute sich, etwas zu sagen. Das ist hier eben so.«

»Bis auf Peter Kautenberger.«

Brandstätt warf den Lappen in den Motorraum und stemmte die Hände in die Hüften. »Was wollen Sie? Piet hat damals wohl etwas gehört, und das hat ihm offensichtlich keine Ruhe gelassen, was man ja auch verstehen kann. Und dabei ging es nicht nur um uns, sondern auch um andere Winzer aus Klotten. Aber das habe ich Ihnen bereits bei unserem letzten Gespräch gesagt. Ich verstehe also nicht, was Sie jetzt noch wollen.«

»Warum nehmen Sie Peter Kautenberger in Schutz?« Max versuchte einen anderen Ansatz.

»Was?«

»Das ist mir schon beim letzten Mal aufgefallen. Sobald ich ihn ins Spiel bringe, stellen Sie sich vor ihn. Man könnte fast meinen, Sie wollten auf jeden Fall verhindern, dass jemand auf die Idee kommt, Sie hätten einen Grund gehabt, wütend auf ihn zu sein.«

»Sind Sie übergeschnappt?«

»Das bin ich nicht. Ich habe Ihnen gesagt, was ich beobachte, und hoffe, Sie können es mir erklären.«

»Einen Scheiß kann ich. Und einen Scheiß will ich. Die Unterhaltung ist beendet.«

»Also gut, ich werde es entsprechend an Hauptkommissar Zerbach weitergeben. Ich kann mir vorstellen, dass der sich an der Weinpansch-Geschichte festbeißen wird, und wissen Sie, warum? Weil es um damals geht, als er hier erfolglos die Leute befragt hat.«

»Na und?«

Max rang sich ein Grinsen ab. »Ich denke, Sie haben Zerbach kennengelernt. Wenn er eine Möglichkeit sieht, diese alten Ermittlungen nachträglich in einen Triumph für sich zu verwandeln, dann wird er nicht zögern, auch wenn das bedeutet, dass er diese Panscherei-Geschichte noch mal ausgräbt und breittritt.«

»Ich habe dir beim letzten Mal gesagt, du sollst den Mund halten«, dröhnte ein Mann hinter Max, und noch bevor er sich umdrehen konnte, wusste er, wer dort stand. »Aber du musstest ja anfangen, von diesem Mist zu erzählen.«

Der alte Brandstätt kam um Max herum und deutete auf ihn. »Das hast du jetzt davon.«

»Aber wieso? Ich habe doch …«

»Sei jetzt endlich still«, herrschte Brandstätt seinen Sohn an. »Du hast genug geredet.« Und an Max gerichtet: »Kommen Sie, jetzt unterhalten wir beide uns. Und wenn Sie sich danach noch einmal hier blicken lassen, werde ich höchstpersönlich die Polizei einschalten, haben Sie das verstanden?«

»Bisher haben Sie recht deutlich gesprochen«, entgegnete Max betont gelassen und hoffte darauf, nun endlich mehr zu erfahren.

Er folgte dem Alten, der sich abrupt umdrehte und auf das Wohnhaus zustapfte. Sie gingen in das gleiche Zimmer, in dem Max schon mit Achim Brandstätt und Wagner gesessen hatte.

»Setzen Sie sich«, forderte der Alte Max mürrisch auf, dann trat er zu einem niedrigen Schrank, öffnete eine Tür und nahm eine Flasche und zwei Schnapsgläser heraus, die er auf dem Tisch abstellte.

Max hob abwehrend die Hand. »Nein, danke, für mich keinen Schnaps.«

»Wenn Männer ein offenes Gespräch führen, dann trinken sie einen Schnaps zusammen. Hier ist das so.«

»Ich …«, setzte Max an, doch als er in das entschlossene Gesicht des Mannes sah, gab er auf. »Also gut. Trinken wir einen Schnaps zusammen.«

Brandstätt schenkte die Gläser randvoll, schob Max eines davon hin und hob das andere hoch. »Prost. Und nicht nippen, sondern auf ex.«

Max atmete durch und trank das Glas in einem Zug leer. Entgegen seiner Erwartung brannte der Schnaps nicht wie Feuer in der Kehle, sondern hatte einen angenehmen Geschmack.

»Mirabelle, eigene Produktion«, erklärte Brandstätt, stellte das Glas ab und ergänzte: »Ungepanscht.«

»Lecker«, gab Max zu, hätte sich aber im nächsten Moment dafür ohrfeigen können, als der Alte zur Flasche griff und die Gläser erneut füllte.

»So, junger Mann, da Sie es ja nicht aufgeben wollen, reden wir jetzt mal Klartext.«

»Das würde ich sehr begrüßen.«

»Sparen Sie sich ihre schlauen Bemerkungen und hören Sie einfach zu, was ich Ihnen zu sagen habe. Vor zweiundzwanzig Jahren ist mein damaliger Kellermeister bei einem Unfall im Urlaub ums Leben gekommen. Der Idiot hat sich beim Skifahren auf der Piste von einem Besoffenen umfahren lassen und ist dabei so unglücklich gestürzt, dass er sich das Genick gebrochen hat. Achim war noch nicht so weit, den Keller zu übernehmen, also habe ich jemanden für sie Übergangsphase besorgt und zeitlich begrenzt eingestellt.

Dieser Kerl hat an einem Abend die grandiose Idee gehabt, Achim vorzuschlagen, unsere günstigen Grundweine auf seine Art zu *veredeln* und so die Gewinnspanne um mehrere hundert Prozent zu erhöhen. Er meinte, er wüsste, wie das zu machen sei, ohne dass es auffällt. Und wissen Sie, was der Idiot von meinem Sohn getan hat? Er hat nicht etwa gesagt, dieser Typ soll seine Sachen packen und sofort von unserem Hof verschwinden, nein, er sagte, das klinge nicht schlecht und er wolle mit mir darüber reden. Können Sie sich das vorstellen?« Brandstätt schüttelte den Kopf und hob sein Glas. »Prost.«

Nachdem sie getrunken hatten, schlug Brandstätt mit der flachen Hand auf den Tisch. »Ich hätte ihn damals enterben und rauswerfen sollen, diesen Idioten von einem Sohn. Natürlich habe ich den Kellermeister sofort davongejagt, und es wäre alles eigentlich kein großes Drama gewesen, aber ausgerechnet an diesem Abend kam Peter Kautenberger an und wollte zu Achim. Er hat das Gespräch zwischen meinem Sohn und dem Kellermeister mitgehört und war entsetzt, dass Achim diese abstruse Idee nicht sofort ablehnte. Für ihn sah es so aus, als wolle mein Sohn tatsächlich unsere Weine panschen.« Erneut griff der Alte zur Flasche. Max versuchte halbherzig abzuwehren, wollte den Redefluss des Mannes aber nicht unterbrechen und hatte gleich wieder ein volles Glas vor sich stehen.

»Sie müssen wissen, dass Peter ein grundehrlicher junger Mann war. Zu ehrlich, wenn Sie mich fragen, denn der Ehrliche ist bekanntlich immer der Dumme, wenn er es übertreibt mit der Ehrlichkeit. Jedenfalls hat er Achim empört zur Rede gestellt, als dieser Kellermeister gegangen war, und leider Gottes, bevor ich meinem Idioten von Sohn den Kopf zurechtrücken konnte.

Und was macht dieser Dummkopf? Erklärt er seinem Freund, dass das Blödsinn ist und er niemals wirklich in Betracht ziehen würde, unsere Weine zu panschen? Nein, das tut er nicht. Er fühlt sich von Peter angegriffen und sagt ihm, er solle sich um seinen eigenen Scheiß kümmern und er würde tun, was er für richtig halte.«

»Puh.« Max schnaufte und griff zum Glas, und der Alte tat es ihm gleich. Dieser Mirabellenschnaps begann Max richtig gut zu schmecken. »Das war nicht clever.«

»Nicht clever? Eine Katastrophe war das. Als Peter wutentbrannt gegangen war und Achim mir alles erzählte, war ich kurz versucht, ihm zum ersten Mal in seinem Leben eine runterzuhauen. Es kam, wie es kommen musste. Peter erzählte seinem Vater, was er gehört hatte, und kurz darauf stand der bei mir auf der Matte. Ich denke, ich konnte den alten Kautenberger davon überzeugen, dass wir so etwas niemals tun würden und dass mein Sohn ein Vollidiot ist, weil er das dem Gauner von einem Kellermeister nicht gleich ins Gesicht gesagt hatte. Ich habe ihm bei meiner Winzerehre versprochen, dass er sich keine Sorgen machen muss, und ihm im Gegenzug das Versprechen abgenommen, nicht darüber zu reden. Ich glaube, Peters Vater hat sich auch daran gehalten, aber Peter ... Ab dem Moment war er ziemlich seltsam und hat immer wieder damit angefangen, dass der Ruf der ganzen Region geschädigt würde und so weiter und so weiter. Er hat sich aufgeführt wie ein Moralapostel, bis ich ihm irgendwann mal gesagt habe, dass der Ruf der Region nur geschädigt würde, wenn er weiter auf diesem Thema herumreitet und darüber spricht. Danach ist er nicht mehr bei uns aufgetaucht, und ich glaube, bei Ingo Görlitz und den anderen aus der Clique meines Sohnes auch nicht, weil die ihm ebenfalls gesagt haben, er solle endlich Ruhe geben. Tja ... und kurz darauf ist er dann verschwunden.«

»Bis jetzt«, kommentierte Max und bemerkte selbst, dass die Worte nicht mehr so klar über seine Lippen kamen, wie sie das sollten.

Brandstätt winkte ab. »Ach, kommen Sie mir jetzt nicht mit dieser Geschichte, dass Peter wieder da ist. Das ist ausgemachter Blödsinn.«

»Aber auch Ihr Sohn glaubt, ihn gesehen zu haben.«

»Ja. Ich habe Ihnen ja gerade erzählt, was für eine Leuchte mein Sohn manchmal ist. Vergessen Sie's.«

Erneut griff Brandstätt zur Flasche und sagte: »So, junger Mann, nun kennen Sie die ganze Geschichte, soweit sie uns betrifft. Mehr gibt es dazu nicht mehr zu sagen. Jetzt trinken wir ein letztes Glas zusammen, und dann verlassen Sie meinen Grund und Boden und kommen nicht mehr her. Das war der Deal.«

Max hob den Zeigefinger und schüttelte den Kopf. »Nein, nein, nein, das war kein Deal, das haben Sie so festgesetzt.«

»Das kommt aufs Gleiche raus. Hauptsache, Sie lassen uns ab sofort in Ruhe.«

Max sah ihm dabei zu, wie er die Gläser erneut randvoll einschenkte. Der Schnaps war wirklich lecker, und ein letztes Gläschen konnte nicht schaden.

Zwei Minuten später verabschiedete sich Max von Brandstätt und verließ auf nicht mehr ganz sicheren Beinen den Hof.

Achim Brandstätt war verschwunden, aber er suchte auch nicht explizit nach ihm. Der Spaziergang an der frischen Luft und auch der Regen würde ihm sicher guttun und wieder für etwas mehr Klarheit in seinem Kopf sorgen.

»Im Grunde genommen«, sagte Max leise vor sich hin, nachdem er um die nächste Ecke gebogen war, »haben Sie mir gerade ein Motiv geliefert, Herr Brandstätt.«

Dann blieb er wie vom Donner gerührt stehen.

Keine zwanzig Meter vor ihm stand ein Mann auf dem schmalen Gehweg und sah ihn eindringlich an. Und Max war sicher, dieser Mann war Peter Kautenberger.

46

Er ist wieder allein.

Er sitzt nicht mehr auf dem Stuhl in dem staubigen Raum, sondern ist zurück in der gewohnten Umgebung.

Sobald er den Raum verlässt, funktioniert sein Verstand anders, das weiß er. Außerhalb dieses besonderen Bereiches ist er ein ganz normaler Mensch. Nein, das stimmt nicht, korrigiert er sich selbst. Normal ist er nicht. Er hat an diesem Tag vor vielen Jahren aufgehört, ein normaler Mensch zu sein. Aber er kann vorgeben, normal zu sein, denn er ist intelligent.

Und natürlich ist er in der Lage, Situationen differenziert zu betrachten, logische Entscheidungen zu treffen und clever zu agieren. Er weiß, wie man Leute an der Nase herumführt.

Er hat sich viel mit seiner eigenen Psyche beschäftigt, seit er zum ersten Mal bemerkt hat, dass dieser Raum mit seinem Staub und dem Stuhl ihn auf eine ganz besondere Weise triggert. Und der Kellerraum. Und der Schmerz, dieser besondere Schmerz.

Er sitzt auf dem Bett und denkt über die Situation im Ort nach. Als er der jungen Polizistin eins verpasst hat, um die Polizei zu warnen, wäre er fast entdeckt worden. Er hatte es knapp geschafft, sich in einem Gebüsch zu verstecken.

Aber so, wie es sich gerade darstellt, braucht er sich keine

Gedanken zu machen, denn sie tappen alle völlig im Dunkeln. Er ist bereit, jederzeit die nötigen Schritte zu unternehmen, wenn es angebracht erscheint. So wie mit der kleinen Meininger. Er weiß noch immer nicht, ob Gabi ihr wirklich etwas gesagt hat. Ob Gabi überhaupt etwas wusste, das sie hätte weitersagen können. Aber sicher ist sicher. Wer keine Zunge mehr hat, der kann auch nichts mehr erzählen. Das Verrückte ist, dass ihm erst bewusst geworden war, was er tat, als er Jessicas Zunge in der Hand hatte. Was ihn auf die Idee gebracht hatte, Gabis Tochter aus dem Weg zu räumen, wusste er nicht mehr. Aber spielte das eine Rolle? Nein!

Er hat auch schon darüber nachgedacht, was wäre, wenn sie ihm auf die Schliche kommen würden. Und er ist zu dem Ergebnis gelangt, dass es ihm egal wäre. Absolut egal.

Das hat ihn zufrieden gemacht. Denn bis sie ihn erwischen, wird er genauso weitermachen wie bisher. Und was das bedeutet, ist ihm klar.

Er steht auf und verlässt das Zimmer.

Er muss noch einmal in diesen Raum. Dieses Mal wird er die Tür hinter sich abschließen. Dieses Mal muss er seine Reise in die Vergangenheit allein antreten, muss diesen einen Tag noch einmal erleben. Seine Schritte sind unsicher. Er hat große Angst, denn er weiß, was ihn erwartet. Und er weiß auch, dass es sein muss.

Er verlässt das Haus, geht zielstrebig dorthin, wohin er jetzt gehen muss, obwohl alles in ihm danach schreit, sich umzudrehen und abzuhauen.

Kurz darauf hat er sein Ziel erreicht. Auf wackligen Beinen läuft er durch den schmutzigen Flur, bleibt vor der Kellertür stehen, legt eine Hand auf das alte Holz, senkt den Kopf. So steht er mit geschlossenen Augen eine Weile da, kann die Kälte und die abweisende Atmosphäre spüren, die durch das Holz dringt.

Dann wendet er sich ab, geht weiter den Flur entlang und betritt den Raum. Nachdem er die Tür hinter sich geschlossen und den Schlüssel zweimal umgedreht hat, tritt er auf den Stuhl zu.

Dieses Mal setzt er sich nicht darauf. Dieses Mal ist es nicht sein Platz, sondern der von jemand anderem. Er bleibt vor dem Stuhl stehen und schaut sich um.

»Strafe reinigt die Seele. Schmerz reinigt die Seele. Wer Unrecht getan hat, findet im Schmerz Läuterung und Vergebung.«

Er hört sich selbst die Worte sagen, und doch ist es, als flüstere sie jemand aus einer anderen Welt ihm zu.

Dann beginnt seine Umgebung, sich zu verändern. Der Raum füllt sich mit Möbelstücken, der Stuhl ist plötzlich nicht mehr leer. Jemand sitzt darauf. Augen fixieren ihn. Die schmalen Lippen in dem Gesicht bewegen sich.

»Strafe reinigt die Seele. Schmerz reinigt die Seele. Wer Unrecht getan hat, findet im Schmerz Läuterung und Vergebung.«

Er weiß, was nun kommt, und seine Angst davor ist so groß, dass seine Blase sich entleert, ohne dass er etwas dagegen tun kann.

47

Max war wie vom Donner gerührt und starrte den Mann an, der seelenruhig im mittlerweile strömenden Regen dastand und ihn anschaute. Die dunklen Haare waren von grauen Strähnen durchzogen und lagen nass auf seinem Kopf. Auf den Fotos von damals hatte Kautenberger noch blonde Haare gehabt, aber dennoch zweifelte Max keine Sekunde daran, dass er es war, der vor ihm stand.

Mit einem schnellen Blick nach beiden Seiten prüfte Max, ob noch jemand anderes unterwegs war und den Mann sah, doch er war allein. Kein Wunder bei dem Wetter.

Regenwasser lief ihm in die Augen, und er wischte es weg. Als er die Augen wieder öffnete, rechnete er fast damit, dass der Mann verschwunden war, ein Trugbild, das der Schnaps in ihm erzeugt hatte.

Aber er war noch da, setzte sich in Bewegung, kam langsam auf Max zu.

Max' Puls beschleunigte sich, und jede Trübung seines Verstandes, wie er sie kurz zuvor noch deutlich gespürt hatte, war mit einem Mal verschwunden.

Die Hände des Mannes waren leer, wie Max mit einem schnellen Blick feststellte. Keine Waffe und nichts, was man als solche benutzen konnte. Obwohl ihn das beruhigte, blieb er wachsam.

Zwei Meter vor Max verharrte der Mann. »Sie wissen, wer ich bin?«, fragte er mit sonorer Stimme.

»Sie sind Peter Kautenberger?« Es war mehr eine Frage als eine Feststellung.

»Ja. Und Sie sind Max Bischoff. Ich brauche Ihre Hilfe. Und Sie brauchen meine.«

»Aber warum ... Ich meine, woher ...«

Verdammt! Er war wohl doch noch nicht so nüchtern, wie er gedacht hatte.

»Kommen Sie mit.« Kautenberger – wenn er es wirklich war – drehte sich um und ging los, ohne auf eine Reaktion von Max zu warten. Der war einen Moment unschlüssig, wie er reagieren sollte, doch dann setzte er sich in Bewegung und wollte dem Mann folgen, als dieser abrupt stehen blieb und sich umwandte. Mit schnellen Blicken in alle Richtungen suchte er die Umgebung ab, bevor er Max wieder ansah.

»Ich werde nur mit Ihnen allein sprechen. Wenn Sie jemanden anrufen, verschwinde ich, und Sie werden mich nicht mehr zu Gesicht bekommen. Versprechen Sie mir, dass Sie nicht versuchen, jemanden zu benachrichtigen.«

»Hören Sie, ich ...«

»Mein Leben hängt davon ab. Und ich habe keine Zeit. Es darf mich niemand sehen. Ich möchte Ihr Wort. Jetzt. Oder ich gehe.«

»Ja, gut. Ich gebe Ihnen mein Wort. Ich werde niemanden benachrichtigen.«

Eine Weile sah Kautenberger Max in die Augen, dann nickte er. »Ich glaube Ihnen. Kommen Sie.«

Er zog sich die Kapuze seiner Jacke über den Kopf bis tief in die Stirn, dann erst lief er wieder los. Max folgte ihm.

Mit jedem Schritt, den sie gingen, schossen ihm neue Fragen durch den Kopf, die er am liebsten alle sofort gestellt hätte, aber er ahnte, dass Kautenberger nichts sagen würde, bis sie ihr Ziel erreicht hatten.

Nach wenigen Minuten erreichten sie ein Weingut und gelangten über einen schmalen Weg hinter das Haupthaus. Dann ging es über einen matschigen, hier und da mit Gras und Unkraut bewachsenen Hof auf ein kleines, offensichtlich sehr altes und unbewohntes Gebäude zu und daran vorbei. Vor einer schmalen Treppe auf der Rückseite hielt Kautenberger kurz an, sah sich erneut um und stieg dann die Stufen hinab. Sie endeten vor einer alten Holztür.

Kautenberger bückte sich und zog aus einer rostigen, verbeulten Dose, die auf dem Boden lag, einen Schlüssel heraus, mit dem er die Tür öffnete.

Der Raum, in den Max hinter Kautenberger trat, roch feucht und muffig, und es schien, als sei es dort kälter als draußen. Kautenberger drückte die Tür zu, schloss sie ab und ging an Max vorbei. »Kommen Sie.«

Max folgte ihm mit einem mulmigen Gefühl durch den in schummriges Licht getauchten Raum auf eine Treppe zu. Wenn dieser Mann vorhatte, ihn anzugreifen, dann bot Max ihm die beste Gelegenheit dazu. Andererseits war das, was er gerade erlebte, vielleicht die einzige Chance, Licht ins Dunkel um das Verschwinden von Peter Kautenberger bringen und den Mord an Jessica Meininger aufklären zu können. Zudem sagte ihm sein Instinkt, dass dieser Mann ihn nicht angreifen würde.

Blieb zu hoffen, dass sein Gefühl ihn nicht täuschte.

Sie stiegen die Treppe hinauf und kamen in einen kleinen Flur. »Kommen Sie«, wiederholte Kautenberger und öffnete eine Tür zu seiner Rechten. Das Zimmer dahinter war etwa fünfzehn Quadratmeter groß. Auf dem Boden lagen eine Isomatte und zwei neu aussehende Decken, daneben standen einige geöffnete und ein paar geschlossene Dosen sowie zwei große Wasserflaschen. Max ahnte, dass er gerade zu sehen bekam, wo Peter Kautenberger übernachtete, seit er wieder in Klotten aufgetaucht war.

»Das war früher unser Weingut«, sagte Kautenberger und deutete in den Raum. »Das hier ist ein altes Gebäude, das wir auch damals schon nur noch als Schuppen genutzt haben. Mittlerweile steht es leer. Die meisten der alten Winzerbetriebe im Ort haben solche ungenutzten Gebäude auf ihrem Grundstück.«

Das mochte für einen ehemaligen Winzersohn interessant sein, aber für Max waren andere Dinge wichtig, und er konnte es nicht erwarten, Antworten auf seine Fragen zu bekommen.

»Wo waren Sie die ganze Zeit, und warum sind Sie damals … «

Kautenberger hob eine Hand und schüttelte den Kopf.

»Nein, das führt so zu nichts.« Er deutete auf das Deckenlager. »Setzen Sie sich. Ich rede, und Sie hören zu. Ich denke, dann sind Ihre Fragen beantwortet.«

»Also gut.« So schwer es Max auch fiel, es würde ihm nichts anderes übrigbleiben, als auf das einzugehen, was Kautenberger wollte.

Er ließ sich auf die Isomatte nieder. Kautenberger blieb stehen.

»Jemand hat vor zweiundzwanzig Jahren versucht, mich umzubringen, und es wäre ihm fast gelungen.«

»Wer?«, konnte Max sich nicht zurückhalten zu fragen.

»Das weiß ich nicht sicher, aber hören Sie zu.« Nun setzte sich auch Kautenberger auf den Boden.

»Ich habe vor rund zweiundzwanzig Jahren mitbekommen, dass im Betrieb der Brandstätts darüber diskutiert wurde, Teile ihres Weins zu panschen. Damals beschäftigte ich mich bereits intensiv mit ökologischem Weinbau, also Bodenpflege, Düngung und Pflanzenschutz unter Berücksichtigung von Erkenntnissen der Ökologie und des Umweltschutzes. Obwohl ich zu meinem Vater nie ein gutes Verhältnis hatte, war das etwas, was wir beide ganz ähnlich sahen. Wir hatten schon sehr viel Geld investiert, um unseren Betrieb auf organisch-biologischen Anbau und Produktion umzustellen. Die Vorstellung, dass ein Winzer aus Klotten aus Profitgier das alles zunichtemachen und darüber hinaus die Betriebe der ganzen Region in den Ruin treiben könnte, hat mich fast wahnsinnig gemacht. Ich habe mit Achim darüber geredet und mein Vater mit Achims Vater, aber ich habe ihren Zusicherungen nicht getraut und mich an unsere damalige Clique gewandt. Die haben das allerdings abgetan und mich am Ende sogar angefeindet, weil ich keine Ruhe gegeben habe.«

Kautenberger stockte und kaute auf seiner Unterlippe herum.

»Zogen Sie nicht in Betracht, dass Achim Brandstätt und sein Vater es ernst gemeint haben könnten, als sie beteuerten, nichts derartiges zu tun?«

Für einen Moment befürchtete Max, Kautenberger hätte ihn nicht gehört, doch dann sah er ihn an. »Natürlich war das möglich. Aber lediglich die Möglichkeit reichte mir nicht. Der Gedanke, sie könnten es doch tun, ließ mir keine Ruhe. Jedenfalls war ich nacheinander bei Ingo, Gabi, Melli und auch immer wieder bei Achim, um mit ihnen darüber zu reden.

Dann arbeitete ich eines Abends in unserem Weinberg, das war kurz vor der Ernte, und habe die Reife der Trauben kontrolliert. Da hat mich jemand von hinten niedergestochen.«

Erneut machte Kautenberger eine kurze Pause, doch dieses Mal wartete Max ab, bis er weiterredete.

»Ich wäre damals verblutet, wenn nicht mein Vater gekommen wäre und mich nach Hause gebracht hätte.«

»Er hat Sie zufällig dort gefunden?«

»Nein, jemand hat ihn angerufen und ihm gesagt, wo ich bin.«

»Der Täter?«

»Wenn, dann war es eine Täterin, denn mein Vater sagte, die Stimme war zwar stark verstellt, aber sie gehörte zu einer Frau.«

»Moment, eine Frau sticht Sie von hinten nieder und ruft dann Ihren Vater an, damit er Sie rettet?«

»Ich habe viele Jahre Zeit gehabt, darüber nachzudenken, und bin zu dem Schluss gekommen, dass das wahrscheinlich eine Frau aus dem Ort war, die mich zufällig dort entdeckt und Angst vor der Situation hatte, die mich andererseits aber nicht einfach liegen lassen wollte. Also hat sie anonym meinen Vater informiert.

Jedenfalls hat mein Vater damals entschieden, niemandem etwas davon zu erzählen, dass er mich gefunden hat. Er hatte Angst, dass derjenige sonst noch einmal versuchen könnte, mich umzubringen. Und dann womöglich mit mehr Erfolg. Er hat einen Freund angerufen, einen pensionierten Arzt, und der hat mich versorgt, bis ich wieder halbwegs fit war. Zum Glück waren keine inneren Organe ernsthaft verletzt. Als ich mich halbwegs auf den Beinen halten konnte, haben wir Klotten in der Nacht verlassen, und ich bin nach Kalabrien gereist, zur Familie des Schwagers meines Vaters. Dort lebte ich die letzten zweiundzwanzig Jahre. Um zu vermeiden, dass die anonyme Anruferin irgendwann ausplaudert, dass ich noch gelebt habe, als sie meinen Vater verständigt hat, erzählte er im Ort von dem Anruf, behauptete aber, mich im Weinberg an dem Abend nicht gefunden zu haben.«

»Ihr Vater hat das alles gut durchdacht«, bemerkte

Max. »Eine beachtliche Leistung angesichts der extremen Situation.«

»Ich weiß nicht, ob mein Vater die Situation als so extrem empfunden hat. Seine Gefühle für mich waren nie tief.«

»Urteilen Sie nicht zu hart über ihn? Immerhin hat er Ihnen das Leben gerettet.«

Kautenberger zuckte mit den Schultern. »Ja, vielleicht. Auch das werde ich nicht mehr erfahren.«

Erneut machte er eine Pause, bevor er fortfuhr. »Jedenfalls habe ich die Ereignisse hier im Ort über all die Jahre immer verfolgt. Als ich gehört habe, dass es Gabi plötzlich schlechter ging, bin ich zurückgekommen, weil ich dringend noch etwas mit ihr besprechen wollte, bevor …« Er senkte den Blick. »Ich bin einen Tag zu spät gekommen. Und dann hat jemand Jessica ermordet.«

Max ließ das, was er gerade gehört hatte, ein wenig sacken, bevor er sagte: »Das ist ja eine unfassbare Geschichte.«

»Ja, ich weiß, aber sie ist wahr.«

»Was wollten Sie so dringend noch mit Gabriele besprechen?«

Kautenbergers Blick wurde noch eine Spur trauriger. »Melli darf das nie erfahren.« Er machte eine längere Pause, und so gerne Max auch nachgehakt hätte, ließ er ihm doch die Zeit, die er brauchte. Max ahnte, dass er gleich etwas Wichtiges erfahren würde.

»Ich wollte von Gabriele wissen, ob Jessica meine Tochter ist.«

»Oh!, entfuhr es Max, der mit allen möglichen Gründen für Kautenbergers Rückkehr gerechnet hatte, aber nicht damit.

»Aber waren Sie damals nicht mit Melanie Dobelke zusammen?«

»Wie gesagt, sie darf nie davon erfahren.« Kautenberger sah Max in die Augen, und in seinem Blick lag etwas Flehendes. »Es war nur ein Moment der Schwäche, bei Gabi genauso wie bei mir. Nur einmal. Und dann war sie schwanger ... es würde zeitlich passen.«

»Verstehe«, sagte Max. »Und jetzt werden Sie es nicht mehr erfahren. Es sei denn, Sie geben sich zu erkennen und lassen einen DNA-Test durchführen. Dann haben Sie Sicherheit.«

»Nein! Über zwanzig Jahre war ich im Ungewissen, habe mit mir gehadert, ob ich zurückkommen und mit Gabi reden soll, und habe mich immer wieder dagegen entschieden, bis ich hörte, dass sie bald sterben wird.«

Kautenbergers Augen glänzten feucht, dann schwappten die Tränen über und liefen ihm über die Wangen. »Jetzt ist es zu spät. Für Jessica und für mich. Was macht es noch für einen Unterschied, ob sie meine Tochter war oder nicht? Ich war ihr nie ein Vater und werde auch keine Gelegenheit mehr haben, es zu sein.«

»Das ist schlimm.«

»Ja.«

»Haben Sie denn mittlerweile eine Vorstellung, wer es gewesen sein könnte, der Sie damals umbringen wollte?«

Kautenberger ließ sich mit der Antwort Zeit.

»Ich glaube, es war jemand aus meinem damaligen Freundeskreis.«

Die Vermutung kam für Max weniger überraschend, als Kautenberger es vielleicht gedacht hatte. Diese Schlussfolgerung war naheliegend.

»Ich stimme Ihnen zu, es wäre möglich«, sagte er. »Aber das reicht natürlich nicht.«

»Nein, ich weiß. Deshalb habe ich mich auch den dreien gezeigt. Damit sie wissen, dass ich wieder da bin, und vielleicht einen Fehler machen.«

»Sie haben sich allen dreien gezeigt? Ich weiß nur von Achim Brandstätt und Melanie Dobelke.«

»Das wundert mich nicht. Ingo war schon immer eher jemand, der nichts sagt, bis er seiner Sache ganz sicher ist. Deshalb war er auch derjenige, der mir damals am dringendsten ins Gewissen geredet hat, vernünftig zu sein und damit aufzuhören, den Brandstätts Dinge zu unterstellen, die nicht bewiesen waren. Es war dunkel, und ich denke, er hat seinen Augen nicht getraut und wollte abwarten, ob er mich noch mal irgendwo entdeckt. Das sieht ihm ähnlich.«

»Und was ist mit dieser Frau, wie heißt sie noch gleich ... Burchert? Was hat die damit zu tun?«

»Ach ja, die Frau.« Kautenberger nickte. »Ich kenne sie nicht. Das war ein Versehen. Sie hat mich zufällig bemerkt, als ich auf dem Weg zu der Stelle im Weinberg war, an der ich damals niedergestochen worden bin. Sie hat meinen Namen gerufen, da bin ich weggerannt.«

»Und dann war da noch Ihre Mutter.«

»Ja, meine Mutter …« Kautenbergers Blick wurde wieder glasig. »Sie hat mit einem anderen Mann ein neues Leben angefangen. Offenbar hätte ich sie bei diesem Vorhaben gestört, deshalb hat sie mich zurückgelassen.«

Er musterte Max eindringlich. »Haben Sie ein gutes Verhältnis zu Ihrer Mutter?«

»Ja.«

»Können Sie sich vorstellen, was es für ein Gefühl ist, von der eigenen Mutter zurückgelassen zu werden bei einem Vater, mit dem man sich überhaupt nicht versteht? Wissen Sie, wie wertlos man sich fühlt, wenn die eigene Mutter …« Er schluckte. »Ich wollte, dass sie sieht, dass ich noch lebe. Ich wollte, dass sie weiß, dass sie trotzdem keine Chance mehr hat, meine Mutter zu sein. Die hat sie damals verspielt. Ähnlich, wie ich es vielleicht auch als Vater getan habe.«

»Das verstehe ich«, sagte Max, auch wenn das nicht ganz stimmte. Wer konnte schon verstehen, was in einem jungen Menschen vorgeht, der das erlebt?

»Ich habe eine anonyme Nachricht bekommen. Wenn ich wissen wolle, was damals passiert ist, soll ich Brandstätt fragen. Den alten oder den jungen. Jemand hat sie unter meiner Zimmertür hindurchgeschoben. Stammt sie von Ihnen?«

»Ja, die habe ich geschrieben. Ich halte es für wahrscheinlich, dass es einer der beiden war, der versucht hat, mich umzubringen, weil sie mich anders nicht mundtot machen konnten.«

»Das ist durchaus möglich. Zumindest hat mein erneutes Auftauchen dazu geführt, dass mir Brandstätt senior endlich von dem Gespräch zwischen dem Kellermeister und seinem Sohn erzählt hat, das Sie damals durch Zufall mitgehört haben. Und Sie haben recht. Dass Sie damals keine Ruhe gegeben haben, wäre ein Motiv. Aber da fällt mir noch etwas anderes ein. Es gibt da jemanden. Kornmeier. Er ist heute Oberkommissar in Cochem. Damals war er noch in der Ausbildung. Sie waren mit ihm befreundet?«

»Tobias Kornmeier ... Können Sie ein weiteres Geheimnis für sich behalten? Ich möchte nicht, dass er Ärger bekommt.«

»Das hängt davon ab, um welche Art von Geheimnis es sich handelt. Wenn es in irgendeiner Form strafrelevant ist ...«

»Ich wusste, das Tobias Kornmeier damals bis über beide Ohren in Melli verliebt war. Das hat sie mir mal gesagt. Aber er hatte nie eine Chance bei ihr, er war viel zu jung. Und außerdem war sie mit mir zusammen. Aber er himmelte sie an.«

Das erklärte auch, warum Kornmeier so sauer auf Zerbach gewesen war, ging es Max durch den Kopf.

»Als ich in Italien war, habe ich ihn kontaktiert. Ich habe ihm bei Mellis Leben das Versprechen abgenommen, nie jemandem ein Sterbenswort davon zu sagen, dass ich lebe. Auch nicht Melli, weil ich wusste, dass es ihr das Herz brechen würde. Ich habe ihn aber gebeten, auf Melli zu achten. Er war derjenige, der mich über all die Jahre mit Informationen darüber versorgt hat, was mit ihr und in Klotten im Allgemeinen passierte. Von ihm wusste ich auch, dass Gabi schwer krank war und es ihr plötzlich sehr schlecht ging.«

Max dachte über Kornmeier nach. Genau genommen hatte er sich schuldig gemacht, denn es hatte damals einen Mordanschlag auf Kautenberger gegeben, und Kornmeier hatte Informationen zurückgehalten, die dazu hätten führen können, den Fall aufzuklären. Aber das war nichts, weswegen Max die Notwendigkeit sah, aktiv zu werden.

»Wie sehen Sie das denn heute? Ich meine, Ihr Verhalten von damals bezüglich Brandstätt.«

Kautenberger blickte Max verwundert an. »Wie soll ich das sehen? Genauso wie damals. Allein die Möglichkeit, dass ein Winzer aus Klotten so was tun könnte, reicht schon aus, höchst alarmiert zu sein. Ich würde auf jeden Fall wieder alle Hebel in Bewegung setzen, um ihn davon abzuhalten.«

»Aber auf diese Art kann man eine Existenz auch vernichten. Wenn ich das richtig verstanden habe, dann kam diese Idee, den Wein zu panschen, von einem neuen Kellermeister, der daraufhin entlassen worden war. Ein deutliches Zeichen, dass Achim Brandstätt und sein Vater das nicht tun wollten. Das hat man Ihnen auch gesagt, aber Sie haben trotzdem weiter gegen die beiden agiert. Sie wissen, dass so was leicht zu Rufmord werden kann.«

Kautenberger zuckte mit den Schultern. »Ja vielleicht, aber ich riskiere es lieber, die Existenz von jemandem zu vernichten, der mit dem Gedanken gespielt hat zu betrügen, als zuzulassen, dass die Existenzen von vielen anderen vernichtet werden, die unschuldig sind.«

Auch eine Einstellung, dachte Max und überlegte, dass es verwunderlich war, dass Peter Kautenberger das rechtlich nicht korrekte Verhalten von Kornmeier bei seinem ausgeprägten Gerechtigkeitssinn in Kauf nahm.

»Ich habe es damals schon gehasst, dass die Unschuldigen immer die Dummen sein sollen«, fügte Kautenberger verbittert hinzu.

»Tja, wie gesagt, Ihre Geschichte ist ... wow! Aber letztendlich bringt sie uns nicht wirklich weiter.«

»Das ist sehr schade, ich hatte gehofft ...«

»Dennoch danke, dass Sie sie mir erzählt haben. Was haben Sie denn jetzt vor? Werden Sie sich wieder offiziell in Klotten zeigen?«

»Nein. Aber ich werde den damaligen Täter dazu bringen, sich zu verraten.«

»Aha! Und was genau bedeutet das?«

»Das kann ich Ihnen nicht sagen.«

»Warum nicht?«

Kautenberger stemmte sich hoch. »Auch das kann ich Ihnen nicht sagen. Aber ich habe vor unserer Begegnung bereits die nötigen Schritte unternommen, und Sie werden es bald erfahren, ganz sicher.«

Auch Max stand auf und sah den Mann an. Er fragte sich, auf welche Art und Weise das geschehen würde, und wusste nicht, ob er tatsächlich erpicht darauf war.

»Was immer Sie beabsichtigen, Sie sollten damit zur

Polizei gehen und denen alles erzählen. Auch, was genau Sie vorhaben. Die sind für solche Fälle ausgebildet und wissen, was zu tun ist.«

»Sie meinen so, wie sie es damals wussten, als mein Fall untersucht wurde?«

»Dass Sie freiwillig untertauchen würden, damit konnte doch wirklich niemand rechnen.«

Max sah ein, dass er so nicht weiterkommen würde.

»Bringen Sie sich nicht unnötig in Gefahr.«

»Keine Angst, das tue ich nicht. Und Sie haben recht. Ich vertraue letztendlich trotz der ergebnislosen Ermittlungen damals darauf, dass diejenigen, die dafür ausgebildet wurden, es schaffen, den Täter zur Strecke zu bringen. Mit meiner Hilfe.«

»Das ist eine gute Einstellung«, sagte Max, obwohl er nicht nur bezüglich Hauptkommissar Zerbach unsicher war. Irgendetwas an der Art, wie Peter Kautenberger das gesagt hatte, gefiel ihm nicht.

Die beiden Männer traten gemeinsam ins Freie, doch Kautenberger begleitete Max nicht zurück auf die Straße, sondern blieb vor dem verlassenen Haus stehen. Der Regen war wieder in ein unangenehmes Nieseln übergegangen.

»Ich wünsche Ihnen viel Erfolg. Ich habe meinen Teil dazu beigetragen, dass der Täter gefasst wird und nach all der Zeit jetzt seine gerechte Strafe erhält.«

Max nickte ihm zu und wandte sich ab. Und das flaue Gefühl in ihm wurde immer intensiver.

48

Er steht da und zittert am ganzen Körper.

Er ist zehn Jahre alt.

Er schaut in das Gesicht, in dem keine Regung zu erkennen ist, während der Mund diese Worte formt. Diese immergleichen Worte von der Bestrafung für etwas, das er wohl falsch gemacht hat. Er weiß nicht, was es war, das weiß er nie, und er erfährt es auch nie. Aber irgendetwas muss es gewesen sein.

Nachdem das letzte der immergleichen Worte gesprochen ist, kommt der Schmerz. Er ist schlimm, so schlimm, dass er weinen muss, obwohl er weiß, dass die Tränen es nur noch schlimmer machen. Die Zeit, bis es endlich aufhört, erscheint ihm unendlich, aber irgendwann ist es vorbei. Der erste Teil ist vorbei. Was jetzt kommt, ist auch nicht schön, aber es tut nicht mehr so weh.

Die Hand, die gerade noch da unten war, packt ihn am Ohr und dreht es um, bis ihm wieder die Tränen kommen, dann wird er mitgezerrt. In den Flur, durch die Tür, die Treppen hinunter. Durch den ersten Raum, den zweiten … dann sieht er die Grube vor sich. Die Holzklappe ist geöffnet. Er wird hineingestoßen, der Deckel schließt sich mit einem Knall. Von dem Luftzug werden Dreckklumpen aufgewirbelt und treffen ihn im Gesicht. Es ist egal.

Er hört das Rasseln der Ketten, das Knarzen des Schlosses, dann die Schritte, die sich entfernen. Das Licht wird ausgeschaltet, die Tür zugeschlagen, wieder ein Schlüssel im Schloss gedreht, dann ist Ruhe.

Er legt sich auf den feuchten Boden und drückt beide Hände auf die schmerzende Stelle, in der Hoffnung, dass das fürchterliche Pochen bald nachlässt.

Er kennt das alles.

Die nächsten Stunden wird er hier verbringen. Es ist kalt, es ist feucht, und es ist dunkel. Eine Schwärze, so absolut, dass er nicht einmal einen Schimmer seiner Hand sieht, wenn er sie sich vor das Gesicht hält. Aber er ist allein und muss keine Angst haben, etwas falsch zu machen.

Er schließt die Augen, obwohl es kein Unterschied ist, und lässt seine Phantasie fliegen, bis er sich in einem bunten Kinderzimmer wiederfindet. In einem warmen Raum, der vollgestopft ist mit Spielzeug. Durch das Fenster scheint die Sonne, von irgendwoher ertönt eine lustige Musik. Um ihn herum sind andere Kinder, Jungen und Mädchen, die lachend mit ihm spielen, ihn an den Händen fassen und über die Wangen und die Haare streicheln.

Die Tür wird geöffnet, und Mama und Papa kommen herein. Auch sie lachen und strahlen ihn an. Papa hält einen kleinen weißen Hund auf dem Arm. Er bückt sich zu ihm herunter und reicht ihn ihm. »Ein Geschenk für den besten Jungen der Welt«, sagt er.

Er streichelt den Hund, steht auf und legt sich mit ihm auf sein frisch bezogenes, sauberes Bett. Er kuschelt das Tier an sich und schläft glücklich ein.

Als er die Augen aufschlägt, ist es wieder dunkel, und er zittert am ganzen Körper vor Kälte. Der pochende Schmerz ist noch immer nicht verklungen, und alles tut ihm weh, weil er verdreht auf dem Boden der Grube liegt. Wie lange er wohl schon hier unten ist? Er hat Durst. Und Hunger. Es müssen wohl schon ein paar Stunden sein. Bald wird die Klappe geöffnet, und er darf raus und wieder nach oben. Bis zum nächsten Mal.

Er schließt die Augen, wartet. Irgendwann driftet sein Bewusstsein ab, zieht ihn in eine gnädige Gleichgültigkeit.

Als er wieder erwacht, ist der Durst bohrend geworden. Den Hunger spürt er seltsamerweise nicht mehr. Aber dieser Durst ist wirklich schlimm.

Er weiß nicht, wie lange er schon hier ist, aber sein Gefühl sagt ihm, dass es noch nie so lange gedauert hat.

Er stemmt die Hände gegen den Holzdeckel und versucht, ihn aufzudrücken. Er hebt sich zwei, drei Zentimeter an, dann stoppt ihn die Kette. Dennoch stemmt er sich mit aller Kraft dagegen, und als auch das nichts nützt, beginnt er zu schreien.

Irgendwann gibt er auf, sackt kraftlos in sich zusammen.

Er möchte schlucken, aber sein Mund ist komplett ausgetrocknet. Noch nie hat er so großen Durst gehabt. Und er stellt fest, dass dieses Gefühl fast so schlimm ist wie die Schmerzen zuvor. Er weint. Ohne Tränen.

Zeit vergeht, er weiß nicht, wie viel. Er liegt da, starrt in die Dunkelheit. Er würde jetzt alles tun für einen Schluck Wasser. Kaltes, klares, köstliches Wasser.

Er dreht sich ein wenig in der engen Grube, legt seine Hand

auf die Wand, ertastet den feuchtkalten, lehmigen Boden.
Feucht ...

Er versucht, das feste Erdreich herauszukratzen und mit
der Hand aufzufangen, bis seine Fingerkuppen Schmerzblitze
hinauf in die Arme jagen.

Er hält die Hand vor den Mund und versucht, die Feuch-
tigkeit aus den Krümeln herauszusaugen. Er muss heftig hus-
ten, als er sich verschluckt.

Panische Angst ergreift ihn. Und obwohl er erst zehn Jahre
alt ist, registriert sein kindlicher Verstand, dass er dieses Mal
wohl in dieser Grube sterben wird.

Es ist einer der letzten, klaren Gedanken, die er hat. Dann
wird es wieder dunkel.

Als er zu sich kommt, hat sich alles verändert. Er ist nicht
mehr allein in der Grube. Er kann zwar nichts sehen, aber
er spürt es. Und es macht ihm nichts aus. Im Gegenteil. Wer
immer hier unten bei ihm ist, der leistet ihm Gesellschaft und
sorgt dafür, dass die Zeit schneller vergeht. Und dass er keine
Angst mehr hat. Und keinen Durst. Alles ist plötzlich gut.

»Hallo«, sagte er. Er muss lachen, weil seine Stimme sich
anhört wie das Krächzen einer Krähe. »Bist du auch bestraft
worden?«

»Ja«, sagt eine Stimme, die so unheimlich klingt, dass sie
nicht von dieser Welt stammen kann. Sonst sagt sie nichts. Sie
antwortet auch nicht mehr auf weitere Fragen von ihm. Aber
die Anwesenheit von irgendwas spürt er immer noch. Nur
zum Lachen ist ihm nicht mehr, denn jetzt weiß er, was auch
immer mit ihm in der Grube ist, es ist abgrundtief böse.

Andererseits ist es ihm auch egal.

Aber der Durst ist jetzt schlimmer als alle Schmerzen, die er jemals hatte.

Wieder verliert er das Bewusstsein, wieder wacht er irgendwann auf. Er schafft es nicht mehr, Worte in seinem Kopf zu formen. Irgendwann ist er zu schwach, um sich bewegen zu können. Alles wird unwichtig. Die Zeit löst sich auf zu einem Brei aus Halbschlaf und halber Bewusstlosigkeit.

Irgendwann registriert er, dass der Deckel geöffnet wird. Er wird am Arm gepackt und aus der Grube gezogen. Dann liegt er auf dem Boden des Raumes. Etwas berührt seine Lippen, etwas Kaltes läuft ihm über Kinn und Wange.

Erste Tropfen erreichen seine Kehle. Er muss husten. Er glaubt, dass er trinkt. Dann ist er wieder allein, verliert erneut das Bewusstsein. Als er zum ersten Mal wieder bewusst wahrnimmt, was um ihn herum geschieht, als sein Verstand zum ersten Mal wieder die Bilder umsetzen kann, die seine Augen erkennen und er das Gesicht über sich sieht, hat er keine Angst mehr. Er spürt gar nichts mehr außer diesem einen Gefühl: kalten, grenzenlosen Hass.

49

Max hatte die Pension schon fast erreicht, als ihm einfiel, dass er gar nicht dorthin wollte, sondern zu Ingo Görlitz. Die Begegnung mit Peter Kautenberger hatte ihn derart aus dem Konzept gebracht, dass er, ohne zu überlegen, losgegangen war und versucht hatte herauszufinden, was ihn bei der Verabschiedung so stutzig gemacht hatte.

Er brauchte Zeit für sich, er musste sich konzentrieren, das gesamte Gespräch noch mal Stück für Stück durchgehen ...

Sein Telefon vibrierte in seiner Jackentasche. Es war Böhmer.

»Wo treibst du dich denn herum?«, fragte sein Expartner.

»Ich bin im Ort unterwegs, und du? Bist du schon angekommen?«

»Ja. Ich sitze in der Pension.«

»Oh, okay, ich bin auch gleich da.«

»Lass dir Zeit, ich unterhalte mich hier mit einer sehr charmanten jungen Frau und trinke eine Tasse Kaffee. Eine weitaus angenehmere Gesellschaft als du.«

»Ich brauche fünf Minuten«, sagte Max grinsend und legte auf.

Er überlegte, ob er Böhmer anschließend gleich zu dem Gespräch mit Ingo Görlitz mitnehmen sollte, kam aber zu dem Schluss, dass das keine gute Idee war. Böhmer sollte sich um Jana kümmern, und zudem wollte er nicht riskieren, dass Ingo Görlitz noch mehr abblockte, wenn er plötzlich mit einem weiteren Fremden bei ihm auftauchte.

Als Max kurz darauf den Aufenthaltsraum der Pension betrat, lächelte Lisa Passig ihm entgegen, während Böhmer mit den Augen rollte. »Ich sagte doch, du sollst dir Zeit lassen. Gerade wollte ich diese wundervolle Frau um ein Rendezvous bitten. Wenn sie jetzt ablehnt, ist es deine Schuld.«

»Ich bin überzeugt, Frau Passig wird sich gern von uns beiden zum Essen in die tolle Pizzeria hier im Ort einladen lassen, wenn dieser Fall abgeschlossen ist. Bis dahin wirst du mit mir vorliebnehmen müssen, mein Freund.«

Die Pensionswirtin stand lächelnd auf und griff nach ihrer Tasse. »Dann lasse ich Sie beide jetzt mal allein. Ich denke, Sie haben einiges zu besprechen. Möchten Sie auch einen Kaffee?«

Max winkte ab. »Nein, danke.«

Er wartete, bis sie den Raum verlassen hatte, dann klopfte er Böhmer auf die Schulter und setzte sich ihm gegenüber an den Tisch.

»Okay, erzähl mir, was ich noch nicht weiß«, sagte Böhmer und sah Max erwartungsvoll an.

»Ich hatte heute Morgen schon einige interessante

Gespräche. Unter anderem auch eine längere Unterhaltung mit Peter Kautenberger.«

Böhmers Stirn legte sich in Falten. »Moment. Kautenberger ... Ist das nicht der, der vor über zwanzig Jahren verschwunden ist?«

»Genau der.«

»Was? Aber wie ... Nun erzähl schon.«

Und Max berichtete. Von Melanie Dobelke über Kornmeier zu dem alten Brandstätt bis hin zu der seltsamen Begegnung mit Peter Kautenberger.

Hier und da schüttelte Böhmer den Kopf, unterbrach Max aber nicht, bis er fertig war.

»Hm ...«, brummte er dann. »Was ist dieser Kautenberger für ein Typ? Ich weiß, dass du ein verdammt gutes Gespür für Menschen hast. Wie wirkt er auf dich?«

Max dachte einen Moment nach. »Die Frage stelle ich mir, seit ich mich von ihm verabschiedet habe. Es ist schwierig. Einerseits kann er einem echt leidtun bei dem, was er erlebt hat. Vorausgesetzt, alles ist auch wirklich so passiert, wie er es geschildert hat. Andererseits ... dieses Insistieren darauf, dass er weiß, was richtig und was falsch ist, ganz ehrlich, ich glaube, er kann einen auch richtig wütend machen mit seinem permanent erhobenen Zeigefinger. Ob er an sich selbst so hohe Ansprüche stellt, wie er es von anderen erwartet ... ich weiß es nicht. Ich denke, Freunde würden wir beide wohl eher nicht werden.«

»Du meinst, er versprüht gern Sozialnebel aus dem Moralhydranten, hat aber selbst eine Schutzmaske auf?«

»Ja, so ähnlich«, bestätigte Max schmunzelnd.

»Und du hast keine Idee, was er mit den Schritten gemeint haben könnte, die dazu führen sollen, dass der Täter sich verrät?«

»Nein, keinen Schimmer. Aber er sagte ja, ich würde es erfahren.«

»Stimmt. Und was hast du jetzt weiter vor?«

»Ich werde Ingo Görlitz einen Besuch abstatten und bin gespannt, wie er begründen wird, dass er mir nichts von Peter Kautenberger erzählt hat.«

»Da könnte ich dich doch prima begleiten.«

»Ich denke, es ist besser, du besuchst Jana im Krankenhaus. Und außerdem solltest du deine Chefin anrufen, bevor sie sich ins Auto setzt und noch mal hierherkommt, weil sie befürchtet, jeder in meinem Umfeld würde ein Opfer meiner Selbstsucht werden, wenn sie sich nicht um alles kümmert.«

»Wenn ich damit verhindern kann, dass sie hier auftaucht, rufe ich sie gleich als Erstes an.«

»Dann mache ich mich auf den Weg zu Görlitz. Wir telefonieren.«

Auf dem Weg zu Ingo Görlitz grübelte Max erneut über Kautenberger nach und über die Frage, warum der ihn mit in sein Versteck genommen hatte, obwohl er weiterhin nicht entdeckt werden wollte. Max hätte Zerbach anrufen und ihm verraten können, wo sich Kautenberger aufhielt. Der Hauptkommissar wäre sicher hocherfreut gewesen, sich mit dem Mann zu unterhalten, dessen

Tod er vor vielen Jahren vergeblich aufzuklären versucht hatte.

Kurzentschlossen änderte Max die Richtung und steuerte das ehemalige Weingut der Kautenbergers an.

Nach wenigen Minuten hatte er es erreicht und nahm den gleichen schmalen Weg wie zuvor gemeinsam mit Kautenberger. Dabei fragte er sich, wem das Grundstück jetzt wohl gehörte und ob dort noch Wein produziert wurde. Das würde er klären. Er erreichte das kleine, verlassene Haus, ging außen herum und stand dann vor der Treppe. Neben der unteren Stufe sah er die Blechdose, in der der Schlüssel gesteckt hatte.

Max ging hinab und bückte sich nach der Dose. Wenn der Schlüssel nicht da war, konnte das bedeuten, dass Kautenberger sich noch im Haus aufhielt.

Der Schlüssel steckte in der Dose, Max schloss auf und konnte sich kurz darauf versichern, dass der Raum leer war, völlig leer. Die Isomatte und die Decken waren nicht mehr da.

Das war also der Grund für Kautenbergers Offenheit ihm gegenüber gewesen. Gleichgültig, ob Max jemandem von der Unterkunft erzählt hätte, Kautenberger war erneut verschwunden.

Nachdenklich verließ Max das Gebäude, ging zurück zur Straße und schlug den Weg zu Görlitz ein.

Er wurde aus Peter Kautenberger einfach nicht schlau.

50

Kurz darauf öffnete nicht Ingo Görlitz Max die Tür, sondern seine Tante Beate Weirich.

»Oh«, sagte Max, als sie ihn anlächelte, »da habe ich wohl wieder Pech gehabt.«

»Pech?«, entgegnete sie gespielt entrüstet.

»Nein, ich meinte ...«, begann er, hob dann aber entschuldigend die Hände. »Okay, das war dämlich. Aber als Sie mir das letzte Mal die Tür öffneten, war Ihr Neffe nicht da. Genau den würde ich aber gern sprechen.«

»Dann haben Sie heute doppeltes Glück. Ich öffne Ihnen die Tür, und Ingo ist trotzdem zu Hause. Bitte ...« Sie deutete in den Flur hinter sich. »Kommen Sie. Ich decke gerade den Tisch für das Abendessen und wette, Sie haben noch nichts gegessen.«

»Das stimmt zwar, aber ich möchte wirklich nicht ...«

Sie schloss die Tür hinter Max und sagte: »Was ist das denn mit euch jungen Leuten heutzutage? Ihr seid so steif. Sie haben noch nichts gegessen, also essen Sie selbstverständlich bei uns mit. So einfach ist das.«

Bereits im Flur fiel Max erneut dieser künstliche Duft nach Blüten auf. Offenbar hatte sie schon wieder geputzt.

Sie führte Max nicht in den Raum, in dem er bereits

mit Ingo Görlitz und Wagner gesessen hatte, sondern öffnete eine Tür gegenüber. Dahinter verbarg sich eine helle Wohnküche, in deren linkem Bereich ein Tisch stand, an dem sechs Personen bequem Platz hatten. Am hinteren Kopfende saß Ingo Görlitz mit einem Weinglas vor sich und sah ihm mit ernster, aber nicht abweisender Miene entgegen. Max fand, dass er blasser aussah als bei ihrem letzten Treffen.

»Herr Bischoff möchte dich sprechen«, erklärte Beate Weirich. »Da dachte ich, er kann gleich mit uns essen.«

»Ja, okay«, sagte Görlitz ohne jeden Anflug von Emotion in der Stimme.

Max nahm Platz und entschloss sich, gleich zur Sache zu kommen. »Herr Görlitz, ich habe Peter Kautenberger getroffen.«

Max beobachtete das Gesicht des Mannes, konnte darin aber keine Regung entdecken. »Das ist unmöglich. Peter ist seit über zwanzig Jahren verschwunden und sicher nicht mehr am Leben.«

»Es wundert mich, dass Sie das sagen. Er meinte, Sie hätten ihn ebenfalls gesehen.«

»Wie ich schon sagte, kann das nicht sein. Peter ist tot.«

»Wie können Sie da so sicher sein?«

Görlitz trank einen Schluck Wein und stellte das Glas so fest auf dem Tisch ab, dass Max befürchtete, es würde brechen. »Fragen Sie Achim. Oder Mel.«

Max spürte, dass er kurz davor war, etwas Wichtiges zu erfahren. »Warum soll ich die beiden fragen? Ich sitze doch jetzt neben Ihnen und frage Sie.«

Sie sahen einander in die Augen, und Max glaubte, in diesem Blick etwas zu erkennen, das bei ihm ein mulmiges Gefühl auslöste.

Schließlich nickte Görlitz. »Also gut, sie haben recht. Es wird sowieso Zeit, dass jemand den Mund aufmacht.«

»Ingo!«, sagte Görlitz' Tante in ungewohnt scharfem Ton, woraufhin er zu ihr hinübersah und den Kopf schüttelte. »Nein, lass mich. Seit zweiundzwanzig Jahren tragen wir jetzt diese Last mit uns herum. Es wird Zeit, reinen Tisch zu machen, bevor der Nächste stirbt.«

Max fand diese Formulierung merkwürdig, war aber viel zu sehr darauf fixiert zu erfahren, was die Last war, von der Görlitz sprach. Oder die Schuld, wie Gabriele Meininger es genannt hatte.

»Außerdem ist es jetzt sowieso egal.« Er sah Max an. »Nicht wahr, Herr Bischoff?« Max verstand nicht, warum Görlitz ihn in dem Zusammenhang so betont ansprach.

»Wie du meinst.« Beate Weirich verließ den Raum.

»Also?«, hakte Max nach, als Görlitz eine Weile nichts sagte. »Was wollen Sie mir sagen?«

Mit einem großen Schluck trank Görlitz sein Glas leer.

»Die anderen haben sich damals getroffen, um zusammen noch mal mit Peter zu reden wegen dieser Sache mit dem Wein«, begann er mit ruhiger Stimme zu erzählen. »Peter hörte einfach nicht damit auf, die Leute im Ort verrückt zu machen, und alle befürchteten, dass irgendwer von außerhalb etwas davon mitbekommen und an die Presse weitergeben würde. Das wäre eine Katastrophe gewesen. Sie wussten, dass Peter fast jeden Abend im Weinberg war, um den Zustand der Trauben zu kontrollieren, aber es war schon dunkel, und um diese Zeit haben sie ihn nicht mehr dort vermutet.«

»Wer waren *sie*?«

»Achim, Gabi und Melli.«

»Warum waren Sie nicht dabei?«

Görlitz sah Max missmutig an. »Dazu komme ich jetzt. Soll ich weitererzählen oder nicht?«

»Ja, sicher, entschuldigen Sie.«

»Sie haben ihn also überall gesucht und waren auch bei seinem Vater, aber der wusste nur, dass er noch in den Weinberg wollte. Schließlich kamen sie zu mir. Ich war noch hier, weil ich mit den Vorbereitungen zur Traubenlese beschäftigt war. Ich habe alles liegen lassen und mich ihnen angeschlossen. Wir sind zusammen mit Taschenlampen in den Weinberg, weil das der einzige Ort war, wo er noch sein konnte. Und da haben wir ihn auch gefunden.«

»Was?« Max war innerlich so angespannt, dass er Görlitz am liebsten einen Schubs gegeben hätte, damit er weiterredete, doch er riss sich zusammen.

»Er lag auf dem Boden und blutete aus einer Wunde am Rücken. Er hatte wohl schon ziemlich viel Blut verloren, denn er war nicht bei Bewusstsein. Erst dachten wir, er sei tot, aber dann hat Melli seinen Puls gefühlt und gespürt, dass er noch schwach schlug. Wir waren mit der Situation völlig überfordert und haben überlegt, was wir tun sollten. Wir wussten, dass wir einen Arzt holen mussten, aber dann sagte Achim, dass er doch sowieso sterben würde.«

Die Stille, die entstand, war fast unerträglich. Irgendwo in der Nähe war das Ticken einer Uhr zu hören. Es erschien Max überlaut.

»Wir haben plötzlich nicht mehr geredet, aber wir haben alle das Gleiche gedacht. Was immer auch passiert war … wenn wir abhauten, würde sich das Problem mit Peter von selbst erledigen.«

»Sie haben ihn einfach liegen lassen?«, fragte Max fassungslos nach. »Sie sind gegangen und haben Ihren Freund zum Sterben zurückgelassen?«

»Wie gesagt, wir waren jung und mit der Situation völlig überfordert.«

Was Max noch mehr überraschte als das, was er gerade erfahren hatte und was ihm einen Schauer über den Rücken trieb, war die Tatsache, mit welcher Emotionslosigkeit Ingo Görlitz davon erzählte.

»Die anderen hatten dann aber wohl doch Gewissensbisse und sind später in der Nacht noch mal in den Weinberg, um nach ihm zu sehen. Aber da war er verschwunden. Einfach weg.«

Görlitz machte erneut eine Pause. »Wir dachten, derjenige, der ihn verwundet hatte, ist zurückgekommen und hat ihn weggeschafft.«

Was er hörte, machte Max fassungslos. Er versuchte, sich in die Situation der vier Freunde hineinzuversetzen, versuchte zu verstehen, wie diese jungen Menschen in der Lage sein konnten, ihren sterbenden Freund seinem

Schicksal zu überlassen. »Das heißt, Sie haben die ganze Zeit über geschwiegen, obwohl Sie wussten, dass Peter wahrscheinlich tot war, weil Sie und die drei anderen ihn einfach …«

Max' Telefon läutete. Er zog es heraus und sah auf dem Display, dass es Jana war, die ihn anrief. Max wollte das Gespräch gerade annehmen, als etwas in seinem Kopf explodierte.

51

Schmerz war das Erste, was Max wahrnahm. Ein Schmerz, so intensiv, als sei sein Kopf eine rohe Masse, auf die jemand unablässig mit einem Holzknüppel einschlug.

Er öffnete die Augen, doch die Umgebung war nur ein Brei aus ineinanderfließenden hellen und dunklen Flächen.

Er blinzelte ein paarmal, was genügte, um das Hämmern in seinem Kopf noch zu verstärken, doch dann sah er klarer.

Er saß auf dem Boden, seine Hände waren hinter seinem Rücken an etwas gefesselt, das sich als ein alter Heizkörper herausstellte. Der Raum, in dem er sich befand, war leer bis auf einen Stuhl. Auf diesem Stuhl saß jemand. Ingo Görlitz.

Max blinzelte erneut, weil er befürchtete, seine Sinne würden ihm einen Streich spielen. Die Szene war zu bizarr, als dass sie Wirklichkeit sein konnte. Sein durfte.

Vor Görlitz kniete seine Tante auf dem Boden. Ihre Hand lag zwischen seinen Beinen, und sie schien fest zuzudrücken, denn Görlitz stöhnte immer wieder auf und stieß Schmerzenslaute aus.

»Sag es«, herrschte Beate Weirich ihren Neffen an.

»Los, sag es.« Dann packte sie wieder zu, und Görlitz stöhnte erneut auf, bevor er mit veränderter, heller Stimme ausstieß: »Strafe muss sein. Strafe reinigt die Seele. Schmerz reinigt die Seele. Wer Unrecht getan hat, findet im Schmerz Läuterung und Vergebung.«

»Wer hat Unrecht getan?«

»Er.«

»Wer?«

Erneut schrie Görlitz auf und stieß dann aus: »Bischoff! Bischoff hat Unrecht getan.«

»Und was hat er verdient?«

»Schmerz.«

»Was hat er verdient?«, wiederholte sie lauter, und Max sah, wie sie jetzt mit beiden Händen und mit aller Kraft Görlitz' Genitalien zusammenquetschte. Görlitz schrie in einer Art auf, wie Max es noch nicht von einem Menschen gehört hatte, dann stammelte er: »Den Tod, er hat den Tod verdient, Mama.«

Max' Magen verkrampfte sich vor Ekel und blankem Horror. Er versuchte, seine Situation zu erfassen, zu verstehen, was gerade geschah, um nach einer Lösungsmöglichkeit zu suchen. Aber in seinem Kopf herrschte Chaos.

»Und wer wird ihn bestrafen?«

»Ich, Mama. Ich werde ihn bestrafen.«

»Wie wirst du ihn bestrafen?«

»Mit der Axt, Mama. Ich werde ihn mit der Axt bestrafen.«

»Gut«, sagte Beate Weirich, während ihre Hände sich zwischen Görlitz' Beinen immer schneller bewegten.

»Und wo kommt er dann hin?«

»Ins Loch. Ins dunkle Loch. Zu dir, Mama.«

Max wollte schreien, wollte diese Irren anbrüllen, dass sie vollkommen verrückt seien und dass sie nicht damit durchkamen, wenn sie ihn umbrachten. Aber die Angst davor, den Ablauf zu beschleunigen, ließ ihn schweigen. Er zerrte an den Fesseln, aber seine Handgelenke waren so festgezurrt, dass jede noch so kleine Bewegung ihm höllische Schmerzen bereitete.

Er hatte keine andere Wahl als abzuwarten, was geschehen würde. Hektisch sah er sich im Raum um, doch es gab nichts, was ihm in irgendeiner Weise hätte helfen können.

Die bizarre Szene in der Mitte des Raumes zog Max' Aufmerksamkeit wieder auf sich, als es plötzlich still wurde.

Ingo Görlitz saß in sich zusammengesunken auf dem Stuhl, seine Tante kniete noch immer vor ihm, ließ aber die Arme hängen. Sie sah ihn an und murmelte dabei etwas, das Max nicht verstehen konnte. Es schien, als redete sie auf Görlitz ein, als beschwöre sie ihn auf groteske Weise.

Als Görlitz den Kopf drehte und zu Max hinüberschaute, als Max den kalten, hasserfüllten Blick sah, mit dem Görlitz ihn fixierte, zog eine eisige Welle durch seinen Körper.

Beate Weirich erhob sich und machte einen Schritt zur Seite. Schaffte Platz, damit Görlitz aufstehen konnte. Die Bewegungen des Mannes waren langsam, als er sich von Max abwandte und zur gegenüberliegenden Seite des Raumes ging. Dort, im Halbdunkel unter einer Fensterbank, stand etwas, das Max erst erkannte, als Görlitz es in die Hände nahm. Es war eine Axt.

Max wurde die Unausweichlichkeit der Situation bewusst, und seine Gedanken waren auf einen Schlag völlig klar. Alle Panik und alle Fassungslosigkeit waren zumindest für den Moment beherrschbar.

Görlitz war nicht mehr Herr seiner Sinne, schoss es Max durch den Kopf. Seine Tante hatte das Kommando über ihn übernommen, und sie war darauf fixiert, Max zu töten. Auf sie musste er sich konzentrieren, auch wenn es Görlitz war, der die Axt nun mit beiden Händen schräg vor seinen Körper hielt und mit zeitlupenartigen Bewegungen auf ihn zukam. Er tat nur, was sie ihm einflüsterte.

»Warum tun Sie das?«, wandte Max sich an Beate Weirich, die ruhig neben ihrem Neffen herging und sich mit ihm gemeinsam Max näherte.

Noch etwa sieben Meter.

Als sie nicht antwortete, wiederholte Max: »Warum wollen Sie mich töten? Was habe ich getan?«

Noch immer erhielt er keine Antwort. In ihrem Gesicht war keine Regung zu erkennen.

Noch vier Meter.

»Reden Sie mit mir. Was auch immer es ist, das Sie so wütend auf mich gemacht hat – reden Sie mit mir darüber.«

Noch zwei Meter. Die beiden blieben stehen.

»Dummer Junge«, sagte Beate Weirich, und Max war

ein kleines bisschen erleichtert, dass sie zumindest mit ihm sprach.

»Das bin ich vielleicht wirklich, aber ich weiß es nicht. Sagen Sie mir, warum ich ein dummer Junge bin.« Auf ihrem Gesicht zeigte sich ein Grinsen, das aus einem Horrorfilm hätte stammen können. »Dummer, dummer Junge.« Dann wandte sie sich an ihren Neffen und streckte die Arme aus. »Gib sie mir.«

Görlitz reichte ihr die Axt. Wollte sie es selbst tun? Würde sie ihm jetzt mit der Axt den Schädel spalten?

»Nimm ihn mit«, herrschte sie Görlitz an und beantwortete damit die Frage.

Görlitz reichte ihr die Axt, dann ging er neben Max auf die Knie und fingerte an den Fesseln herum. Schließlich hatte er sie vom Heizkörper gelöst, wobei Max' Hände noch immer zusammengeschnürt blieben.

Görlitz richtete sich auf und zog auch Max auf die Beine. Beim ersten Versuch knickte Max ein, doch dann stand er.

Beate Weirich war mit zwei Schritten schräg hinter ihm und drückte ihm die scharfe Kante der Axt an die Kehle, während Görlitz die Fesseln löste, Max' Arme nach vorne zog und die Handgelenke wieder zusammenband. Dabei zog er so fest zu, dass Max einen Schmerzensschrei ausstieß.

»Los!« Görlitz wandte sich ab und stieß Max vor sich her aus dem Raum hinaus. Beate Weirich folgte ihnen, die Axt in den Händen.

Sie kamen in einen Flur und blieben vor einer Holztür stehen, die Görlitz öffnete. Dann ging es über eine steile Treppe nach unten. Mit jedem Schritt wurde es Max klarer, dass er zu seiner Hinrichtungsstätte geführt wurde. Er überlegte, ob er versuchen sollte zu fliehen, sah aber ein, dass das ein hoffnungsloses Unterfangen war. »Bitte, lassen Sie uns doch reden«, versuchte er es stattdessen erneut. »Was haben Sie denn zu verlieren, wenn wir uns unterhalten?«

Es war vergebens. Weder Görlitz noch seine Tante reagierten darauf.

Sie durchquerten einen Kellerraum, einen zweiten, und hielten dann vor einer halb verrosteten Stahltür an. Es war stickig, und die Luft roch eklig nach einem Gemisch aus Fäulnis und Feuchtigkeit. Max bemühte sich, flach zu atmen, doch sein steigender Puls machte es ihm immer unmöglicher.

Nachdem Görlitz an dem Schloss der Tür hantiert hatte, zog er an dem Griff, bis sie schließlich mit einem ächzenden Geräusch nachgab.

Max konnte einen Blick in den Raum werfen. Er war etwa so groß wie das Zimmer, in dem er oben auf dem Boden gesessen hatte, und er war leer. Der Boden bestand aus festgetretener, lehmiger Erde, auf der ein feuchter Glanz lag. In der Mitte war eine Vertiefung, eine Art Grube, mit einer Holzklappe. Sie war geöffnet, aber die Grube war so tief, dass Max nicht erkennen konnte, ob sich etwas darin befand.

Ein Stoß in den Rücken ließ Max nach vorne taumeln,

und er wäre fast gestolpert, konnte sich aber im letzten Moment noch fangen. Mit ausgestreckten Armen ging er hinter Görlitz auf die Grube zu, bis er sie schließlich erreicht hatte und einen Blick hineinwerfen konnte.

Max hatte schon einiges in seinem Leben gesehen, aber auf das, was dort in der Grube lag, hätte nichts ihn vorbereiten können.

Dass es sich um eine Frauenleiche handelte, erkannte er an der Kleidung, die noch recht gut erhalten war. Der Körper allerdings war ein einziges Chaos aus zersplitterten Knochen, nur teilweise verwesten Organen und Fragmenten des Schädels, die überall verteilt waren. Max hatte in seiner Laufbahn schon einige Tote gesehen, mit so etwas Abstoßendem war er jedoch noch nie konfrontiert gewesen, und er hatte große Mühe, sich nicht zu übergeben.

»Hallo, Mama«, hörte er Görlitz neben sich flüstern.

»Tu es!«, befahl im nächsten Moment Beate Weirich hinter ihm. »Bestrafe ihn.«

Bevor Max reagieren konnte, bekam er erneut einen heftigen Stoß gegen den Rücken und stürzte in die Grube. Er versuchte, sich mit den gefesselten Händen, so gut es ging, abzufangen, landete aber trotzdem inmitten der Leichenreste.

Mit hastigen Bewegungen versuchte Max, sich umzudrehen, aber er fand keinen Halt. Er wusste, dass jede Sekunde zählte, dass Görlitz jeden Moment mit der Axt auf ihn einschlagen konnte. Max nahm all seine Kraft zusammen, er stemmte sich hoch und hatte es fast geschafft, als von oben plötzlich laute Geräusche zu hören waren. Eine Stimme rief »Stopp!«, dann nochmals »Halt«, bevor kurz hintereinander zwei Schüsse fielen.

Etwas Dunkles tauchte über Max auf, wurde schnell übergroß, krachte schließlich auf ihn und drückte ihn zurück in die Überreste von Ingo Görlitz' Mutter. Dann wurde es dunkel.

52

»Max? Hörst du mich?«

Max schlug die Augen auf und blickte in das bärtige Gesicht von Böhmer.

»Horst! Wo, zum Teufel, kommst du denn her?«

»Gern geschehen«, antwortete Böhmer. »Ich liebe es, wenn du dich so ausgiebig bei mir bedankst, da ich dir wieder mal das Leben gerettet habe.«

Max sah sich um. Er lag auf einer Trage, die vor einem Krankenwagen stand. Um ihn herrschte geschäftiges Treiben. Streifenwagen waren zu erkennen, Männer und Frauen in Uniform und in Zivil liefen herum.

»Was war da unten los, Max?«

Max sah seinen Expartner an. »Das kannst du dir nicht vorstellen. Und glaub mir, du willst es auch nicht. Ich erzähle es dir trotzdem gleich, aber erst sagst du mir, wie du mich gefunden hast. Und was ist mit Görlitz? Und seiner Tante?«

Böhmer blickte kurz zu Boden. »Ich musste die Frau erschießen. Sie hat Görlitz die Axt aus der Hand genommen und ist damit auf uns zugestürmt.«

»Uns?«

»Ja, ich bin mit Zerbach und seiner ganzen Mannschaft aufgetaucht, nachdem Jana den Anruf bekommen hat.«

»Moment, langsam. Welchen Anruf? Und wieso Jana?«

»Entschuldigung, wir müssen jetzt …«, sagte ein Sanitäter, der an Max' Trage herangetreten war. »Nein, warten Sie, das ist wichtig«, unterbrach Max ihn. »Fünf Minuten noch, okay?«

Der Mann nickte widerwillig und verschwand wieder.

»Also«, begann Böhmer. »Der gute Peter Kautenberger hat Melanie Dobelke, Achim Brandstätt und Ingo Görlitz je eine SMS geschrieben, in der stand, dass er jetzt weiß, wer ihn damals töten wollte und wer Gabriele Meiningers Tochter ermordet hat, und dass er es dir gesagt hat.«

»Was? Dieser Mistkerl. Das meinte er also damit, als er sagte, er habe dafür gesorgt, dass der Täter sich zu erkennen gibt. Er hat mich als Köder benutzt, weil ihm klar war, dass der Täter reagieren wird.«

»Wie auch immer.«

»Wie auch immer?«, fuhr Max auf. »Der Typ hat mein Leben riskiert.«

»Du lebst!«, stellte Böhmer fest.

»Ja, aber … Mein Gott, ich darf gar nicht darüber nachdenken, was passiert wäre, wenn sie die SMS nicht ernst genommen hätten. Woher wussten sie, dass sie wirklich von Kautenberger stammt?«

»Mulder!«

»Was?«

»Kautenberger hat die SMS mit *Mulder* unterschrieben. Das war damals sein Spitzname, und nur die Clique hat ihn so genannt, er war wohl ein großer Akte-X-Fan.«

»Trotzdem …«

»Auf jeden Fall hat Melanie Dobelke bei Jana angerufen und ihr nicht nur von der SMS erzählt, sondern auch, und jetzt halt dich fest, dass sie, Brandstätt, Görlitz und Keskins Freundin Gabriele Meininger Peter Kautenberger damals schwer verletzt im Weinberg gefunden, ihm aber nicht sofort geholfen haben, sondern …«

»Den Teil kenne ich«, unterbrach Max ihn.

»Auch den Teil, dass Melanie Dobelke es nicht ausgehalten hat? Sie hat damals dem alten Kautenberger direkt eine anonyme Nachricht zukommen lassen, dass sein Sohn schwer verletzt zwischen den Weinreben liegt.«

»Nein, ich wusste nicht, dass sie das war. Wow! Was für eine Geschichte.«

»Ja. Und als der alte Kautenberger dann im Dorf von dem anonymen Anruf erzählt hat, dass er seinen verletzten Sohn im Weinberg aber nicht mehr finden konnte, da ist Melanie davon ausgegangen, dass der Mörder sein Werk zu Ende gebracht und Peters Leiche in der Zwischenzeit irgendwo versteckt hatte.«

»Wahnsinn.« Max war sprachlos.

»Aber zurück zu dir: Ich habe Zerbach informiert und war mit ihm bei Brandstätt, aber da schien alles okay, also sind wir hierher gekommen.«

»Apropos … wo bin ich überhaupt? Als ich niedergeschlagen wurde, saß ich in Görlitz' Haus.«

»Da bist du immer noch. Also, auf dem Grundstück.

Aber in einem alten Gebäude, das mittlerweile leer steht. Da hat Görlitz als Kind mit seiner Mutter gewohnt. Jedenfalls war niemand im Wohnhaus, das kam uns seltsam vor, deshalb haben wir auf dem Grundstück nachgesehen und dabei dieses Gebäude entdeckt. Gerade noch rechtzeitig, wie du weißt.«

»Wo ist Zerbach?«

»Der telefoniert mit Koblenz und mit der Presse. Er ist der große Held, der dich gerettet hat.«

»Dieser Kotzbrocken.«

Böhmer grinste. »Was soll's, mir ist das egal. Ich bin ja eh nur auf Urlaub hier.«

»Hast du schon mit Keskin telefoniert?«

»Warum? Wie gesagt, ich habe Urlaub. Aber ich gehe fest davon aus, Jana hat sie vom Krankenhaus aus bereits über alles informiert.«

»Bleibt immer noch die Frage, ob es wirklich Ingo Görlitz war, der damals versucht hat, Kautenberger zu töten und der Jessica Meininger umgebracht hat.«

»Ich hoffe, das werden wir bald erfahren. Aber jetzt erzähl mir erst mal, was da unten los war.«

»Okay, auch wenn ich bezweifle, dass du mir das alles glauben wirst.«

53

EINIGE WOCHEN SPÄTER

»Nun mach's nicht so spannend«, sagte Böhmer und deutete auf die Couch in seinem Wohnzimmer.

Max setzte sich und grinste. »Wie du ja weißt, darf ich offiziell nichts davon …«

»Jaja. Ich weiß, dass Wagner dir das unter der Hand gesagt hat, und jetzt schieß endlich los.«

Max setzte sich Horst gegenüber und lehnte sich bequem zurück. »Also, etwas zu trinken könntest du mir schon anbieten.«

»Max, jetzt übertreib es nicht. Nichts gebe ich dir. Keinen Tropfen, bis du mir erzählt hast, was du von Wagner erfahren hast.«

Max lächelte. »Also gut. Wie du ja weißt, hat es Marvin geschafft, als psychologischer Gutachter im Klotten-Fall bestellt zu werden. Er hatte mittlerweile viele Sitzungen mit Ingo Görlitz absolviert, in denen er Hypnose angewendet hat, um die traumatischen Blockaden aufzubrechen. Jedenfalls hat das wohl sehr gut funktioniert, und was dabei herausgekommen ist, klingt wie das Drehbuch zu einem Horrorfilm. Durch die Familie von Görlitz' Mutter ziehen sich psychische Störungen wie ein roter Faden. Ingos Mutter litt an schweren sadistischen

Störungen, die sie an ihrem Sohn ausagierte. Sie hat ihn als Kind wegen Nichtigkeiten gequält und immer wieder in dieser Grube eingeschlossen. Vorher gab es aber wohl ein Ritual, bei dem sie ihrem Sohn als Strafe die Hoden gequetscht hat, bis er einen Sühnespruch aufgesagt hat.«

»Mein Gott«, entfuhr es Böhmer.

»Tja, und dann irgendwann ist ihre Schwester Beate zu ihnen gezogen, weil Ingos Mutter nicht mehr mit dem Betrieb klargekommen ist. Und gegen Beate Weirich war die gestörte Frau Görlitz ein wahrer Ausbund an Liebreiz und gesundem Verstand.

Ingo hatte mittlerweile so schwere Störungen, dass er sexuelle Lust nur noch bei dem Ritual empfand, bei dem ihm die Hoden so lange gequetscht wurden, bis er vor Schmerzen fast ohnmächtig wurde. Seine Tante hat das schnell bemerkt und ihn sich auf diese Art gefügig gemacht. Sie hat ihn regelrecht dressiert. Und dann hat sie den Hass, den Ingo wohl nach einem besonders traumatischen Erlebnis in der Gruft gegen seine Mutter aufgebaut hat, ausgenutzt und ihn dazu gebracht, seiner Mutter den Schädel einzuschlagen.«

»Moment … Sie brachte ihn dazu, ihre eigene Schwester umzubringen?«

»So ist es. Da Görlitz' Mutter schon davor immer wieder davon geredet hatte, alles hinzuschmeißen und wegzugehen, hat sich niemand darüber gewundert, als sie es angeblich wahrgemacht hat. Nun war Frau Weirich Herrin des Hauses und hatte in Ingo einen Sklaven, mit dem sie machen konnte, was sie wollte.«

»Aber es muss doch jemandem aufgefallen sein, dass Görlitz nicht mehr alle Latten am Zaun hat«, warf Böhmer ein.

»Horst! Bitte! Wir reden hier von einem schwer gestörten Menschen.«

»Sag ich doch.«

»Nein, es ist niemandem aufgefallen, auch mir nicht, und ich habe mich ja ein paarmal mit ihm unterhalten. Irgendwie war alles an diesen Raum mit dem Stuhl gekoppelt. Das hat ihn getriggert.«

»Okay, aber warum die Sache mit Kautenberger und der Mord an Jessica Meininger?«

»Kautenberger wollte damals wohl zu Görlitz, um mit ihm über diese Weingeschichte bei den Brandstätts zu reden. Als er niemanden angetroffen hat, ist er – so wie ihr – zu dem leeren Gebäude gegangen und hat reingeschaut. Zu der Zeit muss Beate Weirich ihren Neffen in dem Raum offensichtlich gerade einer ihrer Spezialbehandlungen unterzogen haben. Sie hat Kautenberger im Flur gehört und ist sofort raus. Vermutlich hat sie befürchtet, er könne irgendwas gesehen haben, deshalb hat sie Görlitz auf ihn angesetzt, und der hat ihn dann im Weinberg niedergestochen.«

»Und Jessica?«

»Da ist Marvin noch nicht ganz sicher, aber wie es aussieht, war ihr Tod eine Vorsichtsmaßnahme, die Beate Weirich angeordnet hat, nachdem das Tagebuch von Jessicas Mutter dafür gesorgt hatte, dass wieder Bewegung in den alten Fall kam.«

»Irre!«

»Kann man so sagen.«

»Wie geht es jetzt weiter?«

Max zuckte mit den Schultern. »Ich denke, Görlitz wird wohl für immer in der forensischen Psychiatrie landen.«

»Wow! Aber was ist eigentlich mit Peter Kautenberger? Hast du noch mal was von ihm gehört?«

»Nein, und auch kein anderer im Ort. Wie es scheint, ist er wieder dorthin verschwunden, wo er hergekommen ist.«

»Wie ein Geist.«

»Ja.«

»Unfassbar. Wenn Wagner weitere Neuigkeiten hat, möchte ich als dein Freund natürlich sofort davon erfahren. Aber kommen wir mal zu einem anderen Thema: Meine junge Kollegin Jana Brosius.« Böhmer grinste. »Sie ist ja seit letzter Woche wieder im Dienst, hält sich aber auffallend bedeckt, wenn es um diesen Fall oder um dich geht. Hast du dafür eine Erklärung?«

»Nein, warum sollte ich?«

»Ich frage mal anders: Habt ihr euch in letzter Zeit gesehen?«

»Ja, schon«, antwortete Max betont gleichgültig.

»Ja, schon? Und wie oft?«

»Was wird das hier? Ein Böhmer'sches Verhör?«

Böhmers Grinsen wurde breiter. »Also öfter. Sag mal, mein Freund … bahnt sich da was zwischen euch beiden an?«

»Nun frag mir mal keine Löcher in den Bauch. Aber wo wir schon bei deinen Kolleginnen sind – Keskin hat mich vor zwei Tagen angerufen. Du wirst es nicht glauben, sie hat sich tatsächlich bei mir bedankt.«

»Was? *Ich* war es doch, der dir in Klotten den Allerwertesten gerettet hat.«

Nun lächelte Max. »Ich glaube, das hat sie wirklich Überwindung gekostet. Und weil ich das weiß, bin ich ihr gegenüber jetzt ein bisschen versöhnlicher gestimmt.«

»Wie oft hast du dich mit Jana getroffen?«, schoss Böhmer die Frage erneut und so unerwartet ab, dass Max lachen musste.

»Also gut, ich mache dir einen Vorschlag: Du erfährst es als Erstes, sollte es da etwas zu erzählen geben, das verspreche ich dir.«

Böhmer sah ihn eine Weile mit verkniffener Miene an, doch schließlich nickte er. »Ich nehme dich beim Wort.« Er erhob sich. »Und jetzt bekommst du auch was zu trinken.«

»Okay, aber ich muss gleich los, ich habe noch einen Interviewtermin mit jemandem aus Koblenz. Es geht um den Fall und um die Rolle von Kriminalhauptkommissar Zerbach, die er damals bei den Ermittlungen spielte.«

»Ach, ist die Presse jetzt doch mal stutzig geworden?«

»Nein«, sagte Max und grinste breit. »Ich habe sie angerufen, und sie waren sofort sehr interessiert.«

»Zerbach wird ausflippen, wenn er davon erfährt.«

Max' Grinsen wurde noch breiter. »Bestimmt, aber das macht nichts. Er gehört ja zu den großen Jungs.«